Abenteuer & Impfen

Für alle, die gegen Corona geimpft sind

Manfred Schloßer

Abenteuer & Impfen

… eine Reise durchs Leben

Roman

Bibliografische Information der Deutschen Nationalbibliothek:
Die Deutsche Nationalbibliothek verzeichnet diese Publikation in der Deutschen Nationalbibliografie; detaillierte bibliografische Daten sind im Internet über dnb.dnb. de abrufbar.

© 2022 Manfred Schloßer
Satz, Umschlaggestaltung, Herstellung und Verlag: BoD – Books on Demand, Norderstedt
ISBN 978-3-7562-9909-6

Inhalt

39 °

Es war kein Traum

Über den Autor

Manfred Schloßer, geboren 1951 in Selm, aufgewachsen in Datteln, wohnt seit 1980 in Hagen. Also ein Ruhri durch und durch: nach den Steinkohle-Städten Selm und Datteln wohnte er einmal in Meschede, im fernen Sauerland. Aber selbst dieser Ort liegt an der Ruhr. Danach folgten Wohnungen in der Ruhr-Metropole Dortmund und in seiner neuen Heimatstadt Hagen an der Ruhr.

Er studierte Sozialwissenschaft an der Bochumer Ruhr-Universität, Sozialarbeit an der Hagener Fachhochschule, Sozialpädagogik an der Dortmunder FHS und machte drei Diplome.

Zur Belohnung durfte er sein Geld als Leiter eines Abenteuerspielplatzes, eines Jugendzentrums und eines Jugendinformations-Zentrums verdienen und danach in einer Betreuungs-Behörde arbeiten.

Mittlerweile im ›Unruhestand‹, hat er noch viel mehr Zeit, seinen verschiedenen sportlichen Aktivitäten und natürlich seiner Leidenschaft fürs gedruckte Wort zu frönen.

Mit dem Roman ›Abenteuer & Impfen‹ erscheint 2022 bereits der fünfzehnte Danny-Kowalski-Roman.

Bisher erschienen:
›Brexit in Westfalen‹, Krimi 2021
›Textilfrei unter Straßenräubern‹, Reise-Roman, 2020
›Die sieben Leben eines Fußball-Fans‹, Fußball-Roman, 2019
›Es geht eine Leiche auf Reisen‹, Krimi, 2018
›Die sieben Jahreszeiten der Musik‹, Musikroman, 2017
›Das Ekel von Horstel‹, Krimi, 2017
›Wer andren eine Feder schenkt‹, 2016
›Das Geheimnis um YOG'TZE‹, Krimi, 2015
›Zeitmaschine STOPP!‹, Öko-Science-Fiction-Story, 2014
›Leidenschaft im Briefkuvert‹, Liebesroman, 2013
›Der Junge, der eine Katze wurde …‹, 2012
›Keine Leiche, keine Kohle …‹, Ruhrgebiets-Krimi, 2011
›Spätzünder, Spaßvögel & Sportskanonen‹, 2009
›Straßnroibas‹, Reise-Roman, 2007
Weitere Informationen im Internet: www.petmano.jimdofree.com

Personen

Abteilung blutige Kindheit:
Mutter Marie, Vadder Götz, Bruder Gerry und Omma Greta aus dem Saargebiet begleiten und trösten, wo sie nur können

Reise-Abenteuer:
Brieffreundin Charlotte Bagheri in Teheran besucht;
mit den beiden Franzosen Jean-Francois und Pierre Afghanistan erlebt;
der Plan, Matthes und Harry in Mexiko zu treffen;
mit Lia Böchterbeck in der Karibik, und 3 Jahre später wieder mit Lia über die Insel Taiwan, zusammen mit ihrem damaligen Freund Flo und mit Marina;
fünfmal mit Moni in Thailand, aber nur einmal auf Palawan, Philippinen, und den Malediven, dafür zweimal auf Sri Lanka und gleich dreimal zum Schnorcheln in Ägypten;
Danny's Hausarzt, ›Bush-Doctor‹ Herbie impft und heilt

Impfungen wegen der Corona-Pandemie:
Danny Kowalski, Impfbefürworter aus Hagen
Moni, Dannys Frau, sorgt sich, und ihre Katze Lilli schnurrt sich einen
Igel Ignatz wird für den Winter aufgepäppelt
Claudius vom Eilperfeld ist überbesorgt
Dannys Sportkameraden vom FunOut Hohenlimburg nehmen es, wie es kommt, Impfen auf dem Weihnachtsmarkt für Stefan P. und Angie T., beim Hausarzt Thomas F. und seine Frau Susanne, oder im Impf-Zentrum für Gerd »Bobesch« Mattes und dessen Lebensgefährtin Anngrit.
Dannys frühere Arbeitskollegen machen unterschiedlichste Erfahrungen: Lia B. mit normalen Nebenwirkungen, Ex-Kollegin Katja nach ›Kreuz-Impfung‹ mit starken Nebenwirkungen und Marco S. hat Long-Covid.
Dattelner und Ex-Dattelner: Sister BärBel und Schwager Bert sind voll dabei; Harry, seine Frau Doro und deren Tochter sind in guten Händen; seine Schwägerin Karla Berg macht in ihrem Kindergarten in Gelsenkirchen extreme Erfahrungen über Corona; Pitter O. aus der »Runkeltaiga« hat alles im Blick.
aus Hessen und jottwede: Monis Mutter und Schwester Bine in Hessen sind

dreimal geimpft, aber müssen total aufpassen; Betty, Dannys Ex-Schwägerin aus Hamburg macht in »modernes Abenteuer & Impfen«, da geboostert, will aber trotzdem Sohn und Enkelin im Katastrophengebiet London sehen; Corinna und Joss, Dannys Freunde aus Berlin, sind Impfgegner.

Durch ein Leben voller ›Abenteuer & Impfen‹

»Nur ein kleiner Piekser am Oberarm,
… aber ein großer Schritt für die Menschheit«

Impfen gehörte für die Kinder wie Danny und seine Freunde und Mitschülerinnen in den 1950er und 1960er Jahren zum alljährlichen Pflichtprogramm: genauso wie Zeugnisse, Ende der Sommerferien oder Frühmessen war es den Kindern und Schülern lästig, aber da musste man halt durch …

Von den Kinder-Impfungen in den 1950er Jahren wie gegen Tuberkulose (Tbc), Diphtherie und Tetanus, oder gar die leckere Schluck-Impfung auf einem Stück Würfelzucker gegen Polio (Kinder-Lähmung), bis zu den berühmt-berüchtigten »Zwölf-Jahres-Impfen« in den Oberarm (gegen Pocken) …

Aber auch später beim »Bund«, also als Danny bei den Fallschirmjägern diente, bekam er die Tetanus-Spritze. Widerspruch war zwecklos.

Und dann kamen die großen Reisen in aller Weltgeschichte: da war dem Danny auch vor nix ekelig. Alleine hatte er, um in die Türkei und in den Iran einreisen zu dürfen, sich schon 1973 gegen Pocken impfen lassen. Um dann in Afghanistan einreisen zu dürfen, bedurfte es Cholera-Impfungen: zwei Stück im Abstand von einer Woche, die eine in Teheran, die zweite in Mashad im Nordosten vom Iran. Glück hatte Danny dabei, dass damals das Gesundheitswesen in Persien kostenlos war, so brauchte er auch nix für die beiden Impfen zu bezahlen. Aber die wurden an der Grenze zu Afghanistan im dortigen Gesundheitsamt trotzdem sehr gründlich geprüft.

Für seine Amerika-Reise hatte sich Danny 1978 sogar prophylaktisch gegen Gelbfieber impfen lassen. Denn dabei plante er, Mexiko und die Karibik zu bereisen. »Man weiß et ja nie, ob das dafür vielleicht dann mal gebraucht würde …!?«

Auch später war es nicht anders: für Tropen-Reisen nach Thailand, Taiwan, Sri Lanka, Indien, Philippinen, Malediven, Mauritius oder die karibische Inselwelt, da war doch zumindest eine Malaria-Prophylaxe angesagt. Da pfiffen sich dann Danny und auch seine – erst Freundin, Lebenspartnerin, dann Ehefrau Moni – die entsprechenden Tabletten gegen Malaria ein, vor der Reise, bei der Reise und nach der Reise, wie es der Plan erforderte …

… jedenfalls solange es ihnen gut bekam. Erst als es Moni durch die regelmäßige Tabletteneinnahme schlecht ging, ließen sie es nach und nach bleiben …

Und jetzt auf einmal in der Neuzeit der Jahre 2020/21 die Corona-Pandemie: da schien es alles desolat und aussichtslos, bis auf einmal die ersten Impfstoffe dagegen entwickelt und dann sogar auch verimpft wurden ….: bravo, jupeidiii, und jupheidaaaa …!! Das gab doch Auftrieb und Hoffnung auf das Überwinden der Pandemie.

Wo früher – per se – oder später freiwillig, um in ferne Länder gelangen zu können, gerne und oft geimpft wurde, was das Zeug hielt.

Über diese ›Abenteuer-Impferei‹ hatte Dannys Freund Harry eine klare Meinung: *»Und was wird heute für ein Aufwand darum gemacht. Ein Teil der Nappos, die jetzt lärmend auf die Straßen gehen, haben sich vor Corona widerstandslos Pillen oder Spritzen gegen Gelb-, Dengue- oder sonst ein Fieber, geben lassen, weil sie afrikanische Savannen oder asiatische Sumpfgegenden im Urlaub erobern wollten. Und jetzt schreien sie Zeter und Mordio.«*

Genau dieser Meinung war auch Danny: *»Da kommt doch Freude auf, dass es jetzt sogar eine gesamtgesellschaftliche Notwendigkeit gibt, sich impfen zu lassen, um Corona zu vermeiden. Unglaublich, dass sich tatsächlich dagegen eine aus schwurbeligen Verschwörungstheoretikern gebildete ›Querdenker‹-Szene entwickelte, die nicht an Corona glaubt, und sich dabei und deshalb auch in asozialer Weise an nix und niemanden stört …!?!«*

Nun denn, für die Willigen gab es inzwischen im Jahr 2021 endlich Impfstoffe, die heiß umkämpft waren: die von Biontech oder die von AstraZenica. Da gab es alberne Wettstreite, welche besser wären oder besser wirken, oder gar schädlicher als andere sein sollten. Das erinnerte Danny an die albernen Streitigkeiten aus seiner Kindheit, welche Füller mit Patronen besser wären: Geha oder Pelikano. Oder gar später in seiner Jugendzeit, als es Marken-Sportschuhe gab: die einen schworen auf Adidas, die anderen auf Puma.

Tja, früher ließ man sich gegen alles Mögliche impfen, ohne zu überlegen, was da wohl drinne sein mag. Und jetzt ist das auf einmal wichtig: »Nee, von dem will ich nicht, ich warte lieber auf den anderen Impfstoff …«

»Baah, Hauptsache der ist gegen Corona,« sach ich da nur …

Zur Geschichte der Schutzimpfung

Nicht die Spanier hatten die Inkas besiegt, sondern sie wurden von den eingeschleppten Pocken ausgerottet.

Bei der Pocken-Pandemie im 19. Jahrhundert gab es auch schon viele Deutsche, die sich gegen eine Schutzimpfung wehrten. Selbst der berühmte deutsche Philosoph Immanuel Kant wetterte gegen sie.

Erfunden von Edward Jenner, der im 19. Jahrhundert durch Zufall entdeckte, dass jemand, der mit Kuhblut geimpft worden war, gegen Pocken immun wurde.

»Die erste Schutzimpfung gegen eine Infektionskrankheit war die Kuhpockenimpfung. Als ihr Entdecker gilt der englische Landarzt Edward Jenner (1749–1823). Dass Kuhpocken, die beim Menschen nur lokale, meist von selbst ausheilende Infektionen verursachen, Immunität gegen die gefährlichen Menschenpocken verleihen könnten, war in der bäuerlichen Bevölkerung im 18. Jahrhundert durchaus bekannt. Auch Edward Jenner war in seiner Praxis schon früh mit dieser Vorstellung konfrontiert worden. 1780 begann er, Fälle von Patienten zu sammeln, die an Kuhpocken erkrankt waren und anschließend nicht mehr an den ›Blattern‹, wie man die Menschenpocken damals nannte. Der entscheidende Versuch fand am 14. Mai 1796 statt: Damals impfte Jenner den achtjährigen James Phipps mit einer Kuhpockenpustel, die sich auf dem Arm der Viehmagd Sarah Nelmes gebildet hatte. Wie erwartet, entwickelte sich bei dem Knaben ein leichtes Fieber, das bald abklang. Nach sechs Wochen wagte es Jenner, ihn künstlich mit Menschenpocken zu infizieren. Das riskante Experiment glückte – der Junge erkrankte nicht. Jenner sah sich bestätigt und veröffentlichte 1798 seine Entdeckung in einer Schrift über die Wirkung der Kuhpockenimpfung, die ihn rasch berühmt machte und zu Recht in die Annalen der Medizingeschichte eingegangen ist. Die ›Vakzination‹ – der Terminus ist von dem lateinischen Wort *vacca* für ›Kuh‹ abgeleitet – war erfunden.«[*]

Die Pocken-Pandemie war womöglich die schlimmste aller Epidemien, die die Menschheit kennen gelernt hat: »Noch im 20. Jahrhundert hatte das Virus

---

[*] *Robert Jütte, 6.11.2020, aus: BPB (Bundeszentrale für politische Bildung), https://www.bpb. de/apuz/weltgesundheit-2020/318298/zur-geschichte-der-schutzimpfung*

mindestens 200 Millionen Menschenleben ausgelöscht. Fünf mal so viele, wie dem zweiten Weltkrieg zum Opfer gefallen waren.« **

Nach Edward Jenners grandioser Entdeckung, gegen Menschen-Pocken mit Kuhpocken anzuimpfen, folgte im 20. Jahrhundert eine weltweit erfolgreiche Bekämpfung der Pocken durch Impfungen, bis hin zur Ausrottung der Krankheit: »1980 erklärte die Weltgesundheitsorganisation die Welt für pockenfrei.« **

Daraus entstand der Schluss zur Covid-Pandemie 2021: »Mit Blick auf den fast zweihundertjährigen Kampf gegen Menschenpocken kann kein Zweifel daran bestehen, dass es einen kausalen Zusammenhang zwischen dem endgültigen Verschwinden dieser Seuche Anfang der 1980er Jahre und einer konsequenten Massenimpfung gibt. Bei anderen Infektionskrankheiten ist die historische Evidenz nicht so eindeutig. Derzeit wartet die Welt auf einen wirksamen Impfstoff gegen Covid-19. Nach einer aktuellen Meinungsumfrage würde sich mit 67 Prozent eine Mehrheit der Deutschen für eine Impfung gegen das neuartige Corona-Virus entscheiden. In der Gruppe der G7-Staaten liegt die Bundesrepublik damit allerdings nur auf dem vorletzten Platz.« *

Es war ja nicht so, als hätten der Brite Edward Jenner oder gar die Europäer das Impfen als medizinisches Instrument gegen Infektionskrankheiten erfunden. Nein, nein, in Indien, im Nahen Osten oder gar in China wurde schon seit Jahrtausenden erfolgreich geimpft.

»Die Geschichte der Impfungen ist faszinierend: Vor mehr als 200 Jahren revolutionierten sie dank ihrer Schutzwirkung vor Infektionskrankheiten die Medizin in Europa. Tückischen Krankheiten wie Pocken oder Tuberkulose konnte so der Kampf angesagt werden. Heute steht uns eine Vielzahl von Impfungen zur Auswahl – ob gegen Corona, Hepatitis oder Tetanus. Dabei wird zwischen unterschiedlichen Arten entschieden: Neben Lebend- und Totimpfstoffen gibt es auch mRNA- oder Vektor-Technologien. Doch wie lange sind die jeweiligen Typen eigentlich schon erforscht?

In Europa prägte der englische Landarzt Edward Jenner (1749-1843) das Prinzip der Schutzimpfung maßgeblich, wie die Bundeszentrale für politische Bildung (BPB) erklärt. Er entwickelte eine Impfung gegen Kuhpocken, die er

---

** *Ingar Johnsrud – Der Hirte, München 2017, S. 372 + 374*

1796 erstmals erprobte: Jenner impfte einen Achtjährigen zu diesem Zweck mit der Flüssigkeit aus der Kuhpockenpustel einer Erkrankten. Der Junge reagierte darauf mit leichtem Fieber. Sechs Wochen später brachte Jenner ihn mit Menschenpockenerregern in Kontakt – und stellte fest, dass das Kind dank der Impfung mit Kuhpocken eine Immunität gegen Menschenpocken entwickelt hatte.

Geschichte der Impfungen: Ursprung außerhalb Europas

Jenners nach heutigen Maßstäben unethischen Versuche an dem achtjährigen Jungen brachten einen Stein ins Rollen: Impfungen wurden im Kampf gegen Pocken zunehmend populär. Rund zehn Jahre später – im Jahr 1807 – führte das Königreich Bayern eine Impfpflicht gegen die lebensbedrohliche Infektionskrankheit ein.

Wenig bekannt ist die Tatsache, dass das Prinzip der Variolation bereits lange zuvor außerhalb Europas praktiziert wurde: Dafür wurden ebenfalls Gesunde zwecks Immunisierung mit Krankheitserregern konfrontiert, die wiederum infizierten Personen entnommen wurden – zum Beispiel in Form von Eiter aus Pockenpusteln. In Indien waren ähnliche Methoden schon rund 1000 Jahre vor Christus bekannt, heißt es in einem im Fachblatt »The Indian Journal of Medical Research« erschienenen Artikel. Auch in China, im Nahen Osten und wahrscheinlich auch Teilen Afrikas wurde Variolation durchgeführt. Sie können laut »Ärzteblatt« als frühe Form von Lebendimpfungen bezeichnet werden.«[***]

[***] *Rabea Erradi – Die Geschichte der Impfungen, WR-E-Zeitung vom 05.11.2021*

I. Kinder-Impfungen in den 1950er und 1960er Jahren

Zwischen Kohlenkasten und Impf-Ängsten

oben links: Dannys erste Pockenschutzimpfung 1953 in Selm-Bork, rechts daneben: Danny mit Harry S. zur gleichen Zeit auf dem Schlitten in Selm.
Mittlere Reihe rechts: Pockenschutz-Wiederimpfung (die sogenannte Zwölfjahres-Impfung) von 1964, links daneben: Schneeballschlacht mit Bruder Gerry, etwa dieselbe Zeit.
Untere Reihe links: die Schutzimpfungen in den 1950er und 1960er Jahren, rechts daneben: Danny als Kletter-›Affe‹ auf der schwedischen Schäreninsel Tjörn 1963

Danny wurde 1951 in Selm geboren, wo er aber nur die ersten zweieinhalb Jahre verbrachte.

Danach lebte er mit seinen Eltern und dem älteren Bruder in der Dattelner Zechensiedlung Meisterweg, direkt neben der Zeche Emscher-Lippe, Schacht I/II. Man hielt sich in den 1950er Jahren entweder draußen beim Spielen, oder wenn schon drinnen, dann meist in der Wohnküche auf, das Zentrum jeder Wohnung. Denn dort stand der kohlenbetriebene Herd, der einzige Ofen in der Wohnung und gleichzeitig die Kochstelle in einem. Das interessierte das neugierige Krabbelkind Danny. Er wusste noch nicht viel vom Leben, aber er wusste, wie lecker ein gutes sauberes Stück Steinkohle schmeckte. Das hatte er sich krabbelnder Weise in der Wohnküche aus dem Kohlenkasten erhascht.

Jedenfalls so'n Stück Kohle: »Lecker, wa?!« Geschadet hat es Danny wohl nicht, denn ›Dreck soll ja angeblich den Magen reinigen.‹

Da wusste er noch nix davon, dass die junge BRD radikal alle Seuchen und Kinderkrankheiten durch systematisches Impfen ausmerzen wollte. Bei den Wirtschaftswunderkindern der 1950er Jahre ging es schon als Baby los. Meist war die oberste Eintragung in ihrem Impfleben die Erstimpfung gegen Pocken im ersten Lebensjahr. Bei Danny war es anders, er war damals als Zweijähriger schon ›fast lebenserfahren‹, hihi …

Da gab es als Dogma den Pass-Vermerk: ›Durch diese Impfung ist der gesetzlichen Pflicht nach dem Impfgesetz vom 8. April 1874 genügt.‹ Basta!

Aber die BRD ruhte sich auf diesem Baby-Gepiekse nicht aus. In den 1950er und 1960er Jahren folgte eine Reihe von mehr oder weniger schrecklichen Impf-Ereignissen für die jungen Buben und Mädels der damaligen Volksschulen. Jedenfalls erging es Danny so. Wie die meisten Kinder hatte er Bammel vor den Spritzen, die großzügig und ohne Diskussionen verteilt wurden. Da gab es Diphtherie und Tetanus, Polio und Tbc zu bekämpfen. Also rein damit, mit dem Impfstoff in die Kinder-Oberarme und –Oberschenkel. Da wurde gespritzt, was das Zeug hielt …

Der neue schöne Impfpass zeugte davon. Bereits 1963 war das kunstvoll wie ein Tempo-Taschentuch gefaltete sogenannte Impfbuch nicht mehr ein-, sondern dreifarbig: weiß mit integrierten grün und rosa Impfscheinen.

Und es war ja gar nicht so verkehrt, den Kiddies in den 50er und 60er Jahren die Impf-Sera zu verabreichen. Denn viele gefährliche Kinderkrankheiten waren noch zu bekommen, die waren noch nicht ausgerottet. Danny hatte selber als Kind, im Alter von etwa sieben oder acht Jahren, Diphtherie bekommen. Deshalb musste er auch für zwei Wochen ins Krankenhaus: Einzelzimmer, nicht aus Komfort-Gründen, sondern wegen Ansteckungsgefahr. Und da ging es um Leben oder Tod bei ihm, wie ihm Jahre später berichtet wurde. Na ja, war ja noch mal gut gegangen. »Die Diphtherie, auch Bräune oder Halsbräune, zu Beginn des 20. Jahrhunderts noch ›Würgeengel der Kinder‹ genannt, ist eine vor allem im Kindesalter auftretende, akute Infektionskrankheit, die durch eine Infektion der oberen Atemwege mit dem ›Diphtheriebazillus‹, hervorgerufen wird (Rachendiphtherie). Gefürchtet ist das von diesem Erreger abgesonderte Diphtherietoxin, das zu lebensbedrohlichen Komplikationen und Spätfolgen führen kann. Hiervor schützt der Diphtherie-Impfstoff. Diphtherie ist in Deutschland, Österreich und der Schweiz eine meldepflichtige bzw. anzeigepflichtige Krankheit.«[*]

Von daher war Dannys Diphtherie-Impfung in der Dattelner St. Josefs-Volksschule im Okt./Nov. 1959 nicht gar so verkehrt. Sie wurde im Sept. 1963 dann sicherheitshalber noch mal aufgefrischt. Beide Impfungen gab es jeweils im Doppelpack mit einer Tetanus-Impfe. Die Kombination ›Diphtherie und Tetanus‹ ist Danny genau wie seinen Altersgenossen deshalb sehr geläufig. Obwohl ja Tetanus eigentlich Wundstarrkrampf heißt und mit Diphtherie gar nix zu tun hat. Na ja, vielleicht vertragen sich die beiden Impfstoffe so gut miteinander …?

Impfungen in Kindheit und Jugend der 50er und 60er Jahre

Die berühmt-berüchtigte »Zwölf-Jahres-Impfe« gegen Pocken in den Oberarm bekam Danny Kowalski übrigens erst mit 13 Jahren – schon in der Realschule in Oer-Erkenschwick. Die war in sofern berüchtigt, als mit nem scharfen Messer, womöglich nem Skalpell, den jungen Menschen zwei Ritze in den Oberarm geschnitten wurden. Und die mussten dann auch noch »aufgehen«, d.h. also ein Zeichen dafür, dass sie angeschlagen hatten. Eine ganze Generation

---

[*] *Wikipedia – Diphtherie, vom 08.04.2021*

aus den 50ern hatte wie Danny und Moni und auch noch deren Eltern deshalb die bezeichnenden Doppelnarben an den Oberarmen.

Eine der Kinder-Impfungen zeichnete sich durch ein besonderes Instrument aus: ein quadratisches Stempelkissen mit 36 Nadeln wurde den Kiddies in den Bollen gerammt, also in den Oberschenkel, ob sie es wollten oder nicht (das war wahrscheinlich die Tbc-Impfung). Dafür gab's die nur einmal.

Blutige Kindheit

Es gab da ja wirklich diverse Gründe für eine Tetanus-Impfung, denn das Spielen in den 50er Jahren war nicht immer ungefährlich. Es war mitunter eine blutige Kindheit. Wie zum Beispiel im Jahre 1955, als es erst ne astreine Schneeballschlacht mit Bruder Gerry gab. Danach wurde Danny zusammen mit seinem Bruder Gerry vom Vadder Götz in die Haardt in der Nähe von Oer-Erkenschwick gefahren, zum Schlitten fahren. Der Schlitten mit den beiden Jungens drauf fuhr bergab, wurde durch eine Bodenmulde aus dem Rhythmus gebracht und holperte in ein Schneeloch hinein. Danny saß vorne und rutschte durch den Stoß gegen den Schlitten noch weiter nach vorne über den Schlitten hinaus, ins Schneeloch: »Boah …!!!« Und sein Bruder Gerry fuhr mit den Schlittenkufen über Danny hinweg. Das brachte ihm ein blutiges Gesicht. Seine Mutter war entsetzt, als sie nach Hause kamen und schimpfte wie ein Rohrspatz. Aber es war alles gar nicht so schlimm …!

Schlimmer war da schon ein paar Monate später der Unfall in Datteln, Meistersiedlung, mit dem Tretroller. Wieder fuhr Bruder Gerry, dieses Mal den schlaglochübersäten Meisterweg entlang. Danny stand vor ihm mit dem kleinen Gesicht auf Lenkerhöhe. Wieder war es ein Loch im schwarzen kohlefarbigen Aschenweg, der ihr Gefährt zum Stocken brachte. Doch dieses Mal segelte Danny über den Lenker und flog auf die Schnauze. Aber noch mal Glück im Unglück gehabt, denn es war wieder nix weiter passiert …!

Dagegen trug Danny von einem blutigen Erlebnis in den Sommerferien 1959 bei Omma Greta aus dem Saargebiet in Saarlouis-Beaumarais eine bleibende Trophäe mit heim, die er auch heute, 60 Jahre später, immer noch in seiner rechten Handfläche als bleibende Narbe behalten hat. Die Kinder spielten dort in den Büschen und krabbelten auf allen Vieren herum. Dabei tapste Danny mit der rechten Hand in eine Scherbe. Laut lamentierend und blutend wie ein Schwein lief er zur Omma. Beide Hände waren blutüberströmt, weil er sie gegen einander hielt, um den Blutfluss zu stillen: aber vergeblich! Die Oma wusch ihm erst Mal mit fließendem Wasser unterm Wasserhahn die Hände, um zu schauen, wo denn überhaupt die Wunde war. Nachdem der Quell des roten Flusses geortet war, klemmte ihm ein Mann aus der Nachbarschaft die Hautfalten in der Innenhandfläche grob zusammen, Verband drum, und fertig. Noch heute hat er die dreieckige Narbe in der rechten Hand als Kindheitstrophäe zur stetigen Erinnerung zurück behalten …!

Apropos Trophäen: um die 1960 muss es gewesen sein. Da verlief das sogenannte »Wolfsspiel« auf der Mauer um die St. Josefs-Volksschule in Datteln-Hagem zusammen mit Pitter O. aus der Meistersiedlung weniger schön. Sie saßen sich beide rittlings auf der nur einen halben Meter hohen Mauer gegenüber und »griffen sich mit den Tatzen an«. Das Ergebnis: Danny fiel von der Mauer runter, schabte sich dabei das rechte Knie und den rechten Ellenbogen so stark auf, dass er mit dem Notfallwagen, Blaulicht und Tatütata ins Krankenhaus transportiert werden musste. Dort wurde er an beiden Wunden genäht und musste mit einer steifen Beinschiene zwei Wochen lang liegend im Krankenhaus verbringen. Boah, was für ein Aufwand für eine nur einen halben Meter hohe Mauer …?!

Tja, bei all dem Klettern in Bäumen und den Scherben beim Krabbeln im Gebüsch, da lag die Tetanus-Impfung in den 50er und 60er Jahren wirklich sehr nahe.

Aber auch Polio, also die Kinderlähmung, gab es damals wirklich: kein Scherz. Von daher war die Schutzimpfung dagegen ohne Zweifel wichtig. Aber das war ja die auf den Würfelzucker-Stücken. Die war dermaßen beliebt bei den Kiddies in den 60ern, da liefen die Gesundheitsämter sowieso nur offene Türen ein …

Weitaus weniger beliebt war bei Danny und seinen Altersgenossen, wenn Muttern mit der Tube Lebertran ankam, entweder als Drohung oder gängiges Allzweckmittel gegen alle Krankheiten. Boah, Lebertran schmeckte sowatt von schäbbich.

»Bah, geh mi wech mit dem Zeug …!« kam es aus entrüsteten Kinderkehlen geschrien, wenn Mutter Marie die Tube auspackte. Danny wusste damals gar nicht, dass Lebertran irgendwie aus was vom Wal hergestellt wurde …? Vielleicht hätte er dann etwas mehr Achtung davor gehabt. Auf jeden Fall ging es ihm dabei genauso wie den meisten anderen 50er-Jahre-Kindern, dass er besser gar nicht erst krank wurde, damit das Thema Lebertran bloß nicht aufs Tapet kam ...

No Impfen, no cry – die ›Zeugen Jehovas‹

Dann gab es allerdings auch Kinder von religiös heiklen Sekten wie die »Zeugen Jehovas« oder andere Pfingstler. Ich erinnere nur an unsere beiden Klassenkameraden Dieter Buchara und Peter Zaschke, die beiden »armen Teufel«. Die waren doch von ihren Eltern und deren Religion so was von außen vor, bemitleidenswerte Außenseiter. Denn sie durften so einiges aus religiösen Gründen nicht: OP's waren nicht geduldet, Impfungen auch nicht, und Tanzkursus stand ebenfalls auf ihrer Tabu-Agenda. Da blieben die sonst so geduldig predigenden »Zeugen« knallhart.

Tja, so ne Kindheit in den 50ern und 60ern, das war nix für Weicheier: da wurde geimpft, was das Zeug hielt. Da wurde auch nicht groß bei den Eltern um Erlaubnis gefragt. Die Schüler in den jeweiligen Volks- oder Realschulen machten sowieso, was die Lehrer wollten. Das war alles noch vor den 1968er Jahren, die den jungen Menschen die Traute und Solidarität für Widerspruch erst ermöglichten.
 Oder wurden die Eltern womöglich doch um ihr Einverständnis gefragt. »Lang, lang ist's her. Und ich kann mich an so watt nicht erinnern ...,« meinte Danny 60 Jahre später. Doch seine jüngere Schwester BärBel erinnerte sich noch besser an das Impfen in ihrer Kindheit: *»Ne, ne, da gab es garantiert keine Einverständnis-Erklärungen der Eltern, höchstens mal schriftliche Mitteilungen über die Impftermine. Zumal diese Impfen damals alles Pflichtimpfungen waren.«*
 Und Dannys Freund Harry hatte dazu eine klare Meinung: *»Das Wort Impfen hat gegenwärtig ja eine besondere Sprengkraft, wenn auch eine mir völlig unverständliche. Du und ich, unsere Generation überhaupt, steht im allgemeinen dem Impfen recht aufgeschlossen gegenüber. Als Kind gab es die eine oder andere Impfung gegen dies und das. Meine Eltern als meine Erziehungsberechtigten haben nie auch nur eine Sekunde gezögert, wenn es darum ging, eine*

Einverständniserklärung zu unterschreiben, dass ich am nächsten Tag in der Schule gegen Pocken, Pest und andere Pusteln geimpft werden sollte. Ich habe es dann hingenommen, wenn mir mit Spritze, Skalpell oder Stempelnadeln Lebend- oder Todviren oder Bakterien injiziert wurden. Einen Eingriff in meine physische Selbstbestimmung habe ich damals nie davon abgeleitet, eher war ich froh, dass ich nun gegen Pestbeulen oder spastische Verformungen meines Körpers gefeit gewesen war.«

Danny fragte bei seinem alten Kollegen Bodo Rank aus dem Hagener Stadtmuseum nach, ob er sich an eine schriftliche Einverständniserklärung der Eltern wegen der Impferei erinnern konnte. Die Antwort von Bodo am 03.01.2022 lautete: »*Hi Danny. Zu deiner Frage, da bin ich eigentlich ein wenig überfragt. Ich meine aber, es hätte eine Impf-Pflicht gegeben, wo du dann auch nicht das Einverständnis der Eltern benötigt hast. Herzliche Grüße von Bodo.*«

Dannys Historiker-Freund Harry schickte noch eine Email hinterher: »*Als Historiker habe ich nach Fakten gesucht und zusätzlich Zeitzeugen befragt. Ich habe noch meinen alten Impfausweis, an dem zusätzlich noch amtliche Zettel aus früheren Jahren angetackert sind. Es sind Mengen an Einträgen vorhanden, viel Polio, aber auch Pocken, Diphtherie und andere Seuchen. Die Einträge fangen in der ersten Hälfte der 60er an, mein Geburtsjahr ist 1954. Der besagte Impfausweis war, was mehr als anzunehmen ist, in der Obhut meiner Eltern (und nicht unter meinem Kopfkissen). Den drückten sie uns in die Hand, wenn die Nadel, der Stempel, das Skalpell oder der Zuckerwürfel angesagt waren. Deshalb mussten die Eltern vorher darüber informiert worden sein, wahrscheinlich durch uns, die von den Lehrern:innen in der Schule instruiert worden waren. Ich erinnere mich an Zettel, die meine Eltern unterschreiben mussten, damit ich mich in die Reihe der Impflinge stellen konnte.*

Zeitzeugin Doro bestätigt das. Die Eltern mussten zustimmen, damit die Sache ihren Lauf nehmen konnte.

Zeitzeuge Eddie erinnert sich daran, dass die Schluckimpfung von Teams des Gesundheitsamtes in der Schule durchgeführt wurde, andere aber im Gesundheitsamt an der Friedrich-Ebert-Straße. Da trat man im Klassenverband an, zu unseren Zeiten noch Jungen auf der einen und Mädchen auf der anderen Seite.

Schlangestehen für die Gesundheitsvorsorge, die vom Kleinen ins Große geht – heute kein selbstverständlicher Akt mehr. Wir mit unserer Haltung und unserem Blick auf den anderen scheinen ein Auslaufmodell zu sein. Aber Scheiß drauf, wie andere mich sehen, für mich ist heute Solidarität vor Individualität von Wert.«

Auch einen anderen Ex-Kollegen befragte Danny nach den Einverständniserklärungen der Eltern zu Impfungen ihrer Kinder. Simon Andreasen aus dem Hagener Archiv antwortete am 14.01.2022: *»Hallo Danny, ich habe nur schwache Erinnerungen an meine Impfungen in der Kinderzeit. Soweit ich mich aber erinnern kann, gab es keine Einverständniserklärungen der Eltern, sondern lediglich die Info, wann sich die Kinder wo einzufinden hatten.«*

Tja, es wogte also hin und her, die Frage nach einer schriftlichen Einverständniserklärung der Eltern wegen der Impferei in den 50er und 60er Jahren, oder ob sie wegen der Impfpflicht gar nicht nötig war ...?

Letztlich mochte es Danny aber auch egal sein: wichtig war, dass in seiner Kindheit und Jugend in den 1960er Jahren alle einig waren, Eltern, Lehrer, Gesundheitsamt und die Kinder selber: »Geimpft wird, das hilft, die Krankheiten oder Seuchen zu vermeiden, zu vertreiben.« Da herrschte große Einigkeit bei allen, bis auf vielleicht bei den Zeugen Jehovas.

II. Abenteuer & Reisen & Impfen in den 1970er Jahren

Als Kriegsdienstverweigerer unter Fallschirmjägern

Im Corona-Jahr 2021 erinnerte sich Danny Kowalski auf einmal am 1. Juni: »Boah, genau heute vor 50 Jahren, da startete ich in eine meiner merkwürdigsten Expeditionen im Leben. Und zwar sehr früh am Morgen in Recklinghausen am Hauptbahnhof. Der Zug ließ mich zur Zwischenstation in Wildeshausen raus, wo ich noch am selben Tag in kratziges Oliv-grün eingekleidet wurde …«

1971 waren wir auch oft in der »wilden« Natur, draußen im Wald wurde gerödelt. Verletzungen blieben nicht aus und gab es häufiger. Und die Tetanus-Spritze beim »Bund», also als Danny bei den Fallschirmjägern diente, wurde unumgänglich. Da verweigerte sich niemand gegen. Dreimal wurden alle Soldaten in der Kompanie gegen Tetanus geimpft, dadurch war auch Danny komplett gefeit.

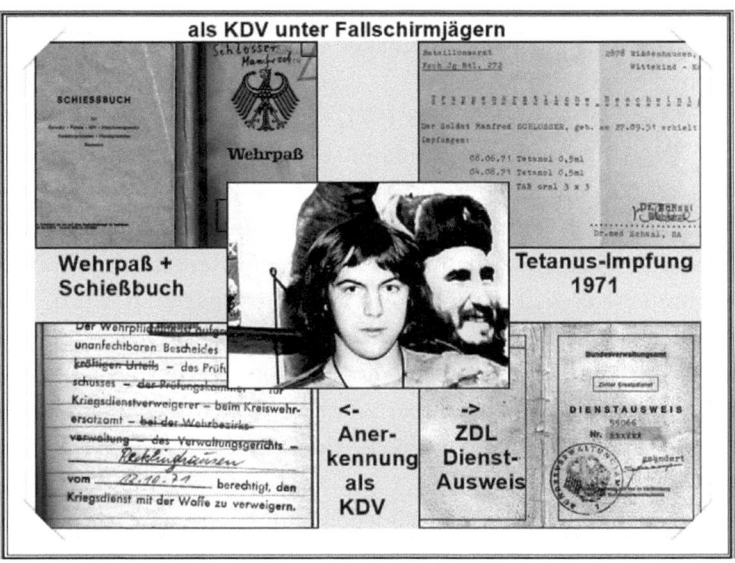

als KDV unter Fallschirmjägern 1971
oben links: Wehrpass und Schießbuch, rechts: Tetanus-Impfung;
Mitte: der wehrhafte Jäger Danny Kowalski;
unten links: Anerkennung als KDV, rechts: ZDL-Dienstausweis

Das war also Dannys kurze, aber intensive ›Karriere‹ bei der Bundeswehr: vom 01.06. bis zum 31.10.1971 bei den Fallschirmjägern. Danach machte er nach seiner Anerkennung als Kriegsdienstverweigerer noch 13 Monate Zivilen Ersatzdienst.

Die Musterung vor dem Kreiswehrersatzamt in Recklinghausen verlief ziemlich grotesk. Schon damals hatte Danny ›Knie‹. Um sein linkes Knie war eine elastische Binde gewickelt, weil er mal wieder vom Schulsport ein dickes Knie hatte. Alle Sprungübungen wie Hochsprung, Weitsprung, Bocksprung, Pferdsprung und Kunstspringen vom Brett ins Wasser machten ihm dicke Knie. Sein Hausarzt meinte: »Mit dem Knie müsste er nie und nimmer zur Bundeswehr.« So überwies er ihn zu einem Gelenk-Spezialisten in Herten, wo ihm ein unheilbares Kapsel-Leiden diagnostiziert wurde. Mit diesem Attest wurde er auch bei der Musterung vorstellig. Die Männer dort hatten jedoch nix eiligeres zu tun als über ihn abzulästern: »Was haben Sie denn da für'n lustigen Verband ums Knie!?« Das Ergebnis des Musterungsbescheides war dann auch entsprechend bizarr: Danny war für fast alle Waffengattungen untauglich, bis auf vier, wovon eine die Fallschirmjäger waren …! Als wollten sie sich über ihn lustig machen …!?

Trotzdem fand er sich am 01.06 1971, kaum das Abitur eine Woche vorher bestanden, im olivgrünen Soldaten-Outfit bei den Fallschirmjägern in Wildeshausen wieder, genauer gesagt beim 2. FschJgBtl. 272. Denn er hatte dann doch noch nicht verweigert, obwohl ihm eigentlich danach war. Aber weil sein Vadder zu recht behauptete, mit seinem Berufswunsch »Volkswirtschaftler« brauche er sich gar nicht erst für eine Stelle zu bewerben, wenn er denn KDV'ler würde.

Nun denn, also wurde er brav ein »Jäger«, wohnte mit fünf anderen Kameraden auf einer Stube, hatte aber überhaupt keine Lust, sich am allabendlichen Kampftrinken im Casino zu beteiligen. Denn in der Zeit beschäftigte er sich lieber mit Literatur über KDV.

Auch die Nachteile des Dauergerödels bei den »Oliv-Farbigen« überwogen immer mehr. Einmal kam eine britische »Gazelle« mit in den Wald, also ein langbeiniger Gast-Parashooter, dem die Uffze und Stuffze wohl was besonderes bieten wollten. Kaum waren sie aus dem Kasernentor raus, gab es einen Befehl für eine Änderung der Marschordnung. Das hieß normalerweise, aufgelockertes Marschieren, also jeder geht nach seinem eigenem Rhythmus. Doch dieses

Mal hieß der Befehl: »Der Letzte aus der Reihe rennt nach vorne, und immer so weiter. Der Letzte rennt immer nach vorne an die Spitze!« Das hörte sich so locker an, war aber anstrengend und stressig ohne Ende. Nach einiger Zeit dachte sich Danny: »Das schaust du dir nicht länger an.« Gedacht – getan, ließ er sich nach hinten an den Schluss der Reihe fallen und täuschte dort durch geschicktes Taumeln einen Schwächeanfall vor. Das wirkte auch bei den Vorgesetzten. Sie mögen zwar gedacht haben: »Dieser elendige Simulant«, aber es hätte ja tatsächlich irgendein gesundheitlicher Defekt mit ihm sein können. Und wenn sie da falsch reagiert hätten, dann wäre »die Kacke am dampfen gewesen«. Also nahm ihm erst jemand das Sturmgewehr G 3 ab, »die Braut des Soldaten«. Dann das ganze Marschgepäck. Denn Rödeln hieß immer, in der Natur zu übernachten, so dass man immer alles Notwendige dabei hatte: Schlafsack, Essgeschirr, Pi(onier)-Päckchen, ein halbes Zelt, so dass je zwei Soldaten ein ganzes Zelt hatten. Schließlich gab man ihm zwei Kameraden zum Stützen rechts und links an die Seite, was den beiden sehr recht war, denn das war der weitaus bessere Job, als unter der Last des kompletten Sturmgepäcks mit der englischen »Gazelle« fangen zu spielen. Jedenfalls raunten sie Danny zu, er solle ruhig etwas langsamer taumeln. Als er dann auf ihren Vorschlag strauchelte und hinzufallen drohte, sollten die beiden Kameraden auf Befehl des Vorgesetzten ins Unterholz, ein paar Stämme schlagen, um damit eine Tragebahre für Danny zu basteln. Das ging ihm dann doch zu weit. Er »erholte« sich wieder, und gemeinsam schlenderten sie, sich gegenseitig stützend bis zum Biwak. Dort bauten die anderen Jäger schon eifrig ihre Zelte auf. Und Danny konnte und sollte sich unauffällig »regenerieren«. Aber insgeheim war er glücklich über seine zündende Idee.

Im Manöver gerieten seine Kameraden ja nahezu außer Rand und Band. Er erinnerte sich, wie im Wald bei den Kameraden einmal die Manöverpatronen aufgebraucht waren. Das waren Patronen, die nur knallten, aber nicht »scharf« waren. Da bewarfen sie ihn halt mit Eicheln und riefen: »Peng! Du bist tot!« Haha …

Danny selber nutzte das zweiwöchige Manöver im Sennelager bei Paderborn für seine KDV. Vorher hatte er sich schon eine Strategie zurecht gelegt und eine Begründung geschrieben, es fehlte ihm nur noch ein passender Anlass für den Antrag auf KDV. Der kam dann an dem Abend, als er mit scharfer Munition Wache schieben sollte, und er dann bei Eventualfällen hätte auf

Menschen schießen müssen. Diesen Befehl verweigerte er und verweigerte gleich zusätzlich zu diesem Anlass auch den Kriegsdienst mit der Waffe aus Gewissensgründen, nach § 4, Abs. 3 des GG. Das tat er wohl wissend und in Kauf nehmend, dass er für diese Befehlsverweigerung hätte in den »Bau« gehen müssen. Er hatte jedoch Glück, denn sein ›Lefti‹, also sein Leutnant, war einer von der menschlichen Abteilung: »Ja, wenn Sie das nicht mit ihrem Gewissen vereinbaren können, dann nehme ich halt einen anderen Jäger. Kein Problem.« Da war Danny aber so was von baff.

Bei diesem Manöver im Sennelager hatten die Jäger ja auch ihre Schießausbildung. Und Danny war wahrscheinlich einer der am besten ausgebildeten Schützen unter Deutschlands KDV's: geschossen hatte er mit dem Gewehr G3, der Pistole, der Maschinenpistole MPi oder auch »Uzi« genannt, und dem MG, einem Maschinengewehr, mit oder ohne Lafette. Zusätzlich erhielt er auch noch eine Ausbildung zum Abschießen der schweren Panzerfaust und zum Werfen von Handgranaten. Es gab damals ja diese liberale Devise, es den KDV'lern bei der Bundeswehr nicht unnötig schwer zu machen, indem sie nicht dauernd im »Bau« sitzen sollten, weil sie bei jeder Schießübung den Schießbefehl verweigern würden. Ihnen sollte kein Nachteil bei der KDV-Verhandlung entstehen, wenn sie bei der Bundeswehr ein Gewehr in die Hand genommen hatten. Wegen dieser freizügigen Marotte des Bundesverwaltungsamtes, der obersten Behörde für KDV und Zivildienst, hatte Danny bei der Bundeswehr an der Schießausbildung teilgenommen; und es für sich als Sportschießen interpretiert. Nur auf lebendige Ziele hätte er nie geschossen …

Und dann war da noch die Sache mit Dannys Zeit als UvD (= Unteroffizier vom Dienst). Jeder reihum musste mal den UvD machen, d.h. nachts den Portier seiner Kompanie mimen, also aufbleiben, im Eingangsbüro rumhängen und eventuell zu spät gekommene Soldaten in der Nacht reinlassen, und am nächsten Morgen alle Kameraden in der ganzen Kompanie um 06.00 Uhr wecken. Als Danny da mal als UvD dran war, hatte er sich was Besonderes zum Wecken einfallen lassen. Er hatte auf seinem tragbaren Kassettenrekorder die passende Hymne für Soldaten aufgenommen, nämlich »Spiel mir das Lied vom Tod« von Ennio Morricone, ging damit in die einzelnen Stuben mit den schlafenden Kameraden, und drehte den Rekorder auf volle Lautstärke. Makaber, wenn dann der tief melancholische Einsatz der Mundharmonika am Anfang des Stückes durch die Stuben waberte, aber das hatten sie davon, seine lieben Kameraden, spielten sie doch mit dem Tod, oder ...!?!

>*Soldat, Soldat, in grauer Norm,*
Soldat, Soldat, in Uniform,
Soldaten sehn sich alle gleich,
lebendig und als Leich ...!«

Dann neigte sich plötzlich, aber nicht unerwartet, seine Bundeswehrzeit dem Ende zu. Er hatte zwar die sportliche Prüfung für die Springerausbildung geschafft, war aber natürlich moralisch als KDV'ler nicht geeignet, als Fallschirmspringer ausgebildet zu werden. Schade, gesprungen wäre er wohl trotzdem gerne. Allerdings fand die Springerausbildung genau in der Zeit statt, als er den Termin für seine Verhandlung vor dem Amtsgericht Recklinghausen hatte. Aber die KDV-Verhandlung war ihm natürlich damals das Wichtigste überhaupt. Und er schaffte gleich bei der ersten Verhandlung am 12.10.1971, als KDV durchzukommen, und erlangte von da an auch offiziell seine Anerkennung, den Kriegsdienst mit der Waffe verweigern ...

Abenteuer & Reisen bis nach Afghanistan

Und dann kamen die großen Reisen in aller Weltgeschichte: da war dem Danny auch vor nix ekelig. Alleine 1974 musste er, um in die Türkei und den Iran einreisen zu dürfen, vorher gegen Pocken geimpft sein. Das hatte er ja glücklicherweise schon 1973 in Datteln erledigt.

Istanbul

Um von der Türkei aus nach Persien einreisen zu können, schaute Danny erst einmal beim persischen Konsulat in Istanbul vorbei. Das befand sich im vornehmen Stadtviertel Besiktas in einem schönen luftigen Gebäude am Bosporus. Dort erhielt er die Auskunft über die Einreisebedingungen für den Iran und die Impfbestimmungen mitgeteilt. Da er bereits 1973 gegen Pocken geimpft war, alles kein Problem.

Dorthin nach Besiktas war er mit seinem Dattelner Kumpel Matthes unterwegs. Auf der Rückfahrt zur Istanbuler City, wo sie in einem preiswerten Traveller-Hotel wohnten, fuhren sie mit einem Fahrrad …

… oder war das nur ein Traum?: » …jedenfalls radelten sie an einer Küste entlang, hoch über dem Steilhang links unten, rechts eine weite Ebene mit Bergketten im Hintergrund. Auf einmal sah Danny äsende Elche.

»Warte mal, Matthes, ich glaube, ich habe einen Elch gesehen. Ich mache mal Fotos.« (*Es muss wohl doch ein Traum gewesen sein, denn 1974 hatte Danny noch gar keine Foto-Kamera.*)

Jedenfalls hielten die beiden an, und Danny wollte Elch-Fotos machen. Er kam aber gar nicht mehr dazu, weil ein Elchbulle mit riesigen Geweih-Schaufeln so nah an ihn ran kam, dass er Danny mit seinen Nüstern auf die Erde drückte. Dahinter ragte er hoch hinauf wie ein Haus. Danny wollte ihn mit dem Blitzlicht der Kamera erschrecken. Aber das blöde Blitz-Teil funktionierte nicht: Mist! Schließlich fiel Danny vor Schreck in Ohnmacht. Als er nach kurzer Zeit wieder aufwachte, fand er sich auf einer Parkbank sitzend wieder, aber er war mit einem Seil gefesselt. Das wiederum war durch ein Loch im Holz der Parkbank-Rücklehne fixiert. Auch Matthes war mit einem Seil gefesselt worden.

»Hä …!?! Seit wann können Elche einen mit Seilen fesseln?« fragte sich Danny.

Elche sind ja Pflanzenfresser. Und so waren Danny und Matthes keine Fress-Objekte für sie.

»Aber gleich fesseln …!?!«

Die kleine Elchherde äste ohne Beunruhigung neben den beiden gefesselten Travellern weiter. Vielleicht wollten die Elche einfach nur nicht fotografiert werden. Das kannten Danny und Matthes ja schon von den Mohammedanern, denen es aus religiösen Gründen verboten war, dass man Abbilder (also Fotos) von ihnen machte.

Nun ja, vielleicht waren das muslimische Elche …!? Das würde einiges erklären … »

Teheran

Nun denn, die Impfung gegen Pocken hatte Danny eh schon vorher bekommen, also gab es kein Problem bei der Einreise in den Iran. Um dort hin zu kommen, nahm er den Zug ›Istanbul –> Teheran‹. Der brauchte zwar vier Tage für diese lange Strecke, dafür kostete er ihn den günstigen Preis von nur 26,-- DM, da er einen internationalen Studentenausweis hatte. Aber wieso wollte er eigentlich nach Teheran …? Danny hatte damals in Datteln eine Freundin, die Gila. Und die machte sogar zur selben Zeit, als er mit Matthes in Istanbul weilte, zusammen mit ihrer Mutter Urlaub in Antalja, an der türkischen Mittelmeerküste. Danny schaffte es sogar, sie dort in ihrem Hotel von Istanbul aus anzurufen. Aber sie dort zu besuchen, das schien ihm viel zu schwierig. Das wussten die beiden auch vorher schon. Und so machten sie sich auch keine Hoffnungen, sich in der Türkei zu treffen.

Außerdem hatte Danny anderes vor, denn er plante einen Überraschungsbesuch bei seiner persischen Brieffreundin Charlotte … Er hatte jahrelang Brieffreundinnen in aller Welt gehabt, sogar zwei persönlich kennen gelernt: die Dänin Inger-Lise in Jütland 1971 und die Londonerin Suzanne, die er 1970 bei ihr zu Hause besucht hatte. Aber viel aufregender als mit seinen bisherigen Brieffreundinnen war es 1974 für ihn mit der Perserin Charlotte Bagheri aus

Teheran. Über Jahre hinweg hatten Danny und sie eine eher spärliche Korrespondenz. Einmal pro Jahr, also mäßig, aber regelmäßig. Umso überraschter war er im Sommer 1974, als er einen Brief von Charlotte bekam. Der enthielt ein Passfoto einer rassigen schwarzhaarigen Perserin und knapp, aber prägnant, folgende Zeilen:

Teheran, the 15th July 1974

Dearest Danny
Marry me!!!
Charlotte

Da war Danny vielleicht platt, als er auf einmal einen Heiratsantrag aus Teheran bekam. Aber er war ja inzwischen auch schon etwas gewiefter im Umgang mit dem weiblichen Geschlecht geworden, was Taktik und Diplomatie betraf. So schrieb er ihr auch fröhlich zurück:

Datteln, the 20th of July, 1974

Dearest Charlotte,
I intended to come to Asia this summer nevertheless. Then I'll come along there at yours in Teheran, and we can talk about all.
Yours Danny

Danny vertröstete sie in seinem Antwortbrief auf seinen kommenden Besuch, wenn sie dann alles in Ruhe besprechen könnten. Und das war noch nicht einmal gelogen. Denn er wollte tatsächlich in den Sommersemesterferien zusammen mit Matthes nach Asien reisen, was sie dann ja auch machten. Allerdings kehrte Matthes von Istanbul wie geplant zurück nach Deutschland. Vorher waren sie zusammen über das Goldene Horn zum asiatischen Teil von Istanbul gefahren und hatten gemeinsam erstmals asiatischen Boden unter den Füßen. Aber Danny reiste danach allein weiter von Istanbul bis nach Afghanistan durch den Vorderen Orient. Dabei legte er einen einwöchigen Stopp in Teheran ein. Eigentlich hatte er damals überhaupt nicht vor, jemals zu heiraten. Weder 1974 noch später, weder in Deutschland und erst recht nicht im Iran. Aber diese Frau, die ihm einen Heiratsantrag stellte, wollte er sich doch zu gerne mal anschauen. In Teheran jedenfalls wohnte Danny in Downtown, in einem einfachen Traveller-Hotel im Viertel der armen Leute. Um so höher man in Teheran Richtung Elburs-Gebirge fuhr, um so größer waren die Villen und um so reicher die Menschen darin. Charlottes Familie wohnte auf halber Höhe, also eher Mittelschicht. Nach langem Suchen fand er die Adresse und die Hausnummer. Er wurde erst dort gewahr, wohin er ihr immer geschrieben hatte: ›*Opposite Nr. 16*‹. Denn bei Nr. 16 stand nicht ihr Nachname an der Tür. Aber gegenüber, also ›Opposite‹, da war er richtig und klingelte dort. Bis auf seinen Brief vor einem Monat kam er völlig unangemeldet. Das war kein Problem, als würde jeden Tag ein Mann aus Germany angereist kommen. »Willkommen und hereinspaziert, der Herr.« Mutter und Tochter waren zu Hause und ein gar lustiges Völkchen. Was hatten sie gelacht …! Charlotte hatte nämlich auch jede Menge Brieffreunde in aller Welt und sich dann mal einen Spaß gemacht, allen zu schreiben:

Dear ….,
Marry me!
Yours Charlotte

… nur um mal die Reaktion der verschiedensten Männertypen auf dieser Erde zu testen. Manche der Herren Brieffreunde nahmen das sehr ernst. Ein Tscheche wollte direkt das Aufgebot bestellen. Oder gar der Mann aus Irland, der gleich mit der ganzen Familie anreisen wollte, um die Hochzeit zu planen. Na ja, glücklicherweise war sie ja da bei Danny an einen humorvollen Menschen geraten. Sie hatten wirklich viel Spaß. Sie lachten und scherzten um die Wette, tranken bei ihr zu Hause Tee aus dem Samowar und rauchten eine Wasserpfeife, die Nagile. Danach zogen sie durch die Stadt und trampten schließlich zum Hilton-Hotel. Dort in der Bar saßen sie bis zum frühen Morgen bei einem Glas Bier und einem Schälchen Pommes. Schließlich komplimentierte man sie hinaus, weil sie dort für das Frühstück decken wollten. Charlotte war eine moderne junge Frau, sie studierte, trug Jeans oder Minirock. Sie ging zusammen mit Danny und ihren Freunden in Kneipen, wo geraucht und getrunken wurde. Das war 1974 zu Zeiten des Schahs von Persien möglich. Durch die ›Revolution‹ 1979 der fundamentalistischen Mullahs unter Chomeini fiel der Iran zurück ins Mittelalter.

»Arme Charlotte, was aus dir wohl geworden ist?«

Aus den beiden war ja nun kein Paar geworden, weder ein Ehepaar noch ein Liebespaar. Noch nicht einmal geküsst hatten sie sich. Der Funke war einfach nicht über gesprungen zwischen ihnen. Dafür hatten sie jede Menge Spaß gehabt. Und was ist Danny von dort geblieben? Charlotte lieh ihm ein viersprachiges Buch von Omar Chajjam mit vielen philosophischen Sinnsprüchen. Davon schrieb er sich einige ab. Er hinterlegte das Buch an der Rezeption seines Hotels und rief sie an, es sich dort abzuholen. Aber auf seinem Rückweg von Afghanistan lag das Buch dort immer noch. Und wenn es nicht gestorben ist, liegt es womöglich noch immer da …

Tja, in Teheran besuchte Danny nicht nur seine persische Brieffreundin Charlotte, sondern auch die afghanische Botschaft. Denn als dort im Iran für ihn fest stand: »wo ich schon einmal soweit gekommen bin, dann kann ich doch gleich auch mal ein Land weiter bis nach Afghanistan reisen …« In der Botschaft bekam er gegen eine Gebühr sein Visum für Afghanistan in seinen Pass gestempelt.

Dort bekam er auch den Auftrag, um überhaupt nach Afghanistan einreisen zu dürfen, sich vorher gegen Cholera impfen zu lassen. Kein Problem, zwei Impfungen im Abstand von einer Woche zu erlangen, die erste bekam er noch in Teheran. Glück hatte Danny dabei, dass damals durch den Schah der Iran westlich orientiert war. So auch das Gesundheitswesen, was seinen Service in Persien kostenlos anbot. Deshalb brauchte Danny auch nix für die beiden Impfen zu bezahlen: »Toller Service, muss ich schon sagen …!«

Die zweite Impfung plante er für eine Woche später in Mashad ein, die heutzutage zweitgrößte Stadt des Irans. Sie liegt im äußersten Nordosten von Persien, quasi die letzte Stadt vor Afghanistan. Man könnte sagen, ohne die notwendige zweite Cholera-Impfung, um nach Afghanistan einreisen zu können, wäre Danny womöglich nie nach Mashad gekommen …!? Na ja, vielleicht ja doch …!?

Mashad

Danny erinnerte sich noch wie heute, wie er nach Mashad kam. Die erste Etappe dieser Tour ging mit einem Bus quer durchs Elburs-Gebirge von Teheran bis zum kaspischen Meer.

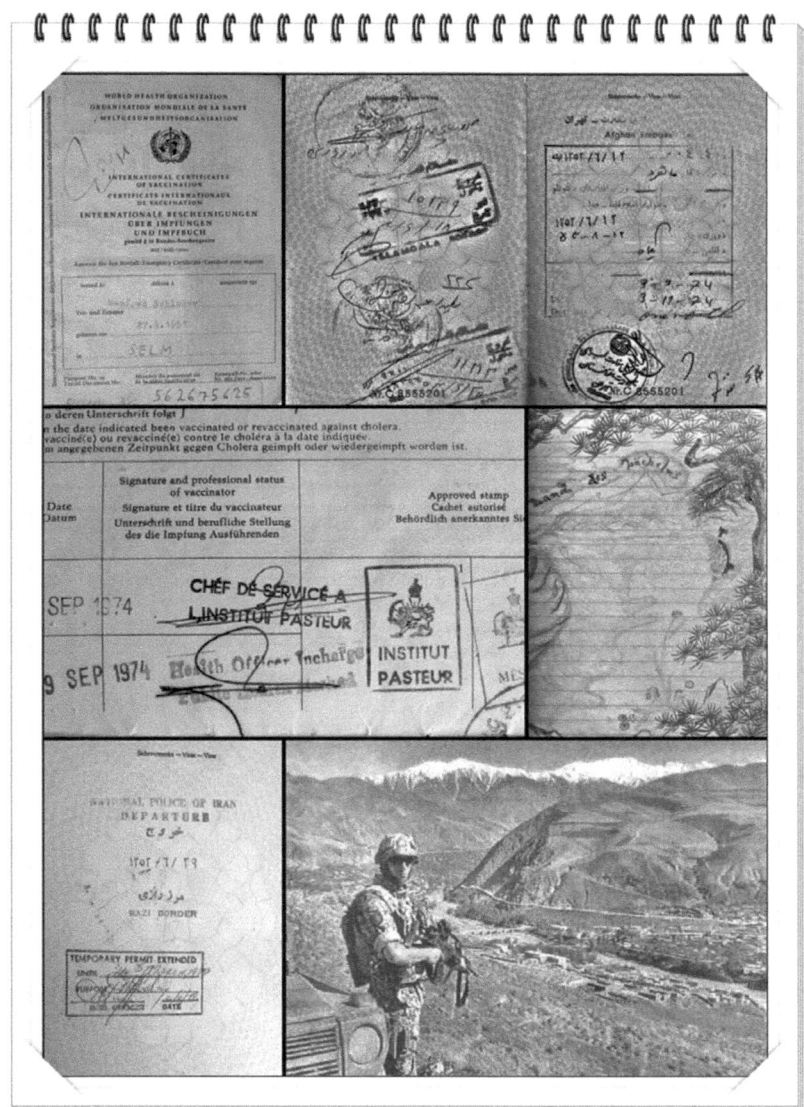

oben links: internationaler Impfausweis; rechts daneben: Afghanisches Visum;
mittlere Reihe links: Cholera-Impfungen in Teheran und Mashad; rechts daneben:
Opium-Bild;
unten links: Persischer Pass-Stempel; rechts daneben: Soldat in Afghanistan.

Dort verbrachte er eine Nacht alleine im Zelt und bekam den ›Blues‹, als er in der untergehenden Sonne am Strand saß. Und zum ersten Male spürte er in sich das Gefühl eines Menschen, dieses Naturzufalls, der allein den vier Naturgewalten Wasser, Luft, Erde und dem Feuer der untergehenden Sonne gegenüber saß. Dem hatte er nichts entgegen zu halten als das bisschen Mensch, was er war. Vor ihm Meer, unendlich weites Meer, und dahinter Russland, unendlich weites Russland, die Taiga. Wie schon Alexandra einst 1968 in ihrem schwermütigen Lied sang: »Sehnsucht heißt ein altes Lied der Taiga …« Das gab Danny ein zusätzliches Gefühl der Sehnsucht. Doch Sehnsucht wonach? Ja, wirklich, er war zwar der ›lonesome traveller‹. Dennoch war das, was einst Novalis sagte, für ihn zur Wirklichkeit geworden: »Wo gehen wir denn hin? Immer nach Hause.« Das nahm sich Danny auch vor. Aber vorher wollte er noch nach Afghanistan: »Also aufi, weiter gen Osten, Herat hieß das Ziel in Afghanistan.«

Also trampte er vom Kaspischen Meer gen Osten nach Gorgan. Und dann immer weiter, immer weiter, als einziger Fremder im Bus nach Mashhad in Ost-Persien. Unterwegs hatte der Bus eine Panne in einem kleinen Dorf in der Wüste. Danny war wie meistens auf dieser Reise der einzige Traveller, die anderen waren alle Perser. Direkt neben der Reparatur-Werkstatt gab es ein Schneider-Geschäft. Dort sammelte sich fast die gesamte Orts-Gemeinschaft um den Fremden aus Germany. Da wurde sogar ein Foto gemacht. Danny saß im Schneidersitz auf dem Tisch des Schneiders. Alle anderen um ihn herum. Das Foto machte der einzige Mensch im Ort mit Kamera, der Mann aus der Bank von gegenüber. Dann war der Bus repariert. Es ging weiter nach Mashhad. Alles zog sich lange und länger hin, so dass er erst zum Morgengrauen am Stadtrand von Mashad eintraf. Es war dämmrig. Danny war wie alle anderen auch ausgestiegen, denn der Bus hatte dort Endstation.

Alles hatte noch geschlossen: »Was nun?«

Auf der gegenüberliegenden Straßenseite sah er ein schummeriges Licht. Dorthin wandte er sich. Die Kaschemme entpuppte sich als eine Art orientalische Fernfahrer-Raststätte. Überall saßen Männer mit Kaftanen und Burnussen rum, teils auf der Erde, teils auf niedrigen Bänken. Tische gab es nicht. Aber es gab was zu essen, sogar was Warmes. Dazu gab's ›Tschai‹, Tee natürlich, was sonst.

»Super!« Danny bestellte sich – ausgehungert und durstig von der langen

Fahrt durch die östliche persische Wüste – , was es zu essen und zu trinken gab. Er setzte sich einfach dazu. Der Tschai schmeckte wie immer gut: heiß, erfrischend und total süß, wie sie ihn dort im Orient gerne trinken. Das Essen, was er durch Gesten und überraschend preiswert für nur ein paar Rials bekam, kannte er nicht. Und er hatte auch noch nie etwas davon gehört oder gelesen. Es war ein echt einheimisches Gericht. Da wurde auf einem Alu-Teller ein Klatsch Pamps gelegt, daneben ein Klacks Fettberg. Er schaute, was die Nachbarn um ihn herum damit machten. Sie zerstießen alles zusammen mit einem Alu-Stößel und zermatschten es zu einem suppen-ähnlichen Brei. Das machte Danny dann auch. Die Männer um ihn herum lächelten ihm aufmunternd zu. Er hatte ja auch einen Vollbart und lange Haare und dreckige Kleidung. Er war zwar ein Hippie, aber er sah ähnlich aus wie die orientalischen Männer dort. Er war jetzt einer von ihnen geworden. Denn sie aßen zusammen im Schneidersitz auf dem Boden kauernd und schlürften den heißen Tschai dazu. Und der zerstößelte Pamps schmeckte köstlich. Noch heute hat Danny diese Szene vor Augen und den Geschmack des einheimischen persischen Gerichts auf der Zunge. Dazu gab es das unvermeidliche Fladenbrot, und alles wurde mit Tschai runter gespült: »Lecka-lecka …!« Der Tag konnte kommen.

Mashad, diese orientalische Metropole, erlebte Danny als Stadt der Moscheen und Teppich-Händler. Überall wurde er, der Fremde, angesprochen mit: »Hello Mister, how are you?« Aber diese fünf Wörter waren meist die einzigen englischen ›Happen‹, die die jungen Männer ›auf der Pfanne‹ hatten. So kam fast nie ein Gespräch zustande, dafür aber fast immer ein Lächeln oder Grinsen im Gesicht. Doch einmal wurde Danny angesprochen, ein Gespräch am Straßenrand angeknüpft, und er fand sich auf dem Rücksitz eines Motorrollers wieder, der mit ihm irgendwohin brauste … Aber wohin, wohin: natürlich, man hatte es schon geahnt, in die Höhle eines einheimischen Teppichhändlers. Dort bekam er erst einmal einen Tschai angeboten. Alle Perser waren immer sehr gastfreundlich. Man saß bequem im Schneidersitz auf den farbenprächtigen flauschigen Perser-Teppichen. Klar wurde Danny dann auch das ›Geschäft seines Lebens‹ angeboten. Aber er antwortete nur: »Ich Student, kein Geld, kein money …!« mit einem offenen Lachen im Gesicht. So kam natürlich kein Teppich-Geschäft mit ihm zustande. Aber er wollte dem freundlichen Teppichhändler doch etwas bieten. Deshalb zeigte er ihm einige Abroll-Techniken, die auf den weichen Perserteppich noch mehr

Spaß machten als auf den harten Matten der heimischen deutschen Turnhallen. Danny hatte nämlich im gerade vergangenen Semester an der Ruhr-Uni Bochum Taekwondo- und Judo-Kurse belegt. Da war das Abrollen-Können eine der wichtigsten Übungen. Haha, das machte Spaß, nicht nur dem weit gereisten Studenten. Sondern auch der Teppichhändler hatte Späsken, auch ohne ein Geschäft gemacht zu haben. Mit einem zufriedenen ›Salamaleikum‹ ging man auseinander.

Und dann hatte Danny auch im Gesundheitsamt Mashad die zweite Cholera-Impfung erfolgreich überstanden. Das war ja der eigentliche Grund für seine Mashad-Reise.

… was man sich nicht alles an Impfungen hat gefallen lassen, und das freiwillig, um irgend wohin reisen zu können …

… und was man dabei so alles erlebt hatte, in Istanbul, in Teheran und in Mashad …

Afghanistan

Und dann begann für Danny das Abenteuer Afghanistan. Er und die anderen Mitreisenden waren quasi im Niemandsland zwischen Persien und Afghanistan angelangt. Mashhad lag hinter ihnen. Die Stadt, über deren enge, gedeckte, halbdunkle Barsargassen die goldene Kuppel des Grabmals von Iman Reza strahlte wie eine aus dem unbeweglich blauen Himmel niedergesunkene Glocke.

Aber Danny wollte ja ins Land des Lächelns. Dort, wo die meisten Afghanen irgendwie ziemlich verrückt waren.

Trotzdem wurden die Bescheinigungen in den internationalen Impfbüchern wegen der Cholera-Impfungen an der Grenze zu Afghanistan im dortigen Gesundheitsamt sehr gründlich geprüft. Und genau dort, an der iranisch-afghanischen Grenze, im Gesundheitsamt, hatte Danny bei der Überprüfung der internationalen Impfausweise ein außergewöhnliches Erlebnis. Hinter dem Arzt am Schreibtisch stand ein verwegen aussehender Afghane, der in seiner Hand einen Brocken immer auf und ab hüpfen ließ. Einer der beiden Franzosen neben Danny fragte ihn: »Haschisch?« Kommentarlos warf der Afghane seinen braunen Brocken dem Franzosen über ein paar Meter zu. Und es entpuppte sich tatsächlich als Haschisch, sehr zur Freude des Franzosen. Und das ausgerechnet im Gesundheitsamt.

Die Grenzstation hieß Islām Qala, »historisch bekannt als Kafir Qala und ist eine Grenzstadt in der westlichen Provinz Herat in Afghanistan, nahe der afghanisch-iranischen Grenze. Es ist die offizielle Einreise auf dem Landweg aus dem benachbarten Taybad, Iran.«*

Dort an der Grenze wartete schon passender Weise ein Bus, der zur nächsten afghanischen Stadt, nämlich nach Herat, fahren sollte. Da Danny in Persien schon afghanisches Geld gewechselt hatte, konnte er sich sofort ein Ticket kaufen. Im Gegensatz zu den beiden Franzosen, Jean-Francois und Pierre, die noch kein afghanisches Geld hatten. Sie liehen sich deshalb von Danny Geld für ihre beiden Tickets. Sie meinten, sie könnten ja mit ihm zusammen bleiben, bis sie auch Geld gewechselt hätten. Dann würden sie es ihm zurück- geben. Damit erklärte er sich gerne einverstanden: das war die internationale Solidarität der Tramper untereinander. Allerdings fuhr der Bus leider nicht sofort los. Stattdessen dauerte es noch rund vier Stunden, bis auch der letzte vorhandene Platz besetzt war und es dann endlich losgehen konnte. Das war vielleicht eine abenteuerliche Fahrt. Die Sitze rumpelten lose auf dem Busbo- den herum, und Fensterscheiben gab's überhaupt nicht mehr. Der Busfahrer guckte wie Marty Feldman, ein Auge nach links oben, und das andere schielte nach rechts außen.

Als erstes trafen sie nach einer Stunde einen liegen gebliebenen Bus in Ge- genrichtung. Deren Fahrgäste dachten sich, besser wieder zurück in die Stadt zu fahren, wo sie her gekommen waren, als dort in der Wüste zu vergammeln. Also stiegen sie in den bereits voll besetzten Bus mit ein. Dadurch waren alle Sitze doppelt besetzt, und zusätzlich standen viele neue Fahrgäste im Gang rum. Dann steckten die beiden Franzosen auch noch einen Riesenjoint an, der im ganzen Bus herumkreiste. Selbst der Busfahrer war nicht abgeneigt, seine beflügelte Fahrweise noch mit Cannabis zu toppen. Deshalb brodelte die Stimmung geradezu über. Es wurde gesungen, geklatscht und getanzt, dass der ganze Bus wackelte. Er fuhr nun durch Wüste. Es wurde dunkel, aber der Bus hatte keine funktionierenden Scheinwerfer. Da kam es dem Fahrer gerade recht, dass ihn ein PKW mit leuchtenden Scheinwerfern überholte. So konnte

---

*   *aus Wikipedia, 29.09.2021*

er sich direkt hinter ihn hängen. Der fuhr allerdings viel schneller. Und obwohl der Fahrer das Letzte aus dem Bus heraus holte, verschwanden die leuchtenden Scheinwerfer des Autos dennoch bald weit vor ihnen in der Wüste. Das war allerdings kein Grund für den Busfahrer, das Tempo zu drosseln. Er fuhr im Höchsttempo weiter, ohne irgend etwas zu erkennen. Denn in der Dunkelheit hatte die unmarkierte Teerstraße dieselbe Farbe wie die umliegende Wüste angenommen. Dann passierte, was zu kommen drohte. Mit lautem Rumpeln kam der Bus von der Straße ab, und rauschte in den Wüstensand. Sie kamen zum Stillstand, und erst war's auch ganz still im Bus. Doch dann brach ein Orkan an Stimmen, Rufen, Schreien, Beschwerden und Lamentieren los. Zwei andere Mitreisende wollten gar nicht mehr mit diesem Bus weiterfahren, obwohl eigentlich nix Schlimmes passiert war. Denn der Wüstensand neben der Straße war so fest, dass der Fahrer zurücksetzen und weiter fahren konnte. Danny fragte sie, was sie denn stattdessen zu tun gedächten: »Wollt ihr hier etwa siedeln?«

Er jedenfalls fuhr dann mit Jean-Francois und Pierre weiter nach Herat rein, zumal der Busfahrer jetzt etwas ernüchtert war und entsprechend langsamer fuhr. In Herat erlebte Danny eine weitere Überraschung. Im Dunkeln sah und hörte man als einzigen Verkehr nur das Hufe klappern und die Glöckchen der Pferde-Droschken mit Kerzenlichtern oben auf dem Kutschbock, die durch die Schlagloch übersäten unbefestigten Erdstraßen zockelten. Von der Stimmung her fühlte er sich in einen Roman von Leo Tolstoi hinein versetzt.

Herat

Mit den beiden Franzosen nahm Danny sich ein Dreibettzimmer in einem preiswerten Traveller-Hotel. Dort wohnten sie in der Nähe des Eingangs. Aber nach den ersten Nächten bekamen sie einen Rüffel vom Hotelmanager. Denn es qualmte aus ihrem Zimmer häufiger aus allen Ritzen. In der Tat hatte Danny von den beiden Franzosen rasch den Eindruck gewonnen, dass sie nur wegen der billigen Drogen nach Afghanistan gekommen waren. Sie hatten sich nämlich schon nach einem Tag mit einer dicken Platte schwarzem Afghanen und einem Klumpen Opium versorgt. Deshalb wunderte er sich auch nicht, dass ständig irgendeine Pfeife mit reinstem dunkelbraunen Haschisch in ihrem

Zimmer qualmte. Die Afghanen an sich hatten ja anscheinend selber große Sympathien für diese Rauchdroge. Aber den Einheimischen aus diesem Hotel war diese qualmende Angelegenheit ihrer Gäste nicht geheuer. Denn es war nach wie vor für Fremde verboten, Haschisch zu besitzen oder zu konsumieren. Deshalb quartierten sie die drei Europäer in einem anderen schönen Zimmer ein. Das lag ganz weit weg vom Eingang, hinten durch den Hof, eine Treppe hoch. Dort waren sie die einzigen Gäste, deshalb auch unter sich, und konnten nach Herzens Lust qualmen.

Allerdings betätigten sich die beiden Franzosen auch als Amateur-Naturheiler. Danny hatte mal wieder Durchfall. Schon zum vierten Mal auf dieser Reise ereilte ihn quasi nach jeder neuen Wassersorte ›Montezumas Rache‹.

Erst in Matala auf Kreta, als er morgens bei der Bäckerei, wo es so verführerisch nach frisch gebackenem Brot duftete, vom Ortsbäcker einen kleinen Klumpen rohen Teigs geschenkt bekam. Den aß er, bekam mächtig Durst davon, und schon fing die Brodelei in seinem Bauch an: »ja, wie doof kann man auch nur sein …!?«

Dann natürlich in Istanbul, dem Moloch auf zwei Kontinenten, internationaler Treffpunkt von Schmutz, Smog und Bakterien: »wenn nicht in Istanbul, wo soll man dann einen ›Flotten‹ kriegen …!?«

Danach aber auch in Teheran, obwohl die doch ihr Wasser anpriesen wie ›geschnitten Brot‹, so gesund und lecker sollte das sein. Da standen auch in der persischen Metropole an vielen Ecken Wasserbehälter rum, wo man sich kostenlos vom kühlen Nass bedienen durfte. Vielleicht war das Wasser ja doch nicht so gut …? Oder es lag an den bunten Sahnetörtchen, von denen sich Danny hin und wieder mal eins gönnte.

Und nun schließlich auch in Herat, Afghanistan. Woher da? Am Wasser mag es nicht gelegen haben, denn dort trank Danny nur Tee, wozu ja hoffentlich das Wasser erst abgekocht gewesen war …!?! Oder doch …!?! Falls nicht, kämen auch noch die Fleischspießchen in Frage, die dort überall am Straßenrand gegrillt und für wenig Geld angeboten wurden. Na, jedenfalls hatte Danny wieder mal Durchfall. Aber rasch diagnostizierte Jean-Francois: »Nimm das mal, das hilft«. Er formte für Danny von seinem schwarzen klebrigen Batzen Opium ein kleines Dragee-förmiges Kügelchen und gab es ihm. Der schluckte es. Und tatsächlich half es. Danny merkte nichts mehr von dem Durchfall. Aber er merkte auch sonst gar nix mehr. Etwa einen ganzen Tag drömmelte er auf seinem Bett herum. Er hatte keine Schmerzen, keinen Hunger, gar nix. Seine kreativen Fingerchen malten derweil ein harmonisches halluzinogenes Bild in sein Tagebuch, wobei er seinen Drogenrausch verarbeitete …

Indien oder Nepal, no way

Dannys Route ›Kreta –> Istanbul –> Teheran –> Afghanistan‹ lag ja auf dem damaligen Hippie-Trail, dem die Hippies aus Europa folgten, um nach Indien oder gar Katmandu in Nepal zu gelangen. Das wäre das ›normale‹ Ziel eines 70er Jahre-Hippies gewesen.

Aber so weit ließ es Danny nicht kommen, er kehrte in Afghanistan um, weil er Heimweh hatte.

Interessanterweise traf er auf seiner Rückreise die beiden Südbadenser Jungens Günna und Berti in Teheran wieder. Mit denen hatte er schon auf dem Hinweg eine ganze Woche verbracht. Die beiden wollten eigentlich die Südroute ›Teheran –> Pakistan –> Indien‹ nehmen. Hatten sie auch. Aber dann gerieten sie ins Erzählen: »In der süd-persischen Wüste sind wir beide fast verdurstet. Und als wir dann endlich mehr schlecht als recht in Pakistan angekommen waren, da erfuhren wir, dass in Indien gerade Ruhr und Cholera[*] wüteten …«

Da kehrten auch sie wieder um. Sie wollten genauso wie Danny den Herbst lieber gesund und munter in good old Europa verbringen.

»Alles richtig gemacht, Danny …«

---

[*] *aus Wikipedia, 04.10.2021: Cholera, auch Cholera asiatica, Gallenbrechdurchfall, ist eine schwere bakterielle Infektionskrankheit vorwiegend des Dünndarms, die durch das Bakterium Vibrio cholerae verursacht wird. Die Infektion erfolgt zumeist über verunreinigtes Trinkwasser oder infizierte Nahrung. Die Bakterien können extremen Durchfall und starkes Erbrechen (Brechdurchfall) verursachen. Als Dysenterie oder Ruhr wird in engerem Sinn eine entzündliche Erkrankung des Dickdarms bei einer bakteriellen Infektion bezeichnet.*

Gelbfieber-Impfung vor der großen Amerika-Reise

1978 hatte Danny sich sogar für seine halbjährige Amerika-Reise prophylaktisch gegen Gelbfieber impfen lassen. Weil da Mexiko und die Karibik auf seinem Plan standen und später auch tatsächlich alle von vorne bis hinten bereist wurden.

»Boah, ich erinnere mich noch gut daran,« resümierte Danny heuer, »die Impfung fand im Gesundheitsamt Datteln an der Friedrich-Ebert-Straße neben der Bücherei statt. Nach der Impfung – was auch immer drinne war ….!?! – kam ich aus dem Gesundheitsamt-Gebäude und fühlte mich so benommen, als hätte ich einen Riesen-Joint alleine geraucht …, hihi, haha, hoho … Damals wurde weder ein Aufklärungs-Gespräch noch eine Ruhephase nach der Impfung angeboten. Na, jedenfalls fühlte ich mich nach der Impfe so schummerig, dass ich mich erst mal draußen auf die Wiese vor dem Gesundheitsamt hinlegen musste …«

Na ja, irgendwie schien ja dann doch alles wieder ins Lot gekommen zu sein …!?

»Aber was war die Moral von der Geschicht,
das glaubste nicht,
was man sich hat damals alles so freiwillig hat rein pfeifen lassen,
um irgendwie – irgendwann – irgendwo hinkommen zu können …!«

Danny hatte ja damals die halbjährige Amerika-Reise und später noch eine Weltreise mit Matti geplant. Von daher war die Gelbfieber-Impfung schon angebracht, zumal sie auch 10 Jahre gültig war. Die Amerika-Reise hatte ja geklappt. Aber aus der Weltreise mit Matti wurde nix.

Dafür erlebte Danny während der halbjährigen Amerika-Reise so allerlei, auch medizinisch zweifelhafte Abenteuer. Obgleich sich Kalifornien und Mexiko hygienisch wie Tag und Nacht gegenüber standen, hatte er auch schon in Southern California gesundheitlichen Unbill zu erleiden. Aber das lag auch an seinem unsteten Lebenswandel: wild Campen in der Natur oder Trampen mit fremden Leuten, um weiter zu kommen. Da kam es auch mit der Nahrungsaufnahme zu Unregelmäßigkeiten. Danny erinnerte sich daran, wie er einmal in der Wüste zwischen California und Nevada neben den Gleisen einer Eisenbahn-Route kampierte. Vorher hatte er standesgemäß – wie die

Cowboys – eine Dose roter Bohnen über dem Lagerfeuer heiß gemacht und diese der Einfachheit halber direkt mit der Gabel aus der Dose gegessen. Die Nacht wurde unruhig: viel Güterverkehr auf den Gleisen neben seinem Zelt, und Durchfall gab's ob des frugalen Mahls noch obendrauf …

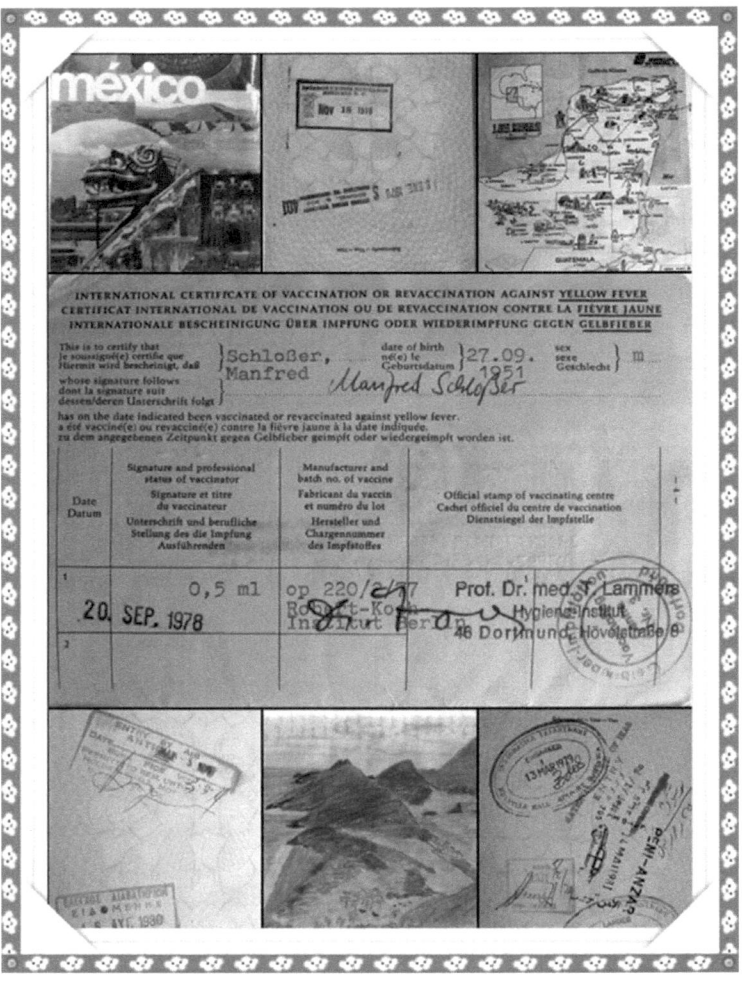

obere Reihe: Mexiko, Maya-Tempel, Einreise-Stempel und Yucatan-Karte.
mittlere Reihe: Gelbfieber-Impfung 1978 vor der Amerika-Reise.
untere Reihe: Karibik, Antigua-Stempel, Gemälde von St.Kitts und Dominica-Stempel.

Aber das war ja noch wenig gegenüber den mehr oder weniger regelmäßigen Duchfällen in Mexiko, also sozusagen »Montezuma's Rache«: das war schon eher gesundheitlich bedenklich. Und da purzelten die Rekorde nur so. In Barra de Navidad, einem kleinen Ort an der mexikanischen Pazifik-Küste, der ins Deutsche übersetzt übrigens lustigerweise »Weihnachtsstange« hieß, da musste Danny an einem Tag und einer Nacht sage und schreibe 16 mal aufs Klo. Da kam schon nur noch »schwarze Flüssigkeit« hinten raus. Das kam von den Kohletabletten, die er aus Deutschland gegen Durchfall mitgenommen hatte. Schien nicht so richtig gut zu wirken. Jedenfalls nicht gegen die mexikanischen Viren. Danny hatte in Mexiko alle paar Tage Durchfall. Das war ja auch nicht so sonderlich gesund.

Im Bus von Oaxaca nach Veracruz am Golf von Mexiko traf er auf Matthes, mit dem Danny sich vorher in Deutschland für Weihnachten in Veracruz verabredet hatte. Eigentlich wollte er sich mit Matthes und Harry treffen. Aber Harry war schon mit einer gar schrecklichen Krankheit von Zihuatanejo aus alleine und überstürzt nach Hause gereist. In Zihuatanejo hatte er sich die sogenannte »Touristica« gefangen: Durchfall, Fieber, Schüttelfrost, und das Gefühl, dort in der Fremde rettungslos verloren zu sein. Dabei ist Zihuatanejo eigentlich nur eine kleine gemütliche Hafenstadt im Bundesstaat Guerrero an der Pazifikküste Mexikos. Die »Touristica« zeigte sich bei Harry sehr eklatant. Als er nämlich wieder zu Hause im kalten europäischen Winter gelandet war, da war er quasi schon wieder gesund.

Nun denn, mit Matthes würde er bis in die Karibik zusammen bleiben. Bis dahin machten sie, was man so in Mexiko macht: der Marimba-Musik lauschen, das Treiben der exotischen Menschen beobachten oder einfach relaxen. Das hatte Danny gerade besonders nötig, da er sich als weihnachtliche Bescherung eine goldene Kotz- und Durchfallserie gefangen hatte. Dabei war er froh, dass sie bei dieser enormen Nachfrage nach Unterkunft wegen der mexikanischen Feiertage überhaupt ein Zimmer in Veracruz bekommen hatten, um seinen von einer Darminfektion ausgelaugten laschen Körper ein bisschen auszustrecken.

Sonst gab's dort in Veracruz eigentlich nicht viel zu machen, als ein bisschen am Hafen rumzugehen, der für den größten Hafen Mexikos recht mickrig aussah. Hier an der Golfküste wie auch an den Küstenstreifen um die anderen

Ölhäfen wie Coatzacoalcos (oder wie sie es wenig liebevoll nannten: »Kotz-KOTZ«) oder bei Villahermosa und überhaupt am gesamten Golf von Mexiko war das Meereswasser schon reichlichst verschmutzt.

Da hatten sie fast schon den Mexiko-Blues, bis sie die Halbinsel Yucatan erreichten, wo sie zum Ende ihrer Mexiko-Reise die schönste Zeit in Mexiko überhaupt verlebten. Nämlich bei den Mayas auf der Halbinsel Yucatan. Besonders gut gefiel es ihnen auf der mexikanischen Karibik-Insel Isla Mujeres, wo sie zwei schöne relaxte Wochen verbrachten. Allerdings endeten die abrupt mit einer Salmonellenvergiftung bei Matthes und Danny. Nach Matthes Geburtstags-Party Anfang Januar ging es den beiden am nächsten Tag immer schlechter. Matthes hatte 39,6 ° C Fieber. Danny legte mit 39,1° C Fieber nach. Matthes konterte mit Magenkrämpfen, Kopfschmerzen und Durchfall. Danny hatte dazu noch Schüttelfrost. Sie mussten deshalb sogar im dortigen Militärkrankenhaus behandelt werden. Es war eine stattliche Liste, die sie dem Arzt übersetzen mussten. Der diagnostizierte Salmonellenvergiftung bei Matthes und Danny. Für Matthes gab es eine Spritze und Tabletten. Für Danny nur Tabletten, weil er eine Vergiftung geringeren Grades hatte. Nach einer fiebertraumatischen Schwitznacht ging das Fieber bei beiden am nächsten Tag weg. Bei Danny stellten sich von dem Moment, wo er mit den mexikanischen Tabletten begann, enorme Kopfschmerzen ein. Die hörten drei Tage ununterbrochen nicht auf. Das war ein absolutes Scheiß-Feeling, dauernd mit einer hämmernden Birne rumzulaufen. Deshalb fiel es ihnen auch um so leichter, Mexiko zu verlassen. Es wurde Zeit für sie, weiter zu reisen. Sie verließen die Isla Mujeres mit einem Boot nach Puerto Juarez. Das alles erlebte Danny mehr oder weniger in Trance, da er immer noch fieberte und sich kaum auf den Beinen halten konnte. Aber auch das ging vorbei. Mit dem Flieger ging es von Merida nach Miami in den USA, und von dort aus nach St. Thomas, US-amerikanische Jungfern-Inseln, ab in die Karibik. Danach St. Marteen, Antigua, St. Kitts und Nevis, und später Dominica. Die Inselwelt der Karibik lockte.

Und dort war es mal abenteuerlich wie beim Wild-Zelten am Strand von St. Kitts, wo es auch frei lebende Affen gab.

Oder auch mal ziemlich urig auf der Insel Domenica mit seiner wilden Gebirgsbotanik mit viel Dschungel und Wasserfällen. Die Insel hatte 365 Flüsse, außerdem Geysire, Mudpools und heiße Quellen, in einer von Schwefel, Sulfur und vulkanischen Stoffen geformten Landschaft. Diese erschien ihnen als bizarr und beeindruckend zugleich. Auf Domenica hatte es nur schwarze Strände, was geologisch die vulkanische Herkunft belegte. Dort gab es an der Ostküste auch noch urtümliche Indianer, die Cariben.

Teilweise war ihr Karibik-Aufenthalt aber auch sehr beschaulich, wie auf der Insel Nevis, wo sie mitten auf der Insel ein kleines Häuschen mit großem Garten für einen ganzen Monat mieteten. Das kam ihrer Idee sehr entgegen, da sie ja nicht nur die karibischen Inseln erforschen, sondern wo sie auch gerne bis zum deutschen Frühling überwintern wollten. Und das taten sie auch, bevor es über Barbados zurück nach Luxemburg ging.

Diese halbjährige Reise durch Nord- und Mittelamerika, durch Kalifornien, Mexiko und die Karibik, war Dannys Reise des Lebens …

… sie war dann doch nicht so gefährlich für Leib und Leben. Er war gut geimpft, gut geschützt und hatte alles ohne Schaden überlebt.

Geblieben sind ihm jede Menge Erinnerungen und wertvolle Erfahrungen.

III. Impfungen in den 1980er Jahren

Danny brauchte Malaria-Prophylaxen für die Tropen-Reisen nach Kuba 1984, nach Thailand 1988 und zur Dominikanischen Republik 1989. Auch in den späteren Jahrzehnten war es nicht anders: für die Reisen nach Sri Lanka 1993 und für die diversen Tropen-Reisen nach Thailand, Taiwan, Indien, Malediven, Mauritius, die karibische Inselwelt oder zu den Philippinen 1999, da war doch zumindest immer eine Malaria-Prophylaxe angesagt. Da pfiffen sich dann Danny und auch seine – erst Freundin, Lebenspartnerin, dann Ehefrau Moni – die entsprechenden Tabletten gegen Malaria ein: »Resochin« hieß das Zauberwort. Da steckte ja auch der Begriff Chinin drin, quasi der Giftstoff gegen Malaria. Das wurde einst als probates Mittel gegen Malaria entdeckt. Ein bisschen davon ist auch in Bitter-Lemon oder Tonic drin. Aber da müsste man schon drei Kästen von den Soft-Drinks wegsüppeln, um gegen Malaria gefeit zu sein. Die englischen Kolonial-Beamten in den britischen Tropen-Kolonien versuchten sich da mit jeder Menge Gin-Tonic, gegen Malaria, gegen Durst und Langeweile, haha …

Danny hatte bei seinen Tropenreisen auch eine Vorliebe für Baccardi-Lemon entdeckt, ohne zu wissen, dass das bisken Chinin auch gegen Malaria helfen könnte …

Na ja, Resochin also, wurde Danny vom Gesundheitsamt verschrieben, musste er sich in der Apotheke kaufen und dann rein mit den Drogen: vor der Reise, bei der Reise und nach der Reise, wie es der Plan erforderte. Meistens war es so, dass sie vor der Reise eine Woche lang Malariaprophylaxen-Tabletten einnahmen, dann die zwei, drei, vier oder fünf Wochen im Tropenland natürlich und hinterher noch mal 4 Wochen zu Hause. Ein ganz schöner Hammer: eine chemische Keule über sieben bis zehn Wochen Dauer.

Abenteuer in Südostasien

Nachdem das mit der gemeinsamen Weltreise von Danny und Matti in den 1970er Jahren doch nicht geklappt hatte, beschlossen die beiden, zusammen im Februar 1988 nach Thailand zu reisen, um dort allerlei Abenteuer zu erleben.

Aber so einfach war das dann doch nicht. Denn Plan und Wirklichkeit klafften ein halbes Jahr auseinander. Sie brauchten als erstes ein Visum vom Konsulat in Düsseldorf.

Das ging ja ganz easy. Dann die Tickets: Angebote – Vergleiche – Zuschnappen. Dass Egyptair den Zuschlag erhielt, lag am günstigen Preis von 1395,-- DM für Hin- und Zurück. Im Nachhinein hätten sie lieber eine bessere Flugfirma, wenn auch für einen höheren Preis, wählen sollen. Denn die Abenteuer, die sie mit dieser Fluglinie erleben sollten, sowohl auf dem Hin- als auch auf dem Rückflug und erst recht bei der Rückbestätigung in Bangkok, die hätten sie sich lieber erspart.

Weitere Vorbereitungen waren die zahlreichen Impfungen, die sie noch vorher erledigen mussten: alleine zwei Impfungen gegen Cholera. Dagegen waren die beiden Schluckimpfungen gegen Typhus und Polio eine angenehme Übung. Und glücklicherweise waren die beiden Impfungen gegen Gelbfieber und Tetanus noch gültig, die Danny schon Jahre vorher hatte machen lassen. Aber dann mussten sie noch wochenlang Tabletten als Malaria-Prophylaxe schlucken: vorher zwei Wochen, dort im tropischen Reiseland fünf Wochen, und hinterher noch mal sechs Wochen zu Hause.

Dagegen war das Wälzen des Reiseführers schon die reinste Vorfreude. Zum ersten Mal stieß Danny auf den Begriff ›burmesische Straßenräuber‹ in einem Traveller-Handbuch.

Darin wurden die verschiedensten Gefahren während einer Thailand-Reise so anschaulich geschildert, als lauerten hinter jeder Ecke gefährliche Situationen. Die erschienen einem Fremden in diesem südostasiatischen Tropenland wie eine Slalom-Fahrt zwischen den Tücken des Dschungels, erst recht, wenn er sich dort zum ersten Male aufhielt. Da gab es Hundebisse oder gar Infektionen beim Baden in Flussmündungen. Deshalb war bald ihr beliebtester ›running gag‹ für besonders gefährliche Situationen in Thailand: ›Hundebisse in Flussmündungen‹.

Na ja, oder eben besagte diebische Burmesen. Da wurde dem armen Traveller eine dermaßen große Portion Paranoia verabreicht, als hätte er im Vietnamkrieg zu überleben. Dabei wollten sie nur ein bisschen Urlaub machen.

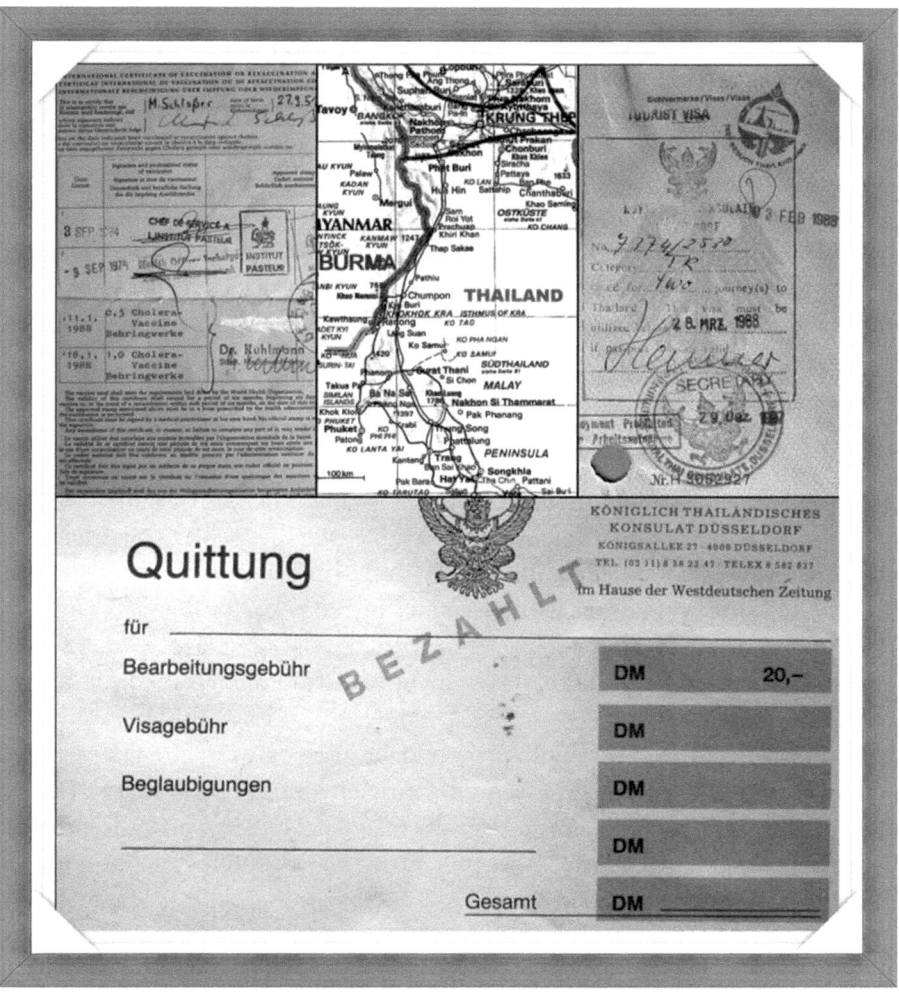

*oben links: zwei Cholera-Impfungen vom Dattelner Gesundheitsamt 1988 für die
Thailand-Reise,
Mitte: Thailand-Karte mit Burma, rechts: thailändisches Visum;
unten: Quittung für das thailändische Visum von 1987*

Nun gut, sie bereisten dann Thailand doch noch recht ausgiebig für einen ganzen Monat. Aber die Abenteuer, die sie erlebten, die waren dann doch eher Abenteuerlis, hihi …

Denn tatsächlich waren sie gut geimpft und gegen alle Eventualitäten gefeit, die ihnen dort unter gekommen waren. Nix Gefährliches und keinerlei gesundheitliche Probleme ereilten die beiden.

Bei Danny hatte das so gut nachgewirkt, dass er in den folgenden 12 Jahren immerhin noch weitere fünf Mal mit seiner Freundin Moni nach Thailand reiste.

Karibik – Tropenfieber und Durchfall

Dominikanische Republik 1989, Resturlaub von Danny zusammen mit Lia Böchterbeck, seiner damaligen Arbeitskollegin: die beiden buchten eine »Glücksreise« und landeten auf der Halbinsel Samana, in einem schönen Hotel, kleine Bungalows unter Palmen in Las Terrenas ….

… exotisch, schön, aber auch gesundheitlich nicht ungefährlich.

Tropenfieber und Durchfall, das braucht man/frau nicht unbedingt im Urlaub.

Tropenfieber und Durchfall …? Ja, wie kam es denn dazu? Danny hatte entweder was Komisches gegessen oder zu viel vom sauren Daiquiri-Lemon getrunken …? Oder vielleicht ja sogar die Eiswürfel in den Cocktails, denn sie wurden ja aus heimischen Wasser gemacht …? Na, jedenfalls wachte er mitten in der Nacht mit Bauchpiksen auf. Und da kam sie schon mit Macht daher: »Montezuma's Rache« wurde sie in Mexiko genannt. Diarrea dort in der Dominikanischen Republik, und Durchfall bei uns in Deutschland. Den halben Samstag war Danny völlig geschwächt an's Bett gefesselt: sechsmal musste er aufs Klo. Das war zwar ne gute Entschlackungskur bei dieser Essens-Mastkur mit dreimal täglich warm essen im Hotel, aber trotzdem haute es ihn ziemlich um. So übel hatte es ihn seit 1978 an der mexikanischen Pazifik-Küste nicht mehr erwischt, als er wegen Durchfall sechzehn Mal an einem Tag aufs Klo musste. Neben Darmtabletten nahm Danny hier auf Lia's Rat, die ihre Magen/ Darm-Probleme schon einen Tag vorher überwunden hatte, als Spezial-Medizin Cola. Sonst hasst er Cola ja genauso wie ausgequetschten Lebertran, aber

Medizin soll auch nicht gut schmecken, sondern heilen. Und als Darmtherapeutikum hatten die drei Gläser Zimmer-warmer Cola wohl tatsächlich gewirkt. Ansonsten machte er nen ganz »Ruhigen», mit etwas Sonnen auf dem Liegestuhl am Strand, dann wieder Schatten, bisschen Spazieren gehen, Füße ins Wasser halten, nach Muscheln suchen, lesen oder einfach rumdösen …

Danach ging's auch wieder aufwärts: sie konnten beide die letzten Tage in der Karibik noch ganz gut genießen. Mal etwas Aktion, mit kleineren Unternehmungen, mal Chillen, endloses und traumhaftes Chillen unter Kokospalmen …

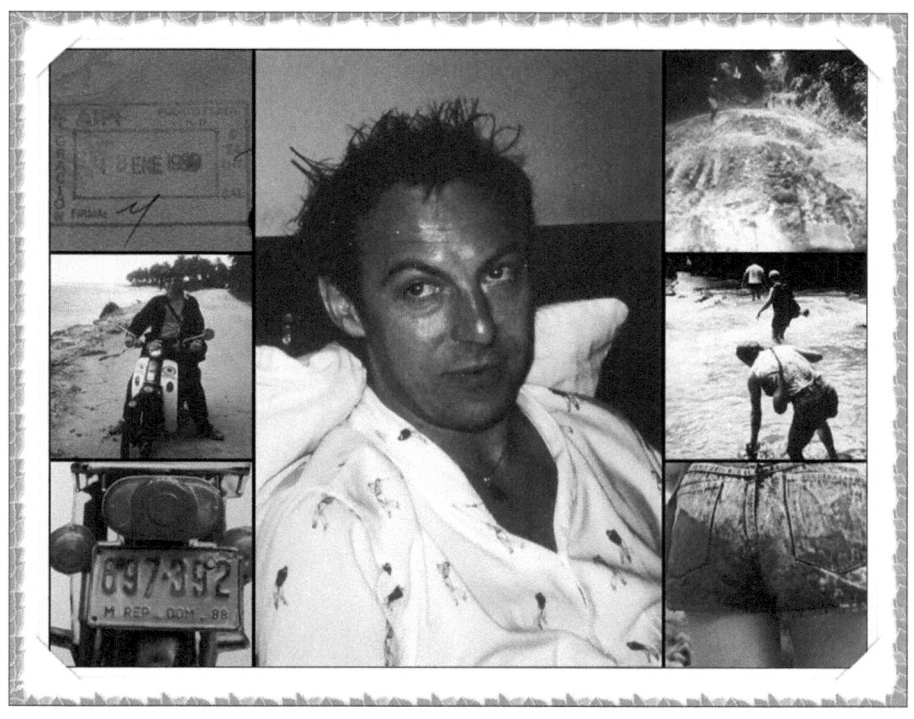

oben links: Pass-Stempel bei der Einreise in Puerto Plata; darunter: Bike-Tour durch die Dominikanische Republik; Mitte: Danny lag darnieder mit Tropenfieber und Durchfall; rechts: Dschungeltour zum Wasserfall in El Limon.

IV. Prophylaxe in den 1990er Jahren

Indien – Ruhr oder Cholera

Indien schien ja der Born für Infektionen schlechthin zu sein. Wer an Indien dachte, dem kamen sofort gefährliche Krankheiten wie Ruhr und Cholera in den Sinn. Aber zumindest dauernd Durchfall …

»Als Dysenterie (veraltete Bezeichnung *Dissenterie*; lateinisch Dysenteria) oder Ruhr (von mittelhochdeutsch *ruor* ›Bauchfluss, Ruhr, verschiedene Formen der Dysenterie‹, von althochdeutsch *ruora* »Strömung, schnelles Fließen«) wird in engerem Sinn eine entzündliche Erkrankung des Dickdarms bei einer bakteriellen Infektion bezeichnet (Bakterienruhr). In weiterem Sinn werden unter *Dysenterie* auch Durchfallerkrankungen verstanden.«[*]

Aber als Danny 1990/91 für einen Monat in Anjuna, Goa, Indien, Urlaub machte, da hatte er nie Durchfall. Er hatte ja sogar extra Klopapier aus Deutschland mitgebracht. Aber das brauchte er überhaupt nicht. Er hatte in Goa sein erstes Klo-Erlebnis auf Indisch. Das im Hocken Scheißen kannte er ja schon von Süd-Frankreich her. Aber ohne Klo-Papier? Das war leicht erklärt und ging so. Man oder Frau schöpfte etwas Wasser aus dem neben dem Klo stehenden Eimer und ließ es sich mehrmals über die Po-Ritze laufen. Das war eine angenehme und äußerst hygienische Reinigung. Beim Nachfühlen mit der linken und damit der unreinen Hand war es, als würde man in der Badewanne durch die Po-Ritze gleiten. Alles schön sauber …! Das war zwar erst ungewohnt, hinterher aber extrem hygienisch. Es war weitaus hygienischer als das in Deutschland gewohnte ›mit Klo-Papier abputzen‹. Und das Wasser am Po trocknete auch sehr schnell in der Hitze. Die Sonne streichelte den nassen Popo nach dem Geschäft wieder angenehm trocken. Vorsichtshalber wusch man sich hinterher noch mal die Hände. Hatte Danny also sein Klopapier umsonst mit nach Indien genommen. Die Klo-Häuschen, die Danny in Goa kennen gelernt hatte, standen immer am Rande des Grundstücks. Und sie waren leicht erhöht. Denn was hinten und demzufolge unten aus dem Häuschen rauskam, also das Ergebnis des ›großen Geschäfts‹, wurde auch gleich weiter verwertet. Die im Ort Anjuna frei herumlaufenden Schweine warteten schon

---

[*]   *Wikipedia – Dysenterie oder Ruhr, vom 25.02.2021*

auf die menschlichen Hinterlassenschaften. Sie vertilgten sie mit Genuss. Da hätte Klopapier nur gestört.

Goa in Indien 1990: oben links das Visum; oben rechts: Impfungen vorher. Oben Mitte: Danny am Strand von Anjuna; links unten: Biking durch Goa; rechts unten: indischer Medcine-Man auf dem Markt von Mapusa

Ja, und wieso hatte Danny nie Durchfall in Indien? Sie aßen immer scharf, feurig scharf, auch mal richtig indisch. Vielleicht war der Grund, dass die Schärfe des Essens alle Bakterien direkt abtötete …!? Aber das schmeckte ja auch lecka-lecka, das scharfe und pikant gewürzte Essen in Indien: seien es Meeresfrüchte wie Hai oder Shrimps, seien es leckere Tandori-Gerichte. Nie, nie, nicht ein einziges Mal, hatte er in Indien Durchfall. Erst in Deutschland, einen Tag nach der Rückfahrt, da ereilte es den Danny dann doch noch. Er tippte auf das Flugzeug-Essen, mit Salat, überhaupt das ungewohnte unleckere europäische Essen, das ihm nach der Indien-Reise dann erst in Deutschland den ersten ›Flotten‹ bescherte.

Wer hätte gedacht, dass Danny 30 Jahre später diese in Goa erlernte Kultur-Technik ›ohne Klopapier‹ noch mal in Deutschland brauchen könnte …!? Als 2020 die Corona-Pandemie fast die ganze Welt zum Stillstand brachte, wurden die Menschen etwas nervös. Die Ärmeren versuchten, was zum Essen zu bunkern. Die Deutschen hamsterten WC-Paper, als könnte man sich damit köstliche Speisen kochen. Diese skurrilen Hamster-Raubzüge von vielen Deutschen würde Sigmund Freud per Psychoanalyse als klassischen Fall von anal-faschistischem Verhalten einstufen. Nun ja, auf jeden Fall kannte Danny das ›große Geschäft‹ ohne Klopapier von seiner Goa-Reise. So konnte er seine Moni beruhigen, als sie partout kein WC-Papier in keinem Discounter oder Drogeriemarkt mehr bekamen: »Wenn demnächst unsere letzte Rolle Toilettenpapier aufgebraucht sein wird, und wenn wir dann immer noch keinen Nachschub bekommen haben, dann machen wir es wie in Goa. I teach you. Ich werde dich einweisen. Yes, we can do …!«

Denguefieber in Taiwan

1992 reiste Danny, zusammen mit seiner damaligen Freundin Marina, und mit Lia und ihrem damaligen Freund Flo für fünf Wochen über die Insel Taiwan. Die wurde früher Formosa genannt, die Schöne. Mit zwei blonden Frauen unterwegs unter Millionen von schwarzhaarigen Chinesinnen und Chinesen: das alleine sorgte schon für einiges Aufsehen.

Am Anfang der Rundreise wollten sie von Kaoshiung, der zweitgrößten Stadt und größten Hafenstadt Taiwans, nach Kenting, der südlichsten Stadt der Insel. Vom Bahnhof Kaoshiung fuhren sie mit der Eisenbahn gen Osten bis zur Endstation Pingtung. Der südliche Teil Taiwans liegt ja in den Tropen, so dass es in Pingtung noch viel heißer war als in ihrer vorigen Station Tainan, der Stadt der hundert Tempel. In Pingtung stiegen sie am Busbahnhof in einen Bus und fuhren durch Palmenhaine weiter nach Hengchun. Unterwegs sahen sie am Osthorizont hohe Gebirgsketten, durch die sie später auch noch reisen würden. In Hengchun bekamen sie Kontakt zu einem jungen Paar aus der Hauptstadt Taipeh, das genau wie sie nach Kenting wollte. Die beiden sprachen zwar kein Englisch, waren aber liebenswürdig und hilfsbereit und nannten sich mit den englischen Namen Andy und Cindy. Die Verständigung mit ihnen lief über Zeichensprache, Gesten und viel Gelächter. In Hengchun bemerkte Danny schon erste ungewöhnliche Schwächegefühle an sich. Ihm war inzwischen alles egal. Er wollte bloß noch ein Bett, um seine geschwächten Knochen endlich auszuruhen. Schließlich waren sie im Küstenort Kenting angekommen und hatten dafür die Insel Taiwan einmal von Nord nach Süd durchquert. Danny war nur noch fertig. Glücklicherweise hatten sie mit Andys Hilfe ein Zimmer in einer Pension in einer ruhigen Seitenstraße gefunden.

An diesem verlängerten Wochenende wurde in Taiwan der Geburtstag der Göttin der Mildtätigkeit Kuan-Yin gefeiert, eine der populärsten religiösen Gottheiten in Taiwan, Japan und Korea. Außerdem ist sie die Schutzpatronin Taiwans. Und alle jungen Leute kamen genau an dem Wochenende zusammen, um zu feiern. Tausende von Bussen mit jungen Leuten aus der Hauptstadt Taipeh kamen am gesamten Wochenende. Und ganz Kenting steckte im Stau. Das war dann ungefähr so wie Ostern oder Pfingsten im holländischen Domburg, wo auch immer eine ganze Menge junger Leute hinkommen. Dazu müsste man sich vorstellen, dass Domburg das einzige Seebad in den Niederlanden wäre, wo dann alle hin müssten. Außerdem lieben es ja die Chinesen, dicht gedrängt zu leben und zu feiern. Einzelne Menschen gelten als einsam und bemitleidenswert.

Das ganze Land befand sich deshalb im Ausnahmezustand, um das traditionelle Fest in einem schönen tropischen Küstenort zu feiern. Deshalb waren auch alle Hotels belegt. Und sie waren froh, dass sie ein einigermaßen günstiges Zimmer bekommen hatten.

Als Danny schlapp das Zimmer erreichte, wollte er nur noch liegen. Er maß seine Temperatur, die auch erhöht war. Am nächsten Tag stieg das Fieber erst auf 38,9°C, dann sogar auf 39,35°C an. Damit hatte er seine zweithöchste Fiebertemperatur als Erwachsener erreicht. Die höchste war 39,4°C, die er mal auf der mexikanischen Karibikinsel Isla Mujeres wegen einer Salmonellenvergiftung hatte. Der Grund seiner Krankheit in Taiwan war ihm völlig schleierhaft. Deshalb bat er Flo, ihm in Kenting ärztliche Hilfe zu holen. Doch dort gab es keinen Arzt. Für eine Konsultation müsste er in eine Klinik. Und das nächste Krankenhaus war 9 km weit entfernt in Hengchun. Aber Danny fühlte sich überhaupt nicht transportfähig.

Andy und Cindy kamen zum Krankenbesuch und brachten ihm zwei Bananen mit. Dazu kochten sie ihm eine chinesische Heilsuppe aus Ingwer und braunem Kandiszucker. Boah, die war heiß, scharf, süß und lecker. Erst ließ sie ihn einschlafen, dann wie ›ein Teufel‹ schwitzen. Danach ging's ihm sichtlich besser. Er schleppte sich zwar überall nur so hin, und alles war anstrengend. Aber er konnte dann am Spätnachmittag auch mal kurz zum Strand. Dort konnte er wenigstens seine Füße ins tropische Wasser halten. Flo hatte sofort am ersten Abend im Meer gebadet. Marina ab dem zweiten Tag in Kenting dann auch täglich. Danny dagegen war eher elendig zumute. Er hatte Kopf- und Halsschmerzen, Husten, Schnupfen, Schüttelfrost, unterschiedlich hohes Fieber und eine enorme Schlappheit. Dazu kam nach einem Tag auch noch Durchfall. Sie rätselten, was er sich denn da wohl eingefangen haben könnte?

Da waren sie nun im Süden Taiwans an dessen einzigem Tropenstrand angelangt. Aber Danny traute sich nicht ins Meer, da er vier Tage Fieber hatte. Ihm war so heiß, so heiß, von innen und von außen. Deshalb lag er textilfrei im Bett, bis ihn der Schüttelfrost wieder ereilte. Und die Decke kam erneut zum Einsatz.

Am letzten Abend mit Andy und Cindy gingen sie zusammen ins Hotel-Restaurant Peking. Dort genossen sie eine richtig schöne chinesische Tafel mit Fisch, Geflügel, Fleisch, Gemüse, Tofu, Suppe, Früchten, Bier für die Gesunden, und chinesischem Tee für Danny. Es war sehr lecker, und das Auge hatte bei diesem Mahl auch was zum Gucken.

Während Danny im Hotelzimmer rum drömmelte und auf Besserung seines Körpergefühls hoffte, trieben sich die anderen drei so herum. Einmal hatten sie sich Zehngang-Fahrräder geliehen und fuhren damit zum Kenting-Nationalpark. Der war zwar nur vier Kilometer von Kenting entfernt, dafür ging's dann aber straight bergauf. Huuuiiijjj, und das bei tropischer Mittagshitze.

Dann erlebten sie das große ›Pai-Pai‹ durch die Kenting-Road. Das hatten sie gar nicht erwartet. Es wurde ihnen also ziemlich überraschend was geboten. Denn das ›Pai-Pai‹ war eine farbenprächtige religiöse Prozession mit rituellen Kampfhandlungen. Da wurden an jedem Geschäft Knallfrösche geworfen. Sie sollten den Geschäftsinhabern Glück und Fruchtbarkeit bringen. Dafür gab es vor den Geschäften auch Opfertische mit Obst, Getränken und Räucherstäbchen.

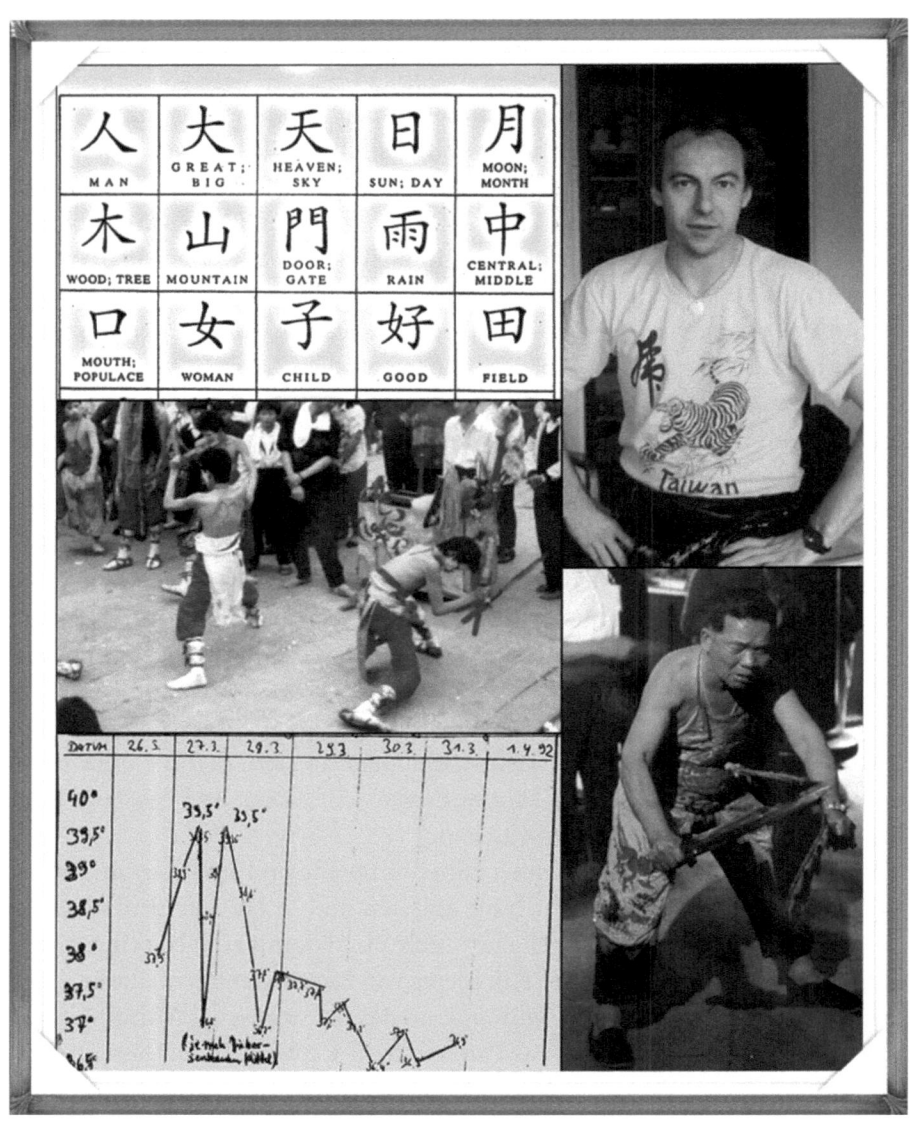

Oben links: chinesische Schriftzeichen; oben rechts: ›Der Tiger von Eschnapur‹.
Mitte links + unten rechts: Pai-Pai in Kenting.
Unten links: Dannys Fiebertabelle während des Denguefiebers.

Männer auf den LKWs trommelten sich die Seele aus dem Leib. Dazu ein Lärm-Kaleidoskop von Zimbeln, Lautsprechern mit Musik, den Knallfröschen auf der Straße und die sich gegenseitig laut anfeuernden Kampfparteien. Diese Geschichte war ja äußerst interessant und farbenfroh. Das ließ Dannys Lebensgeister für kurze Zeit höher steigen. Es ging auf und ab mit seinen Fieberphasen. Einmal hatte er so was wie akustische Halluzinationen. Es war dunkel im Zimmer. Und er hörte helle Glöckchen bimmeln, so als würden draußen vor dem Fenster auf einer kühlen saftigen Alm Ziegen weiden und bei jeder Kopfbewegung mit ihren Halsglöckchen bimmeln. Aber in Wirklichkeit stellte es sich heraus, dass der Luftzug der Aircondition die Glasröhrchen des Deckenlüsters aneinander ticken ließ und somit das Bimmeln verursachte, hihihi.

»Es war schon immer etwas teurer, einen besonderen Geschmack zu haben …«, hieß es mal bei irgendeiner Zigarettenreklame. Taiwan erschien ihnen wirklich ziemlich teuer, zumindest für ein Dritt-Welt-Land. So teuer wie daheim in Deutschland allemal. Und dazu mussten sie auch noch die feucht-heißen Leiden der Tropen auf sich nehmen. Auf jeden Fall versuchte Danny, jeden Tag eine Young Coconut zu schlürfen: »mmhhh.« Die waren immer lecker, erfrischend und soooo gesund.

Nach vier Tagen verschwand Dannys Fieber endlich. Am ersten Genesungstag trank er sich aus lauter Übermut ein Glas Bier. Das gab's da vom Fass beim Dim-Sung-Stand. Boah, aber das warf ihn kreislaufmäßig dermaßen um, dass er sofort heim ins Bett wanken musste. Dafür schmeckte ihm mit neuem Appetit am nächsten Morgen sein erstes Dim-Sung-Frühstück im Leben total gut. Beim Dim-Sung wurden die Teigbällchen in übereinander gestapelten runden Körbchen gedünstet.

Schließlich kam ihre letzte Nacht in Kenting. Am nächsten Tag sollte es nämlich nach Norden gehen. Dort sollte es 4°C kälter sein, also nur noch 26°C warm. Da floss deshalb bei ihnen das Mineralwasser in Strömen. Früh ins Bett – früh auf – Frühstück im Gong-House. Dann kam die Reise in drei Etappen. Erst die Busfahrt von Kenting nach Heng Shun. Von dort aus weiter nach Feng Kang. Und schließlich zu ihrem Tagesziel Taitung. Sie hatten eine wunderschöne Busfahrt durch das Gebirge, durch Teefelder und entlang der teilweise mit Steilküste versehenen Ostküste. Und so ging es weiter und weiter durch Taiwan. Nach Taitung verließen sie die sturmumtoste Pazifikküste. Sie kletterten mit einem Reisebus durch die Marmorschlucht hoch ins Gebirge.

Was für ein Kontrast zum tropischen Strand von Kenting. Nun die Kälte im Gebirge der Marmorschlucht. Da hatte Danny Textilfreiheit höchstens in der Nacht beim Sex. Vom Gebirge reisten sie weiter zum Sun-Moon-See. Danach ging's zur Westküste zum religiösen Wallfahrtsort Taichung. Dort sahen sie viele Tempel und erlebten religiöse Umzüge. Dabei gab es teilweise sogar blutige Selbstgeißelungen der in Trance wankenden Beteiligten.

Und schließlich gelangten sie zur Hauptstadt Taipeh. Dort gab es diverse Unruhen. Zuerst nachts ein Erdbeben. Danny wachte auf und dachte: »Warum hüpft denn Marina um diese Zeit und dann auch noch so lange auf dem Bett herum?« Aber niemand hüpfte. Dafür wackelten das ganze Hotelzimmer und das komplette elfstöckige Gebäude. Er hatte das Gefühl, ihr Bett hätte Gummibeine und schwabbelte so vor sich her. Glücklicherweise war's ein gutartiges Beben. Denn es hörte rasch wieder auf, ohne in ihrem Hotel Schäden zu verursachen. Und es kam glücklicherweise auch nicht wieder.

Ihre Rückreise mit dem Flieger von Taipeh aus sollte am Dienstag nach Ostern sein. Flo hatte gehört, dass in Taipeh für drei Tage lang politische Demos geplant waren. Und zwar für den Ostersonntag, den Ostermontag und eben für diesen Dienstag. Es könnte unter Umständen wegen der erwarteten Extremisten zu Gewaltmaßnahmen bei diesen Ostermärschen kommen. Tatsächlich sahen sie in der Innenstadt Tausende Demonstranten mit gelben Stirnbändern, die von vielen bewaffneten Uniformierten mit Panzern begleitet wurden. In der Luft lag eine explosive Stimmung.

Wie angenehm ruhig war es dagegen in ihrem Viertel mit den engen Gassen der Zünfte. Leider für ihre Rückreisepläne zu ruhig, da sie dringend ein Taxi für die Fahrt zum Flughafen benötigten. Denn wegen der zentralen politischen Riesen-Demonstration fielen alle Buslinien aus. Sie wollten heim, dafür brauchten sie nur noch den Flughafen zu erreichen: »aber wie …!?« Da geschah das Unglaubliche. Sie standen schon eine geraume Zeit an der Straße und winkten nach einem Taxi. Hunderte fuhren vorbei, aber keines hielt. Plötzlich hielt ein Privatwagen. Darin saß ein ihnen unbekannter Mann, der sich als Mike Chen vorstellte. Aus reiner chinesischer Freundlichkeit fuhr er sie zum Flughafen. Und somit eine ganze Stunde durchs Großstadtgewühl. So was Nettes kann man sich in Deutschland kaum vorstellen. So schafften sie es dann tatsächlich doch noch rechtzeitig, den Flieger nach Deutschland zu bekommen. Dank Mike Chen. Vielen vielen Dank!

Aber was war denn nun eigentlich mit Dannys Fieberkrankheit? Was hatte er sich denn da wohl in Taiwan eingefangen? War es womöglich eine leichte Form von Denguefieber? * Oder ganz was anderes?

Na egal, Hauptsache mit dem Leben davon gekommen zu sein. Nach Dannys Tropenfieber in Kenting, dem Erdbeben und politischen Turbulenzen am Osterwochenende in Taipeh schafften sie es gerade noch rechtzeitig, den Flughafen zur Heimreise zu erreichen.

Was blieb? Sie blickten zurück auf ein rätselhaftes Land voller Gegensätze zwischen volkstümlichem Taoismus, strengem Zen-Buddhismus und modernem Kapitalismus. Mit nach Hause nahm er das gelbe T-Shirt mit dem Tiger drauf, das später in seinem Textil-Album landete.

Tropenfieber in Thailand

Um das tropische Klima in Südost-Asien zu verstehen, sollte der unbedarfte Leser, der/die sich noch nie in den Tropen aufgehalten hat, Folgendes wissen: das Klima fühlt sich dort so an, wie bei uns in den letzten heißen Sommerjahren. In Deutschland hatten wir es ja in den letzten drei Jahren Sommer für Sommer sehr heiß, hot – hotter … Bloß in Thailand ist das immer so, das ganze Jahr hindurch.

Deshalb hatten es sich Danny und Moni auch in den 1990er Jahren angewöhnt, dem europäischen Winter ein Schnippchen zu schlagen und mindestens drei bis fünf Wochen in den Tropen zu verbringen. Obwohl das körperlich schon sehr anstrengend ist, vom Winter in Deutschland in die feucht-heißen Tropen zu wechseln, so von ex auf hopp. Normalerweise brauchte der menschliche Körper da eigentlich immer so circa zwei Wochen Eingewöhnungszeit. Dann war man/frau so ganz gut drin, im tropischen Klima-Rhythmus. Also zwei Wochen Urlaub in den Tropen, das geht gar nicht. Besser sind da schon

---

* *»Die Viruskrankheit Denguefieber kommt überall in Südost-Asien vor, vor allem an den Küsten. Sie wird durch die Aedes aegypti-Mücke übertragen, die an ihren schwarz-weiß gebänderten Beinen zu erkennen ist. Sie sticht während des ganzen Tages. Die Inkubationszeit beträgt bis zu einer Woche. Dann kommt es zu plötzlichen Fieberanfällen und Kopf- und Muskelschmerzen. Nach 3 – 5 Tagen kann sich ein Hautausschlag über den ganzen Körper ausbreiten. Nach 1 – 2 Wochen klingen die Krankheitssymptome ab. Nur ein zweiter Anfall kann zu Komplikationen führen.« aus: Stefan Loose – Thailand. Der Süden, S. 20, 1998*

fünf Wochen, damit man noch was davon hat, wenn der Körper sich nach circa zwei Wochen eingewöhnt hat …

Nun denn, also Thailand, Khao Lak, Februar 1994. Auf der einen Seite die schönste Natur: heiß, tropisch und saftig, direkt am Meer. Da sollte man/frau sich doch wohlfühlen …!

Und da traf Danny volle Kanne einfach mal eine Grippe mit Fieber: mit Halsschmerzen, dann Schnupfen, Niesen, Schwächegefühl und schließlich Fieber (bis zu 38,2 ° C). Boah, und das einen Tag vor dem Heimflug – schlechtes Timing, was ….!?

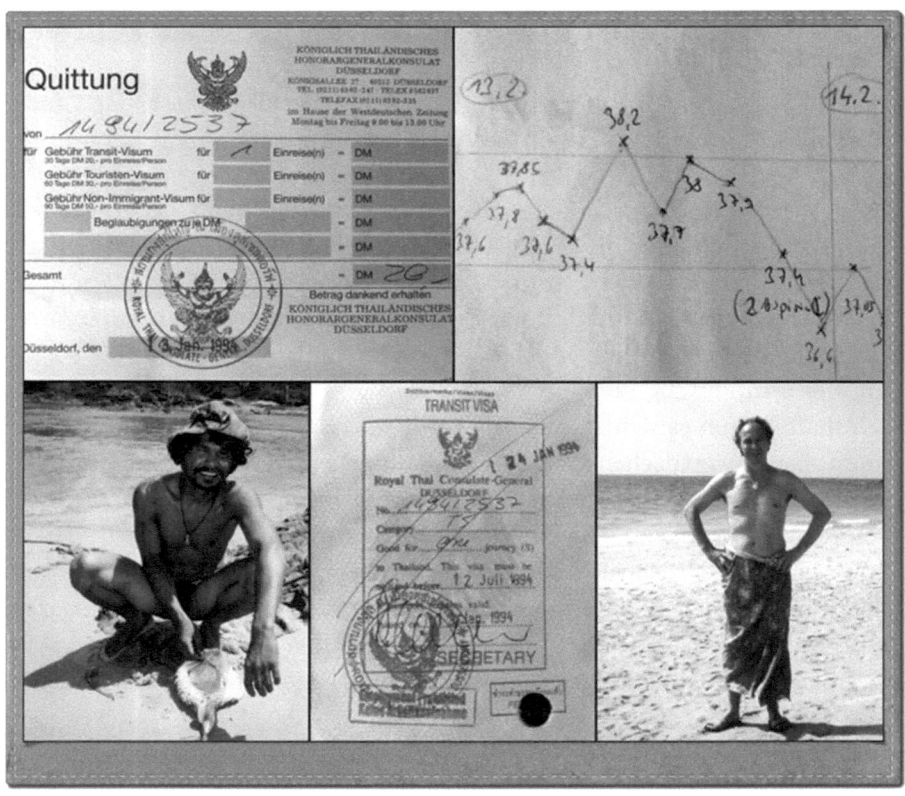

oben links: die Quittung für das thailändische Visum 1994; rechts: die Fieberkurve von Dannys »Tropenfieber«; unten links: See-Zigeuner, Mitte: thailändisches Visum, rechts: Danny, der »Sarong-Mann«.

Die rein biologische Ursache mag wohl ›Zug‹ am offenen Fenster im Bus nach Takua Pa gewesen sein? Psychologisch erklärte Danny sich das aber anders: für ihn sah es so aus, als ob sich sein Körper gegen das Heimkommen und alles, was damit zusammenhing, wehrte …!?!

Merkwürdig war allerdings, dass ihn immer wieder das »Tropenfieber« erwischte. Erstmalig im Januar 1979: 39,3 ° bei der Salmonellenvergiftung zusammen mit Matthes, in Mexiko, Isla Mujeres. Dann im März 1992: 39,35° beim unbekannten Fieber (womöglich Dengue-Fieber?) in Kenting, Taiwan. Und schließlich hier, im Februar 1994: 38,2 ° beim Fieber mit Halsschmerzen und Schnupfen, in Khao Lak, Thailand.

Zu Hause angekommen, wandte sich Danny erst mal an seinen Hausarzt, »Bush-Doctor« Herbie. Der verordnete ihm vorsichtshalber für drei Tage einen Krankenschein: »Bei verdächtigem Fieber in den Tropen sollte er besser vorsichtig sein und zu Hause bleiben. Wenn es schlimmer würde, bitte melden. Wenn wieder gut, dann war's wohl nicht so schlimm …!«

Weil es 1994 so schön war in Thailand, reisten Danny und Moni im nächsten Jahr gleich noch mal hin. Denn sie wollten in Khao Lak 1995 Tauchen lernen. Vorher hatten sie gerne das Unterwasserleben am Korallenriff beobachtet. Ab und zu einen Fischschwarm, besonders am Riff-Ende. Und sie sahen zum ersten Mal beim Schnorcheln in ›freier Wildbahn‹ Langusten, die mit den langen antennen-artigen Fühlern. Außerdem die im Wasser schwebenden Feuerfische oder gar eine kleine Seeschlange. Aber auf jeden Fall sahen sie soviel verschiedene bunte Korallen wie lange nicht, Trichterkorallen, weiße, orangene, blaue, lilafarbige, glatte, fingerförmige, noppige und fransige Korallen. Das war eine fantastische Unterwasserwelt, besonders im Licht des Sonnenscheins.

Der Monsun und seine Unwetter hatten über die Jahre einiges am Strand verändert. Böschungen waren abgetragen, Bäume entwurzelt und umgekippt, Flussmündungen geändert und neue Einschnitte ins Land geschaffen. Hier mussten urtümliche Gewalten getobt haben. Das Meer war auch welliger und unruhiger als im Jahr zuvor, so dass sie beim Schnorcheln wegen des vielen aufgewirbelten Sandes oft kaum was durch die Taucherbrille sehen konnten.

Deshalb wollten sie tauchen lernen, und sie lernten tauchen. Tauchen im Meerwasser, woran sie als Erinnerung ihren Tauchschein über den Tauchkursus ›scuba-diving‹ von PADI behielten. Der viertägige Tauchkurs mit Theorie, Praxis und Prüfung beim ›Sea Dragon Dive Center‹ in Khao Lak kostete sie für den ›Open Water Diver‹-Tauchschein 380,-- DM, was für thailändische Verhältnisse sehr viel Geld war. Das erwies sich aber im Nachhinein als relativ preisgünstig, nachdem sie in späteren Jahren die Preise an verschiedenen anderen Tauchbasen dieser Erde verglichen hatten.

So schafften sie tatsächlich am 06.02.1995 ihren ›Open Water Diver‹. Danach waren sie also Taucher mit Zertifikat, bestandener Prüfung und Logbuch, innerhalb von vier Tagen. Das hört sich so einfach an und sieht auch im TV immer so leicht und schwerelos aus.

Während des letzten Kurs-Tauchgangs schwamm ihr dänischer Tauchlehrer Bjarne zu jedem einzelnen und schüttelte ihm die Hand. Sie hatten bestanden und waren jetzt ›Open Water Diver‹, whow …! Sie durften somit von da ab überall auf der Welt mit ihrem Ausweis eine Tauchausrüstung leihen und tauchen: »Herzlichen Glückwunsch!«

»Og mange tak, kaere Bjarne.« Also: ›vielen Dank, lieber Bjarne‹.

Neben den anstrengenden Übungen und schrecklichen Erlebnissen gab es aber glücklicherweise auch lustige Erlebnisse. Und natürlich hatte das durch und durch US-amerikanische Programm von PADI, nämlich für alle und für sie ›fun, fun, fun …!!!‹

Während ihrer Reisen durch Thailand 1996 und 1997 nahmen Danny und Moni Malariaprophylaxen-Tabletten: Resochin hieß das Zauberwort aus der chemischen Medizin. Schon zwei Wochen vorher mussten sie damit anfangen, dann die Wochen des Aufenthaltes in den Tropen jeden Tag Resochin sowieso. Und danach noch vier Wochen länger zu Hause, wegen der Inkubationszeit. Da kamen schon mal runde 10 Wochen »chemische Keule« zusammen …: »Nicht schlecht, Herr Specht, wonnich …!?«

Was sie so alles einnahmen, um in die Annehmlichkeiten eines Tropen-Urlaubes zu kommen, und nahmen und nahmen artig ihre Malariaprophylaxen-Tabletten …

… jedenfalls solange es ihnen gut bekam. Erst als es Moni durch die regelmäßige Tabletteneinnahme schlecht ging, ließen sie die Malaria-Prophylaxe nach und nach bleiben …

Und was passierte sonst noch: Reisen nach Chiang Mai im Norden Thailands, die Tour nach Ranong und Koh Chang an der burmesische Grenze, die mehrtägige Tour nach Koh Poda, auch als Chicken Islands bekannt, und noch einige Tauchgänge als Open Water Diver von Khao Lak aus. Aber alles easy, keine Krankheiten, keine Malaria bekommen, alles gut gegangen …

Tropentraum mit Tücken

– Quallen, Sandflöhe und Erdrutsche auf den Philippinen –

Besonders Moni schwebte für diesen Urlaub etwas Naturbelassenes vor: Palawan schlug sie Danny vor, eine philippinische Insel am Rand des südchinesischen Meer.

Palawan ist topografisch eine Fortsetzung der indonesischen Insel Borneo, deren Namen ja an sich mehr für wilden tropischen Regenwald steht als relaxten Strandurlaub zu garantieren. Palawan liegt südwestlich von Manila und ist die fünftgrößte Insel der Philippinen. Dort sollte es neben viel unberührter Natur sogar noch Ur-Einwohner geben: die Batak, eines der kleinsten Naturvölker der Erde, sind Semi-Nomaden und leben zurückgezogen in einem gebirgigen Dschungelgebiet als Jäger und Sammler. 1982 gab es noch 650 Batak, wovon Ende der 90er Jahre noch 250 ihren Überlebenskampf führten. Ihre Chancen, diesen Kampf zu gewinnen, sind sehr gering …!

Zusammen mit den Batak hatten die beiden nicht gekämpft, aber das, was sie dann auf Palawan vorfanden, war ihnen dann doch zu sehr naturbelassen: all die Erdrutsche als Folge von tagelangem Dauerregen im März, wo es doch eigentlich um diese Jahreszeit gar nicht regnen sollte. Und dann war das Meer aufgewühlt und voller Quallen als Folge eines Taifuns im Winter, obwohl doch Palawan eigentlich außerhalb des Taifungürtels liegen sollte. Und wenn sie dann doch mal im tropischen Sonnenschein auf einer kleinen unbewohnten vorgelagerten Insel einen wunderschönen Sandstrand unter Palmen fanden, wurden sie dort von einer hungrigen Invasion Sandflöhe attackiert.

Nachdem sie nach einer mächtig langen Anreise über Frankfurt, Hongkong und Manila in Palawans Hauptstadt Puerto Princesa ankamen, begann ihr »Tropentraum mit Tücken«. Eigentlich wollten sie mit einem der schönen buntbemalten Jeepneys oder mit den typischen Auslegerbooten durch Palawan reisen, aber es kam alles anders.

Alles hätte so schön und traumhaft sein können, wenn die Tropen nicht so ihre Tücken hätten: Danny schleppte vier Tagen lang eine Erkältung mit sich rum, mit Schnupfen, Niesen, Husten, Halsschmerzen und Schlappheit, das war sicherlich das wenigste von allem.

Auch dass er sich in Port Barton im Dunkeln an einer herausstehenden Baumwurzel einen Zeh gestaucht hatte, der ganz blau angelaufen war, hätte ihm in Deutschland genauso geschehen können, und gehört eher in die Kategorie »eigene Dummheit«, obwohl er in Deutschland eigentlich nachts nie draußen im Dunkeln mit Gummilatschen rumlief.

Aber dass er am ganzen Körper von Sandfliegen, den sogenannten »Nik Niks«, zerstochen wurde, gehörte schon eher in die Kategorie »tückische Tropen«. So musste er dann aufpassen, dass sich die juckenden Bläschen nicht noch entzündeten.

Aber der absolute Knaller, der geradezu einen Einschnitt ihrer Reise bedeutete, passierte der armen unglücklichen Moni beim Schwimmen direkt vor ihrem Bungalow im Meer: die Fäden einer der hochgiftigen »portugiesischen Galeeren«, eine Quallenart, die Nervengifte verteilt, kreuzten Monis Schwimmbahn. In Panik und an drei Stellen an den Oberschenkeln verbrannt, stürzte sie aus dem Wasser. Sofort eilten sie in die Küche des Restaurants, um die schmerzenden Brandwunden mit Essig zu behandeln. Dummerweise hatte Moni einen der lilafarbigen Quallenfäden auf dem Oberschenkel gelassen, weil sie dachte, der lila Streifen wäre bereits eine Reaktion auf die Verbrennung. Der Quallenrest wurde ihr dann sofort von Frazie mit den Fingern vom Oberschenkel entfernt und alles vorsichtig mit Essig betupft. Nach einem Tag sah diese Verbrennung zweiten Grades aus wie ein eingearbeiteter Luftballon voller Wundwasser: es juckte, brannte und schmerzte, aber das schlimmste war das hoffnungslose Gefühl, diesen Urlaub total vergeudet zu haben. Hier hatten sie zwar die schönsten optischen Bedingungen, aber Moni konnte im Meer weder baden noch schnorcheln. Denn vor Moni waren schon drei andere Verbrennungsfälle durch »portugiesische Galeeren« vorgekommen: die ganze Bucht war »verseucht«; und draußen vor den vorgelagerten Inseln hatte Walter, der Tauchlehrer des Ortes, ganze Quallenschwärme gesichtet.

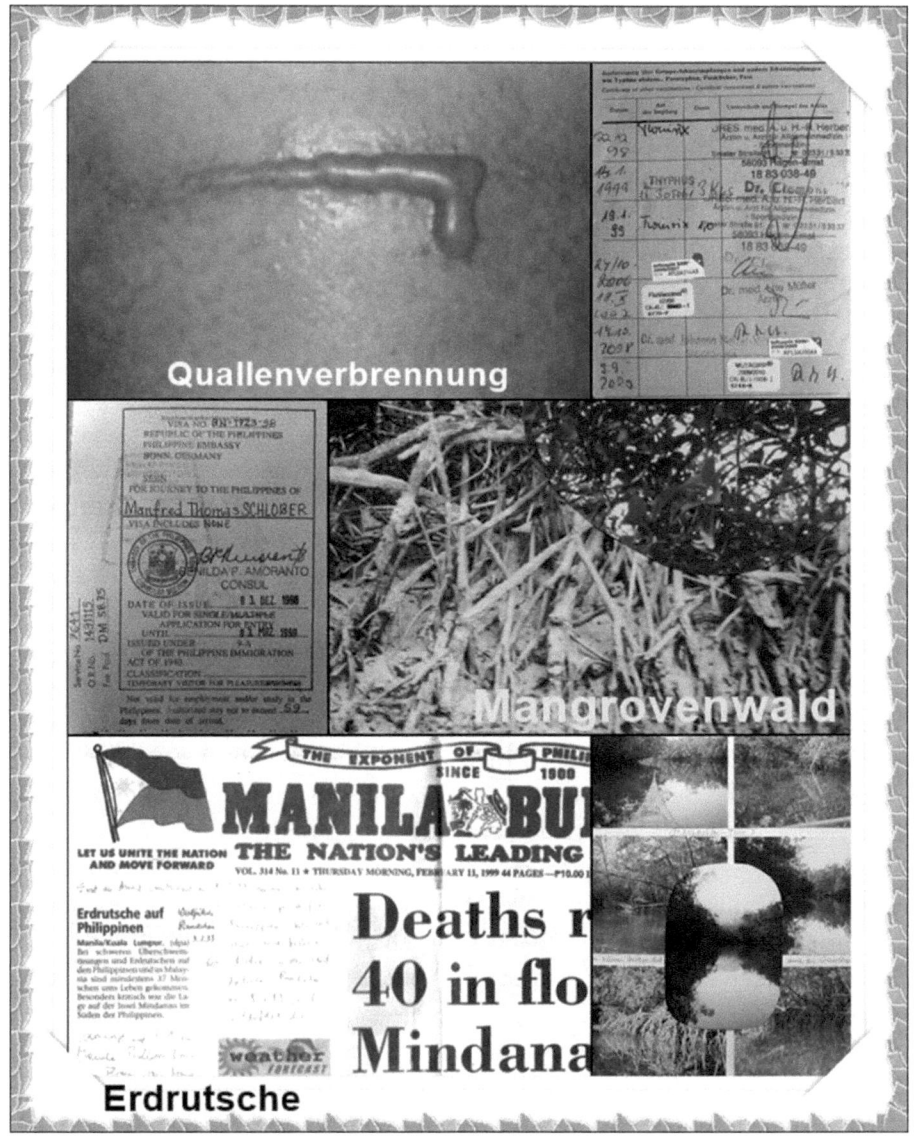

Philippinen 1999.
oben links: Monis Quallenverbrennung, rechts: Typhus-Impfung vor der Reise.
Mitte links: philippinisches Visum; rechts: Mangrove.
Links unten: Erdrutsche, rechts: Mangrovenwald.

Was nützte ihnen ein schöner Tropenurlaub, wenn sie nicht ins Meer konnten …!?! Moni durfte in den ersten drei Tagen nach ihrer Verbrennung trotz intensivster Behandlung mit Kokosnuss-Sud, mit Teebaum-Öl, Hametum oder Soventol wegen der Entzündungsgefahr sowieso keine Berührung mit Salzwasser haben. Ihr war es zum Heulen, am liebsten wäre sie wieder nach Hause gefahren, so enttäuscht war sie von allem. Denn für sie war das Schwimmen und besonders das Schnorcheln im Meer eigentlich das schönste in einem Tropenurlaub.

Da tröstete auch kaum, dass fast alle Einheimischen hier, meist an den Fußgelenken oder Armen und Händen ebenfalls Narben von Quallenverbrennungen hatten, teilweise schon drei, fünf, acht oder zwölf Jahre alt.

… und dass Moni eigentlich Glück hatte, dass die Quallenfäden sie nur an den Beinen, nicht aber an den lebenswichtigen Körperteilen erwischt hatten, wie Gesicht, Hals oder Sonnengeflecht, wo es wegen des Nervengiftes zur Atemlähmung hätte kommen können. Das berichtete ihnen Walter. Außerdem war wohl an Quallenverbrennungen schon ein Kind in Port Barton gestorben.

Da Moni sich dermaßen von Schmerzen geplagt fühlte, war sie kaum zu trösten. Sie war dann eigentlich nur gebeutelt, vor allem, weil es auch noch im Urlaub geschah. Am liebsten wollten sie deshalb damals weg aus Palawan: vielleicht nach Thailand, oder wenigstens zu einer anderen philippinischen Insel.

Aber sie waren beide quasi »Gefangene« in Port Barton: beide absolut für eine Weiterreise nicht zu gebrauchen und eher gesundheitlich renovierungsbedürftig.

Ein Krankenhaus oder einen Arzt gab es eh weit und breit nicht. Und dahin zu kommen, wäre auch eher schwierig bis abenteuerlich geworden.

Also mussten sie so oder so erst mal in Part Barton bleiben. Demzufolge mussten sie das beste daraus machen. Nach zwei Tagen Schmerzverarbeitung und erster Eingewöhnungsphase mit Kennenlernen der ersten einheimischen Menschen und Örtlichkeiten kamen sie zu dem weisen Entschluss: »Als wir uns vor dem Urlaub so gestresst und gebeutelt fühlten, da hofften wir auf den Philippinen einen Ort zu finden, wo wir an einer Stelle bleiben würden, um uns zu erholen. Jetzt sind wir geradezu dazu gezwungen, hier zu bleiben. Als wollte das Schicksal sagen: ›Ihr bleibt jetzt hier‹. Das musste über die Schmerzerfahrung gehen, dass wir hier bleiben, hier an dieser einen Stelle. Sonst wären wir wahrscheinlich den ganzen Urlaub von einem zum nächsten Ort gereist, immer auf der Suche nach dem schönsten Platz auf der Insel. Aber da das Reisen auf Palawan absolut beschwerlich ist, hätten wir mit jedem neuen Reiseabschnitt neuen Stress gehabt. Jetzt müssen wir uns mit Part Barton arrangieren, als hätte es so sein sollen. Es ist ja auch ›not so bad« hier, halt nur ein ›Tropentraum mit Tücken‹. Sicherlich werden wir nie mehr im Leben nach Palawan kommen, weil das Reisen hier viel zu aufwendig ist, vielleicht auch nie mehr zu den Philippinen, obwohl die Menschen hier ausgesprochen nett sind.« So lautete damals ihre Devise, und sie hat auch im neuen Jahrtausend noch Bestand, denn die Philippinen waren und werden nie mehr ihr Reiseziel sein.

Erst recht nicht, nachdem eine muslimischen Terroristen-Gruppe, das sogenannte Abu-Sayyaf-Kommando 21 Personen, darunter auch drei Mitglieder der Göttinger Familie Wallert, am Ostersonntag 2000 von der malaysischen Taucherinsel Sipadan auf die südphilippinische Insel Jolo verschleppt hatte. Nach monatelangen Verhandlungen und Zahlung eines Millionen-Lösegeldes waren die Entführten nach und nach freigekommen. Offenbar spielte Libyen eine Schlüsselrolle bei den Vermittlungen mit den Entführern.

Am 27.08.2000 kam endlich die Nachricht: »Werner Wallert ist frei. Vier Monate hatte die Entführung des Göttinger Lehrers auf der philippinischen Insel Jolo angedauert. Der 57-Jährige wurde zusammen mit den letzten vier Geiseln auf freien Fuß gesetzt.«

Aber Danny und Moni waren damals 1999 erst mal in Port Barton ›gestrandet‹. Es war ihr Jahresurlaub; und sie wollten das beste daraus machen!

Dabei waren die meisten Menschen in Port Barton ausgesprochen nett und hilfsbereit, wie der freundliche Bootsmann Edi, der Monis Quallenwunde mit Kokospaste behandelte und ihnen zwei Kokosnüsse zum Trinken und Essen brachte. Mit ihm machten sie später die Mangroven-Tour. Da sie nicht in der Dämmerung, sondern mitten am Tag durch die Mangroven fuhren, vergaßen sie, sich gegen Insekten einzureiben. Sie sahen dann zwar Affen und Schlangen im Mangrovenwald, sie trafen aber auch Hunderte von Moskitos, die sich gierig ihr frisches Touristenblut reinzogen. Da waren sie schon heilfroh, dass sie konsequent ihre Malaria-Prophylaxe durchgezogen hatten. Denn Palawan war mit mittlerem Malaria-Risiko eingestuft. Also nahmen sie täglich je zwei Paludrine und wöchentlich je zwei Resochin. Und zwar eine Woche vorher zu Hause schon, dann in der Zeit während des Aufenthaltes im

Malaria-Gebiet, und schließlich vier Wochen nach der Reise weiterhin, wegen der Inkubationszeit. Und weil Palawan solch eine relativ urtümliche Insel ist, gab der Hagener Arzt Dr. Perkes ihnen noch die Infos über Typhus mit auf den Weg. »Typhus oder Typhus abdominalis (auch *Abdominaltyphus*, deutsch Bauchtyphus, auch *Unterleibstyphus*, *typhoides Fieber* oder *enterisches Fieber*, früher auch ›Nervenfieber‹ genannt) ist eine systemische Infektionskrankheit, die durch das Bakterium Salmonella *enterica ssp. enterica Serovar Typhi* hervorgerufen wird. Aus praktischen Gründen wird häufig der alte Name *Salmonella Typhi* verwendet. Hygiene ist der beste Schutz. Dazu zählt auch häufiges Händewaschen. Die auf Tropenreisen üblichen Maßnahmen, wie beispielsweise der Verzicht auf unzureichend gegarte Speisen, Säfte, Eiswürfel und Leitungswasser, sollten auf jeden Fall beachtet werden (›*cook it, peel it or leave it*‹ – Koche es, schäle es, oder lass es).«[*]

Im Englischen bezeichnet Typhus übrigens das Fleckfieber.

Das waren die Tipps des Hagener Arztes, der mit einer Philippina verheiratet ist und sich gut auf Palawan auskennt. Den hatte Danny vor der Reise angerufen, und er gab ihnen wertvolle Tipps, nicht nur gesundheitlicher Art.

Na ja, das hörte sich alles nicht so gut an. Deshalb ließen sich Danny und Moni vorsichtshalber vor ihrer Philippinen-Reise 1999 gegen Typhus impfen. Und weil sie schon mal gerade dabei waren, gleich auch gegen Hepatitis-A und Hepatitis-B: da kamen noch mal zwei Impfen ›Twinrix‹ für Erwachsene, im Abstand von vier Wochen hinzu.

Und später verbrachten die beiden von Port Barton aus mit Edi und dem netten Captain Saldi einen reizvollen Tag beim ›Island-Hopping‹, als sie mit deren kleinen Ausleger-Boot an einem schönen sonnigen Tag mit ruhiger See drei vorgelagerte Inseln besuchten. Dabei hatten sie endlich mal klare Sicht zum Schnorcheln im Meer und sahen dann allerdings in aller Deutlichkeit all die verschiedenen Quallenarten: weiße, rote, durchsichtige, kleine, große, säckchenartige, harmlose und giftige Quallen. Sie mussten regelrecht Slalom durch bestimmt ein halbes Dutzend verschiedener Quallenarten schnorcheln. Das pikste und juckte alle Nase lang, so dass sie nicht gerade Spaß an diesem

---

[*]   *Wikipedia, 08.12.2021*

Schnorchelgang hatten. Da war das Picknick auf einer einsamen unbewohnten Insel schon schöner, wenn ihnen nicht am wunderschönen weißen Sandstrand unter Palmen die Überfälle der Sandflöhe den schönen Tag versaut hätten …

Und als das Trinkwasser in Massen von oben kam, wurde überraschend die Wasserversorgung oberhalb des Ortes abgestellt, damit das Trinkwasser dort nicht verschlammt. Bei Josie im »El Busero« mussten sie abends Regenwasser aus Kübeln schöpfen, weil nix mehr aus der Leitung kam. In ihrem Bungalow lief erst mal noch das Leitungswasser. »Aber wie lange noch?«, fragten sie sich. »Wahrscheinlich, bis der Tank leer ist.« Und dann hatten sie seit zwei Tagen »Power Cut«, weil der Generator kaputt war. Sie hatten keinen Strom, kein Licht und keinen »Fan« (= Ventilator) mehr, dafür aber ein undichtes Dach.

Außer dass ihnen dieser Dauerregen nicht in den Kram passte, weil er ihnen eine trübsinnige Stimmung wie in einem November in Deutschland brachte, wurde auf einmal ihre Rückreise zu einem einzigen Fragezeichen. Eigentlich wollten sie nach zweieinhalb Wochen Port Barton mit einem Boot nach Sabang, was eine zweieinhalb-stündige Bootstour über das offene südchinesische Meer bedeutet hätte, um dann zwei Tage später mit einem Auto nach Puerto Princesa zurück zu kehren. Aber was sollten sie in Sabang bei Dauerregen …!? Wollten sie wirklich bei Dauerregen zweieinhalb Stunden oder länger auf einem offenen Auslegerboot übers Meer schippern …!? Sie hörten von der aus Sabang zurückgekehrten Flora, dass diese dort mit dem alten Rentnerehepaar Gunter und Annie und den anderen Bootsgästen wegen der hohen Wellen gar nicht am Kai anlegen konnten, sondern 50 m vom Ufer entfernt aus dem Boot ins Meer steigen mussten, um abenteuerlich mit dem Gepäck über dem Kopf an Land zu waten. Das brauchten Moni und Danny nicht gerade. Aber wenn dieser geplante Weg übers Meer nicht ging, wie sahen die unbefestigten Pisten nach Puerto Princesa aus? Besonders das Teilstück von Port Barton nach San Jose? Wenn nicht nach Sabang, wann dann nach Puerto Princesa? Mit welchem Fahrzeug? Vielleicht wieder ein ›Special Ride‹? Wie teuer? Wo dann wohnen in Puerto Princesa? Fragen über Fragen, aber keine Antworten.

Erst einmal verzichteten sie auf den »Underground-River« in Sabang, der zwar der längste unterirdische Fluss der Welt sein sollte, aber Sabang im Regen sollte auch nicht gerade der Bringer sein. Sie wollten ebenso wenig zweieinhalb

Stunden nass und frierend auf einem kleinen Auslegerboot sitzen und sich dabei womöglich noch gar eine Erkältung fangen. Zumal sie gehört hatten, dass bei diesem Transfer übers Meer von Sabang nach Port Barton sogar schon mal eines dieser kleinen Auslegerboote umgekippt war und die Bootsgäste alles außer ihrem nackten Leben dabei verloren hatten.

Also orderten sie vom Swissippini über Funk statt dessen einen »Special ride« mit einem vierradangetriebenen ›Private Car‹ nach Puerta Princesa und eine Reservation im Casa Linda, wo sie schon auf der Hinreise gut und gerne gewohnt hatten. Beides wurde ›confirmed‹, also per Funk bestätigt. Aber abends vor der geplanten Abreise: Regen, Regen, Regen. Und kein Fahrzeug da. Morgens am geplanten Abreisetag: die ganze Nacht über tropischer Dauerregen. Und immer noch kein Auto da.

Also dachten sie: »Die Autos kommen auf der Piste nicht mehr durch nach Port Barton.« Denn einen Tag vorher war ein Fahrzeug mit Gästen fürs Swissippini erwartet worden, das nie ankam. Auch Josies Mann Urs, der mit einem LKW unterwegs war und von ihr erwartet wurde, funkte durch, dass er wegen der Unbefahrbarkeit der Schlammpiste nicht weiter kam.

Für die beiden gab es inzwischen nur noch zwei Alternativen: »Entweder schafft es ein Wagen, nach Port Barton durchzukommen, dann können wir damit auch zurück nach Puerta Princesa fahren. Oder falls nicht, müssen wir doch mit dem Boot nach Sabang …«

Da kein Auto gekommen war, bereiteten sie Edi und Saldi darauf vor, dass sie mit ihnen mit ihrem Boot nach Sabang fahren würden, sobald es aufhören würde zu regnen. Sie waren schon aufgeregt seit 06.00 Uhr früh wach und wollten gerade ihre Rucksäcke in großen blauen Plastiksäcken regendicht verstauen, als plötzlich das große Abenteuer begann. Floras Cousin Sheeny hatte schon einen Tag vorher den Funkverkehr mit Urs in der Inselhauptstadt Puerto Princesa zu Stande gebracht, was bei Dauerregen gar nicht so einfach war, da der Funk nur per Sonnenenergie funktionierte. Sheeny erschien also an ihrem Bungalow, wo Danny und Moni ratlos im Regen standen, und berichtete, dass der Fahrer des bestellten Autos gerade angekommen war. Erleichtert gingen sie mit, erfuhren dann aber leider, dass er sein Auto fünf Kilometer vor Port Barton wegen eines Erdrutsches hat stehen lassen, dort übernachtet hatte und gerade in den letzten beiden Stunden zu Fuß gekommen war, um sie abzuholen. Für die Strecke dorthin arrangierte Sheeny ein »Local Private

Jeepney« für sie, so dass sie nur ein paar Meter durch den Erdrutsch zum georderten Auto zu laufen brauchten: der Preis von 3.800 Pesos (= ca. 190,-- DM) würde sich dadurch nicht erhöhen. Der Fahrer erschien so zuversichtlich und in solch sauberer Kleidung, dass sie überhaupt nix argwöhnten und sofort zustimmten. So frühstückten sie noch im Swissippini zu Ende, als plötzlich Jürgen erschien, den sie am Abend vorher zusammen mit seiner Freundin Mala kennen gelernt hatten, als sie zusammen bei Josie im »El Busero« gegessen hatten. Die beiden hatten es sich inzwischen überlegt und wollten Palawan wegen des Dauerregens lieber wieder verlassen. Sie wollten mit Moni und Danny zurück nach Puerto Princesa, egal wie. Dabei waren sie wirklich keine Weicheier, sondern welterfahrene Traveller, die unter anderem auch schon durch Vietnam gereist waren. Den beiden kam das Paar natürlich total gelegen, zumal ihr privat gemietetes »Four-Wheel-Car« genau für einen Driver und vier Fahrgäste und Gepäck gemacht war: halb voll oder ganz voll für den selben Preis. So kamen sie alle auf rund 50,-- DM pro Person für die Tour, was zwar für dortige Verhältnisse eine Unsumme bedeutete, aber auf Grund der kommenden Abenteuer durchaus berechtigt erschien. Zu Viert plus Fahrer machten sie sich in einem kleinen regennassen und zugigen halboffenen Jeep bei prasselndem Regen die 5 km bis zum Erdrutsch auf den Weg. Vorher hatten sie sich bei den enttäuschten Bootsleuten Saldi und Edi, bei Victoria und Frazie, den lieben Mädels vom Swissippini, sogar mit Abschiedsumarmung, bei der gesamten Küchenbesatzung und beim unermüdlichen Sheeny verabschiedet, nicht ohne beim Aus-Checken ein ordentliches Trinkgeld in die »Tip-Box« für alle gesteckt zu haben.

Als sie dann am Erdrutsch in den Bergen vor Port Barton ankamen, erlebten sie »das wilde Palawan pur«. Der »Landslide«, also der Erdrutsch, war so groß, dass sie das gemietete Auto auf der anderen Seite gar nicht sahen. Statt nur ein paar Meter weiter befand sich das Fahrzeug für sie unsichtbar hinter einer Kurve, ca. 50 m weit entfernt. Dazwischen dümpelte eine etwa acht Meter breite Matsch-Lawine, die sich links vom Abhang runter in erdfarbenen Ockertönen, als mit Steinen vermengter glitschiger Malstrom über die Piste rechts den Abhang runter stürzte.

Beim Durchqueren des Erdrutsches sanken sie tief bis zum Schritt in die Matsche. Danny verlor einen Meter tief im Schlamm eine seiner Gummi-sandalen. Da der Dauerregen immer noch anhielt, trug er unter seinem aufgespannten Regenschirm Monis wertvolle Fotoausrüstung und ihre beiden Tagesrucksäcke mit den Wertsachen, so dass er auch eh keine Hand frei gehabt hätte, irgendwas aus dem Matsch wieder raus zu ziehen. Moni krabbelte wie ein Wasserläufer auf allen Vieren über die Schlammlawine, um sich leichter zu machen. Der gewiefte Fahrer, der sie in diese Bredouille gebracht hatte, schaffte nach und nach ihre beiden Kofferrucksäcke über den Erdrutsch. Alle waren sie heilfroh, lebendig durch diesen »Landslide« gekommen zu sein, zumal bei ihrem unfreiwilligen »Moorbad« immer noch Steine und Geröll von oben fielen. Sie erreichten die andere Seite des Erdrutsches total verschmutzt, aber glücklich, das Abenteuer lebend überstanden zu haben. Sie wuschen sich in einer Pfütze am Straßenrand den lehmgelben Dreck von den Beinen. Und sie hofften, dass sich keine Hakenwürmer in ihre Füße gebohrt hatten. Moni hatte sich einen Zeh verstaucht, einen Zehennagel gebrochen und Striemen an den Beinen. Danny hatte zehn verschiedene Hautabschürfungen an den Knöcheln und Beinen davon getragen. Aber insgesamt waren sie froh, dass sie dieses ›adventure« nicht allein zu Zweit, sondern zu Viert mit dem agilen jungen Paar Jürgen und Mala absolviert hatten, da die beiden sie als Gruppe hoch zogen und nach vorne peitschten.

Aber als sie dann bei San Jose auf die Inselhauptstraße kamen und dachten: »So, jetzt haben wir das Schlimmste geschafft«, wurden sie rasch eines Besseren belehrt, denn die eigentliche »Camel-Trophy-Tour« begann dort erst. Auf einer neu verlegten Sandtrasse begann der schlimmste Streckenabschnitt. Die Sandpiste hatte sich in eine kilometerlange Schlammstrecke verwandelt. Reihenweise verreckten dort an einer Steigung die Jeepneys. Und sie kamen dort auch nicht durch, obwohl ihr Wagen mit Vierradantrieb das sicherlich geschafft hätte, aber andere altersschwache Jeepneys standen ihnen einfach im Weg. In beiden Fahrtrichtungen steckten dort bestimmt ein Dutzend Autos, Busse, Jeepneys und LKWs wartend im Schlamm. Auch ein deutscher Motorradfahrer mit einer Geländemaschine versuchte es vergeblich. Er gab auf, ließ sein Motorrad einfach liegen und ging zu Fuß zurück nach Roxas.

Schließlich mussten vor ihren Augen zwei Bulldozer eine neue »Straße« über den Schlammhügel »bauen«. Erst drückten sie mit den schweren Schaufeln den Schlamm zur Seite, bauten sich dann eine schlammige Hohlgasse und zogen danach jedes der festsitzenden Fahrzeuge mit starken Metallketten einzeln aus dem Schlamm. Einen Jeepney sahen sie auf »halb acht« schräg in den Schlamm abgerutscht. Ständig kamen und gingen Leute an ihnen vorbei, staksten durch den Regen. Und Danny redete mit einem philippinischer Soldaten, der ihnen noch drei Stunden Wartezeit gab, bis sie dort raus kämen. Dieses Wühlen im Urschlamm weckte archaische Gefühle in ihnen: Solidarität mit den Menschen dort, die so etwas öfters erleben mussten. Das stundenlange Warten ließ sie Geduld in die schicksalhafte Situation üben. Da scherte es auch Moni irgendwann wenig, sich zum Pinkeln einfach neben das Hinterrad ihres Wagens zu kauern, gab es doch weit und breit keine Büsche, Häuser oder gar Toiletten.

Aber dann fasste sich ihr »Driver« Edward ein Herz, gab Gas und setzte sich bei immer noch strömendem Regen an die Spitze der Wagenkolonne. Er erklomm locker mit seinem Vierrad-Antrieb den schlammigen Hügel und schaffte es mit Geschick, viel Mühen und Schlingern durch die neue »Straße«, wobei er bis zu den Achsen im Schlamm fuhr. Der Wagen drohte mehrmals umzukippen. Edward sah zum Schluss kaum noch was, weil die Scheibenwischer nur noch den Schlamm auf der Frontscheibe verteilten. Schließlich brauchte er nur noch auf der anderen Seite den Schlammberg wieder runter zu fahren. Für seine Leistung bekam er dann auch prasselnden Applaus von den Vieren.

Danach wurden sie den Rest der befestigten Hoppelpiste bis Puerto Princesa gut durchgerüttelt und geschüttelt, mit einer kurzen Pause in Maoyan. Dort liftete Danny nach Philippino-Art in dem kleinen Straßenrestaurant die verschiedenen Deckel der Kochtöpfe selber und entschied sich für eine »Chicken-Soup« mit Reis, die umgerechnet nur 1,-- DM kostete, aber lecker war und neue Kraft gab. Ab der Honda-Bay schien dann endlich wieder die Sonne.

In Puerto Princesa kamen sie dann nach acht Stunden für die 150 km »Camel-Trophy-Tour« müde und zerschlagen an und bezahlten Edward gerne die verabredeten 50,-- DM pro Person für diese Tortour. Sie bekamen im »Casa Linda« sogar ihr Wunschzimmer und freuten sich, zurück in der Zivilisation mit ihren Annehmlichkeiten zu sein.

»Alles gerade noch mal gut gegangen …«

V. Schutzimpfungen im neuen Jahrtausend

Koh Lanta, Thailand 2000

Obwohl Danny und Moni nach der enttäuschenden Philippinen-Reise eigentlich recht »tropenmüde« geworden waren, versuchten sie es doch noch einmal mit einer Reise ins geliebte Tropenland Thailand. Dorthin reisten sie im Januar 2000, beide allerdings gesundheitlich ziemlich angeschlagen. Danny wurde eine Woche vor der geplanten Abreise am 29.01.2000 plötzlich und aus dem Nichts in der Nacht mit Schüttelfrost und 39,4 ° C Fieber niedergeworfen. Er war dann tagelang mit dem Grippevirus und hohem Fieber ans Bett gefesselt. Da machte sogar der Hausarzt einen Hausbesuch bei ihm und stellte ihm für die eine Woche bis zum Abflug nach Thailand einen Krankenschein aus. Der Arzt war optimistisch, dass sich Danny in der einen Woche urlaubsfähig berappeln würde. Klappte dann auch. So hatte er eine seiner seltenen Grippeerkrankungen eine Woche vor Reisebeginn bekommen und war schon auf dem Wege der Besserung, als der undankbare Fall eintrat, dass Moni sich vor dem Abflug bei Danny ansteckte. Sie kam am letzten Arbeitstag mit Fieber von der Arbeit und musste auch noch ihren Arzt aufsuchen. Er schrieb sie für den letzten Arbeitstag krank und verordnete ihr Antibiotika gegen Fieber, Husten und Halsschmerzen. Sie bekam zwar vom Arzt eine Reiseerlaubnis, aber das waren nicht gerade die besten Voraussetzungen für eine Fernreise in die Tropen. Die war und ist ja an sich schon anstrengend genug, auch wenn man gesund ist. Danny angeschlagen und so eben fähig, das nötigste zu tun. Moni krank und eigentlich bettreif, geschweige denn dazu fähig, ihren Rucksack zu packen oder gar los zu reisen. Beide hatten vorher schon prophylaktisch eine Reiserücktrittsversicherung beim Reisebüro beantragt. Dann reisten sie aber doch los und stornierten diese Rücktrittsversicherung kurz entschlossen. Sie flogen mit Zwischenlandung im nordthailändischen Chiang Mai nach Phuket in Südthailand. Vom Flughafen nahmen sie sich ein Taxi und ließen sich zum Jungle-Beach-Resort im Süden der Insel kutschieren. Dort musste Moni ihre Grippe in ihrem Holzbungalow pflegen und war auch später während ihres Aufenthaltes auf der südthailändischen Insel Koh Lanta mehr oder weniger gesundheitlich angeschlagen. Keine guten Vorzeichen. So hatten sie dadurch natürlich auch nicht so einen tollen Thailandurlaub wie damals in den 90er

Jahren in Khao Lak. Trotzdem sind Danny einige markante Erinnerungen geblieben.

Um von Phuket nach Koh Lanta zu kommen, mussten sie erst eine Fähre nach Phi Phi Island nehmen, um von dort mit einem anderen Boot nach Koh Lanta weiter zu reisen. Normalerweise legt man dafür an einem Steg auf Phi Phi Island an, steigt aus und in das nächste Boot wieder ein. Dieses Mal hatte sich die thailändische Fährgesellschaft jedoch etwas Besonderes einfallen lassen: Umsteigen auf offener See von der Fähre zum Boot. Nicht nur, dass die Fähre viel größer und höher als das Boot nach Koh Lanta war, sondern es herrschte auch noch ein beträchtlicher Seegang. Deshalb wurde das Umsteigen auf dem offenen Meer zu einem gefährlichen Abenteuer für Menschen und deren Gepäck. Danny schickte Moni erst mal vor. Denn ihr wurde mit helfenden Händen der Wechsel von einem Boot zum anderen einfach gemacht. Dann kam Danny selber mit ihren beiden Kofferrucksäcken. Die konnte er nicht einfach zum anderen Boot rüber werfen, sondern musste sie jemand in die Hand geben, damit sie nicht ins Meer fielen. Das war aber nicht so einfach, weil das andere Boot wegen der hohen Wellen mal unter, mal über ihm schaukelte. Schließlich schaffte er es doch, die beiden Gepäckstücke jeweils im richtigen Moment rüber zu reichen. Jetzt musste er es nur noch selber heile schaffen, rüber zu kommen. Das war etwas einfacher, aber auch nicht ungefährlich. Mit einem großen Spagat stand er für einen gefährlich langen Moment mit jeweils einem Fuß auf den Bootsrändern der beiden schwankenden Boote, bis er sich einfach von der Schwerkraft in den Gepäckhaufen des Zielbootes fallen ließ: geschafft.

Einige Tage später auf Koh Lanta. Neben den unvermeidlichen Mosquitos, die sie trotz »Off« und Mosquito-Coil ziemlich zerstochen hatten, gab es einige Kakerlaken und auch noch eine riesige Spinne, die gefährlich aussah. Aber glücklicherweise rührte sie sich nicht vom Fleck. Und Danny dachte sich: »besser sie hängt da an ihrem Netz, und ich weiß, wo sie ist, als dass sie irgendwo im Geheimen rum krabbelt ...« Und dann eines Nachts, da wachte Danny in ihrem Bambus-Bungalow auf, weil er ein knabberndes Geräusch von der Bambuswand her hörte: »rab – rab – rab – rab ...!« Mit der Taschenlampe schaute er sich die Sache genauer an. Da befand sich doch tatsächlich im Zwischenraum zwischen der Innen- und Außenwand ein kleines Nagetier und machte sich an der Bambuswand zu schaffen: »rab – rab – rab – rab, mhhh, lecker geflochtener Bambus!« Das eifrige Tier ließ sich durch Danny und seine Taschenlampe überhaupt nicht stören. Da gab er dem rosa Schnäuzchen, das beim Knabbern in ihr Schlafzimmer schaute, mit seinem Gummilatschen gezielt und humorlos die trockene Rückhand. Whup! Weg war das rosa Schnäuzchen. Zumindest für diese Nacht. Am nächsten Tag berichtete Danny dem Manager der »Dream Team Bungalow-Anlage« diese Story mit dem Palmhörnchen oder der Palmratte oder was es immer für ein putziges Tierchen war: »Hallo, Mr. Manager. There was a small animal last night, which began to eat your bungalow number B 3.« Die Antwort des Managers darauf, dass ein Tier ihre Hütte auffraß, war sehr bezeichnend für Thailänder: »Hihihihihihi!« Das war alles. Man will ja nicht gleich das Gesicht verlieren …

Na ja, wie es weiter ging mit dem Bungalow Nr. B 3, erfuhren sie nie, weil sie dann zu einem besseren Bungalow direkt am Strand umzogen: größer, luftiger, direkter Meerzugang und ohne Haustier. Dafür hatten sie dann Sandflöhe auf Koh Rok, einer wunderschönen kleinen Insel mit Naturschutzpark südlich von Koh Lanta, wohin sie als Tagesausflug mit einem Schnellboot zum Schnorcheln fuhren. Leider fing sich Moni dabei auch noch eine unangenehme und schmerzhafte Blasenentzündung ein, die von ›Schwester Uschi‹ mit deren Reise-Antibiotika behandelt wurde. Diese Uschi befand sich ebenfalls auf dem Schnellboot, war schon ein halbes Jahr unterwegs, von Beruf Krankenschwester und hatte glücklicherweise allerlei nützliche Arzneien in ihrem Reisegepäck. Sie konnte die Schmerzen von Moni erst mal lindern, die sich mit Fieber und Blut in Urin und Stuhl unangenehm bemerkbar machten. Aber mit Uschis Breitband-Antibiotikum Ciprobay 250 und ner Flasche Wasser zur Blasendurchspülung konnten Monis Schmerzen dann auch schließlich abgeholfen werden und sie brauchte nicht noch einen Arzt aufzusuchen. Somit konnten die beiden noch weiterhin den ›Urlaub mit Hindernissen‹ wenigstens ansatzweise genießen. Sie mieteten sich auch mal ein Motorrad, um damit die staubige Piste von Koh Lanta einmal von Norden nach Süden abzufahren und das wenige zu entdecken, was es überhaupt zu entdecken gab.

Und bis dato nahmen sie auch immer brav die Malariaprophylaxen-Tabletten, und nahmen und nahmen …

… jedenfalls solange es ihnen gut bekam. Erst als Moni durch die regelmäßige Tabletteneinnahme Probleme mit den Augen bekam, ließ sie es dann bleiben …

oben links: Wettlauf ihrer Fieberkurven; rechts oben: Jungle-Beach-Resort auf Phuket. Mitte rechts: Danny in seiner Prinzenhose. Die anderen Fotos aus Thailand.

86

In Phuket – zurück vom Abenteuer auf Koh Lanta – deckte sich Moni in der Inselhauptstadt-Apotheke erstmal mit thailändischen Medikamenten ein: ein neuer Jaico-Stift gegen Mückenstiche und einheimische Medikamente gegen Jucken und Kratzen (so was ähnliches wie Fenistil).

Immerhin lernten sie bei ihrem ruhigen Urlaub beim Schwimmen im Badewannen-lauwarmen Tropenmeerwasser ein wenig Thai-Sprache, indem sie sich die Zahlen durch Reime merken konnten:

»Nüng – Soong – Saam *(eins – zwei – drei)*, um sechs Uhr kräht der Hahn …
Sii – Haa – Hok *(vier – fünf – sechs)*, die Henne hat noch keinen Bock …
Djet – Bpäat – Gkaao *(sieben – acht – neun)*, die Chicken lesen Mao …
Sip – Sip-et – Sip-soong *(zehn – elf – zwölf)*, der Erpel geht zum Telefon …
Sip-saam – Sip-sii – Sip-haa *(13 – 14 – 15)*, wo doch niemand war …
Sip-hok – Sip-djet – Sip-bpäat *(16 – 17 – 18)*, jetzt ist es aber spät …
Sip-gkao – Yi-sip – Yi-sip-et *(19 – 20 – 21)*, jetzt sind alle Hühner schon im Bett …

Bei ihrem Kinder-Reim, um thailändische Zahlen zu lernen, plantschten sie schwimmend im warmen Meerwasser und stießen sich dabei – auf dem Rücken liegend – immer mit den Füßen gegenseitig ab.

Hai-Alarm auf den Malediven

Im Oktober 2002 hatte Moni ihren 50. Geburtstag. Um diesen besonderen Ehrentag auch besonders zu zelebrieren, wünschte sie sich, ihn auf einer Malediven-Insel zu feiern. Gesagt – getan; geplant – gespart; gebucht – gereist. So kamen Moni und Danny nach 36 Stunden auf den Beinen auf der tropische Malediven-Insel Angaga im Süd-Ari-Atoll an, müde und zerschlagen. Danach fielen sie erst mal in einen unruhigen Schlaf. Nach dem Aufwachen entpuppte sich Angaga als die Trauminsel schlechthin. Eine runde ›Spiegelei-Insel‹ mit Kokospalmen rundum und grell weißem, aber Puderzucker-feinem Korallensandstrand.

Sie hatten einen schönen weißen Steinbungalow im Schatten einer Kokospalme direkt am Strand und als Extra noch eine Maledivenschaukel aus Holz auf ihrer Terrasse. Dazu spannte Danny sich noch seine echte Hängematte aus Yucatan auf. Es durfte gemütlich werden.

Bereits beim zweiten Schnorchelgang am Vormittag des zweiten Urlaubstages hatten sie das Glück, unter Wasser eine Meeresschildkröte von etwa 40 cm Größe zu beobachten. Wahrscheinlich war es eine Karettschildkröte? Erst tauchte sie ab und äste danach auf dem Meeresgrund. Was für eine Freude für die beiden.

Dann kam der 20. Oktober 2002, das war Monis 50. Geburtstag. Ein Geschenk machte ihr der Indische Ozean: beim Schnorcheln trafen sie die Schildkröte wieder. Sie war gerade beim Auftauchen. Sie beobachteten sie mehrere Minuten, da sie drei bis vier Mal Luft holte. ›Schildi‹ verhielt sich dabei ohne jede Panik. Sie ließ Danny sogar so nahe herankommen, dass er von ihrem Kopf eine Porträtaufnahme machen und ihr sogar über ihren Panzer streicheln konnte. Zum ersten Mal schnorchelten die beiden mit einer Einweg-Unterwasserkamera. Dabei ›jagte‹ Danny vor lauter Begeisterung in einer Dreiviertel Stunde einen 27er-Film durch. Dann entdeckten sie beim Schnorcheln in der Lagune noch einen schönen Riffstreifen, wo jede Menge neue Korallen in allen Farben wuchsen. Das war schön zu sehen, dass sie nach ›El Nino‹ doch wieder weiter wuchsen. Vom Resort gab es als Geschenk einen speziell gedeckten Tisch im Restaurant beim Abendessen für die beiden, wo mit Blüten und Kokosnuss-Blattstreifen stand: **HAPPY B'DAY – 50.** Und alles war zusätzlich um ihre Teller mit Blumen dekoriert: wirklich sehr nett anzuschauen. Später in der Bar wurden sie übrigens von einem Ober aus Bangladesch bedient. Vorher hatten sie schon einen indischen Koch kennen gelernt und mit einem Koch aus Sri Lanka gesprochen. Ihr Waiter im Restaurant kam von Gan, eine Malediveninsel südlich des Äquators.

Sie lernten Paul und seine Frau Heike kennen, ein nettes Paar aus Wien, mit dem sie sich zu einem gemeinsamen Nachtschnorchelgang verabredeten. In der Tauchschule von Wolle Lübbers liehen Paul, Moni und Danny sich jeder eine Unterwasser-Taschenlampe. Da es in den Tropen schon früh und schnell dämmert, ging es dann ab 18.30 Uhr rein ins Wasser. Heike machte an Land Fotos, und Paul unter Wasser. Danny zog sich seine grüne Regenjacke an, um unter Wasser nicht zu frieren. Joh, das klappte auch. Es war auch gar nicht so gefährlich, es war eher alles ›easy‹. Die Fische im Dunkeln zu sehen, die sie tagsüber nie sahen, war ein fantastisches Erlebnis. Das war besser als Tauchen. Sie sahen dabei jede Menge Lobster und Strahlenfeuerfische, sodann Griffel-Seeigel, Kissen-Seeigel, einen Masken-Igelfisch, und Moni sah sogar einen Rochen. Besonders schön war das Aufblühen der Strahlensterne in vielen Farben, die tagsüber nur lasch herumhingen, nachts aber erstrahlten. Es gab natürlich auch einige andere bunte Tropenfische zu sehen, die sie auch von tagsüber kannten: die gelb-schwarz längs gestreiften Süßlippen oder die langen Trompetenfische. Leider sahen sie auch quallenähnliche Säckchen. Und da es anfing zu piksen, gingen sie wieder raus aus dem Wasser. Aber trotzdem waren sie glücklich und frohgelaunt ob dieses seltenen Erlebnisses.

oben links: Tauchsportlichkeit-Attest, rechts: beim Schnorcheln sahen sie den Hai unter sich. Mitte: Ein- und Ausreise-Stempel 2002 im Pass; Unten links: das ›grüne Meerungeheuer‹ beim Nacht-Schnorcheln, rechts: das Wappen der Malediven.

Beim zweiten Nachtschnorchelgang kam Heike auch mit. Da sahen sie allerdings nix Neues außer haarigen Einsiedlerkrebsen, die in ihren Häuschen herumwanderten. Dafür ging Dannys Unterwasserlampe bestimmt zehn Mal aus. Die hatte wahrscheinlich ein Wackelkontakt. So kam er jedenfalls nur mit Mühen wieder aus dem Wasser raus. Hauptsächlich musste er sich durch den Lichtschein der Anlegesteg-Lampen orientieren. Nach dem zweiten Nachtschnorcheln bekam Danny juckenden Pöckchen auf der Haut. Die Blonde von der Tauchschule meinte, dass es sich dabei um nesselnde Meeresbewohner handelte. Sie tippte auf Plankton, Nesseltierchen oder Fetzen von Nesselquallen, die im Wasser piksten. Danach wussten sie es wenigstens, aber es juckte trotzdem. Dieses fiese Gepikse kannten sie übrigens auch aus Thailand.

Ursprünglich wollte Danny auf Angaga ja sogar tauchen. Dafür hatte er sich extra eine Tauchunbedenklichkeits-Bescheinigung von seinem Arzt in Hagen ausstellen lassen. Aber nachdem sie die Tauchschule auf Angaga erlebt hatten, nahm er von dem Plan lieber wieder Abstand. Vor allem die schnippischen Blicke des muffeligen Leiters Wolle hatten ihm die Lust auf's Tauchen vergällt. Aber auch so wollte er lieber die Faulheit des Urlaubes genießen, statt sich – wie sonst im beruflichen Alltag – mit neuen Verbindlichkeiten zu belasten. Sie hatten auch so beim Schnorcheln ihre Freude und sahen unheimlich viele verschiedene und bunte Tropenfische. Dabei unter anderem auch seine Lieblingsfische, die Wimpelfische. Sicherlich war einer der Höhepunkte, als sie am siebten Schnorcheltag einen circa 1,5 Meter langen Weißspitzen-Riffhai am helllichten Nachmittag für gut eine Minute lang unter sich her schwimmen sahen. Der patrouillierte nur ganz ruhig am Riff entlang. Ein anderes Mal entdecken Moni und Danny am Außenriff hinter der südlichen Lagune einen kleinen, etwa einen Meter langen, Weißspitzenhai. Die sollten ja an sich für Menschen ungefährlich sein. Als er sie ebenfalls entdeckte, bog er in die flache Lagune ab. »Das ist die Gelegenheit, ein Unterwasserfoto vom Hai zu machen,« dachte sich Danny. Deshalb schwamm er parallel zu ihm am Außenriff entlang und wartete darauf, dass der Hai auch wieder zum Außenriff abbog. Dabei musste Danny sich ganz schön sputen und enorme Flossenschläge machen, um ihm überhaupt einigermaßen in Sichtweite folgen zu können.

Denn so ein Hai haut ab wie eine Rakete. Als er dann endlich in seine Richtung zurück zum Außenriff abbog, hatte er ihn auf einmal frontal vor sich mit seinem breiten und bulligen Maul. »Boah, sach ich euch, das war ganz schön unheimlich.« Er versuchte zwar, ein Unterwasserfoto vom Hai zu machen. Aber als er hinterher den entwickelten Film sah, war auf dem Foto nur blaues Wasser weit und breit. Haha, der Hai war einfach zu schnell für ihn gewesen.

Aber es gab auch eine Kehrseite der Tropen. Palmengesäumte weiße Strände mit türkisblauem Meer symbolisierten die Tropenträume der westlichen Touristen. Doch diese Tropen waren tückisch. Erst einmal war es dort total schwül. Deshalb mussten sie Unmengen von Wasser weg saufen. Gut, das war ja noch okay. Aber die kleinen unsichtbaren ›Quälgeister‹ machten den Touris das Leben schwer. Erst erwischte es Moni. Sie bekam am ganzen Körper juckende Nesselpöckchen. Danach erwischte es auch Danny. Zusätzlich hatte er eine Raupe mit giftigen Flaumhärchen am Oberschenkel. Dort bekam er am nächsten Tag einen bierdeckelgroßen juckenden Pockenfladen als Ausschlag. Da wollten sie schon gar nicht mehr aus der Kühle des air-conditioned Bungalow raus. Und erst recht nicht in das erfrischende Meer mit all seinen Nesseltierchen. Aber es gab ja auch noch einiges oberhalb des Meeresspiegels zu bestaunen. Allen vorweg die Inselflora mit den vielen Kokospalmen, dem Inbegriff einer ›Trauminsel‹. Außerdem gab es noch die Schraubenpalmen mit den typischen Luftwurzeln, Frangipani-Bäume mit den weißen, herrlich duftenden Blüten, Flammenbäume mit roten Blüten, Schönmalven, kleinblütige Ackerwinden und eine Art Banyan-Baum. Neben der üppigen Meeresfauna gab es auf der Insel ein paar Flughunde, eine Katze, ein paar Ratten, zwei Reiher, mehrere Glanzkrähen, Seeschwalben, Stelzenvögel, Stelzentyrannen und kleinere Strandläufer, Geckos, riesige Ameisen, kleine Kakerlaken, wenige Mücken, Fruchtfliegen, Raupen, Falter und Springspinnen.

Stachelrochen-Verletzung in Ägypten

Ägypten im Jahr 2003, Schnorchelurlaub am Roten Meer, im Shams Alam-Hotel bei Marsa Alam, ganz im Süden von Ägypten. Jedenfalls nach dem abenteuerlichen Erdrutsch 1999 auf den Philippinen und dem erneuten Reise-Reinfall 2000 in Thailand auf Koh Lanta beschlossen Moni und Danny, erst mal auf Tropenurlaube zu verzichten. Anscheinend schienen die beiden gesundheitlich dafür nicht mehr geeignet zu sein. Stattdessen ließen sie sich dann mal was anderes einfallen. Für die neuen Reiseziele in den nächsten Jahren standen dreimal Schnorchelurlaube am Roten Meer in Ägypten an. Das war zwar ganz einfach und bequem zu bereisen, aber anscheinend auch nicht so ganz ungefährlich, wie die Attacke eines kleinen Blaupunkt-Stachelrochens auf Monis Fuß zeigte.

Auf dem Weg zu einem Schnorchelgang trat Moni im Flachwasser auf einen kleinen eingebuddelten Stachelrochen von vielleicht 10 cm im Durchmesser, nur ein Baby im Verhältnis zu den ca. 40 cm großen ausgewachsenen Rochen, die sie sonst unter Riffvorsprüngen schwimmen oder liegen sahen. Der fühlte sich angegriffen und stach Moni mit seinem kleinen Schwanz, inklusive Widerhaken, auf den Spann ihres rechten Fußes. Ein Schmerz wie von einer Qualle, eine blutige Stelle. Aber Moni wollte trotzdem damit schnorcheln. So schwammen sie vorsichtig durch die flache Lagune zur Riffkante und konnten los schnorcheln. Sie sahen viele schöne Fische und bunte Korallen, unter anderem auch einen Riesenkugelfisch. Aber an einer Stelle trafen sie auf lauter quallenähnliche Tiere. Das waren Salpen: durchsichtige Säckchen, in Ketten bis zu einem Dutzend, wie ein Akkordeon aufgereiht. Die waren zwar harmlos, aber lästig, da überall, auch an den Händen und im Gesicht. So schnorchelten sie zügig zurück zum Hotel, brauchten aber doch eine Stunde. In der Zeit hatte sich das Rochengift in Monis Fuß ausgebreitet und bereitete ihr höllische Schmerzen. Sie legte sich auf ihre Strandliege, und Danny holte ihr Betaisodona zum Desinfizieren aus dem Hotelzimmer. Amre, der Beach-Kellner, brachte ihr erst ein Glas frisch gepresstem Orangensaft. Dann kam er noch mal mit einem Beutel voller Eiswürfel. Doch alles half nix. Es tat weiterhin höllisch weh.

Also machte sich Danny auf den Weg, um Hilfe zu holen. Da er den Italiener Beppe, der Deutsch sprach, nicht fand, ging Danny rüber zur Tauchschule. Dort traf er Essam ›Zwei‹, El Mahdy und Mahmoud Wasty, der fragte: »Can I help you?« Danny erklärte in Englisch: »Accident with a sting-ray« , als sich eine deutsch-sprechende Ärztin dazu gesellte, die dort zufällig Urlaub machte. Sie meinte: »Moni soll mal vorbei kommen, zur Behandlung.« Danny erklärte: »Geht nicht. Sie kann nicht auftreten.« Also wurde Kerstin, die Leiterin der Tauchschule geholt. Und dann ging alles ratz-fatz super-schnell. Sie sagte Essam Elsherbany Bescheid, ihrem netten Ehemann. Und mit seinem neuen Pick-Up brauste er mit Danny direkt zum Strand, wo Moni in ihrem Liegestuhl unterm Stroh-Sonnenschirm lag. Essam ›Zwei‹ packte sie sich und wollte sie ins Auto heben. Aber das schaffte Moni gerade noch allein, wobei sie sich noch rasch ihren Sarong überwarf. Die Zwei sausten zur Tauchschule, während Danny Monis Impfausweis aus dem Safe holte, um damit zur Tauchschule zu eilen. Dort war Moni schon von der blonden Ärztin und Kerstin Ehlert in Obhut genommen und lag sicher im ›Erste-Hilfe-Raum‹. Glücklicherweise hatte Moni 1999/2000 schon die dreiteilige Tetanus-Impfung (TD) Komplett-Auffrischung bekommen. So bekam sie von der Ärztin nur noch eine Cortison-Spritze mit Kochsalz-Lösung, die gegen die Entzündung und gegen die Schmerzen verabreicht wurde. Vorher war die Wunde schon ausgedrückt, versorgt und mit desinfizierendem Pflaster verklebt worden. Danach bekam sie einen Tag Ruhe, viel Trinken und zwei Paracetamol gegen die Schmerzen verschrieben. Die hatten sie noch ›zu Hause‹ im Hotelzimmer.

Schließlich wurden die beiden von Essam Elsherbany zusammen mit seinem netten Hund im Pick-Up zum Hotel zurück gefahren. Moni nahm das Schmerzmittel, hatte aber trotzdem in Intervallen höllische Schmerzen im Fuß. Wenn sie direkt nach dem Stich das Blut ausgedrückt, mit heißem Wasser Kompressen gemacht hätte, um das eiweißhaltige Gift abzutöten, und danach sofort in ärztliche Behandlung gegangen wäre, dann hätte sie sich die lange anhaltenden Schmerzen ersparen können. »Hätte-hätte-Fahrradkette,« hatten sie aber nicht. Aber glücklicherweise hörten die Schmerzen nach einem halben Tag auf. Und am nächsten Tag war wieder alles gut. Noch mal »Glück im Unglück« gehabt. Denn der Stachelrochen war ja noch so klein und hatte sie mit dem Stachel auch nur am Fuß gestreift. Und dann war die »Klinik unter Palmen« auch noch gerade mit einer netten deutschen Ärztin besetzt gewesen …!

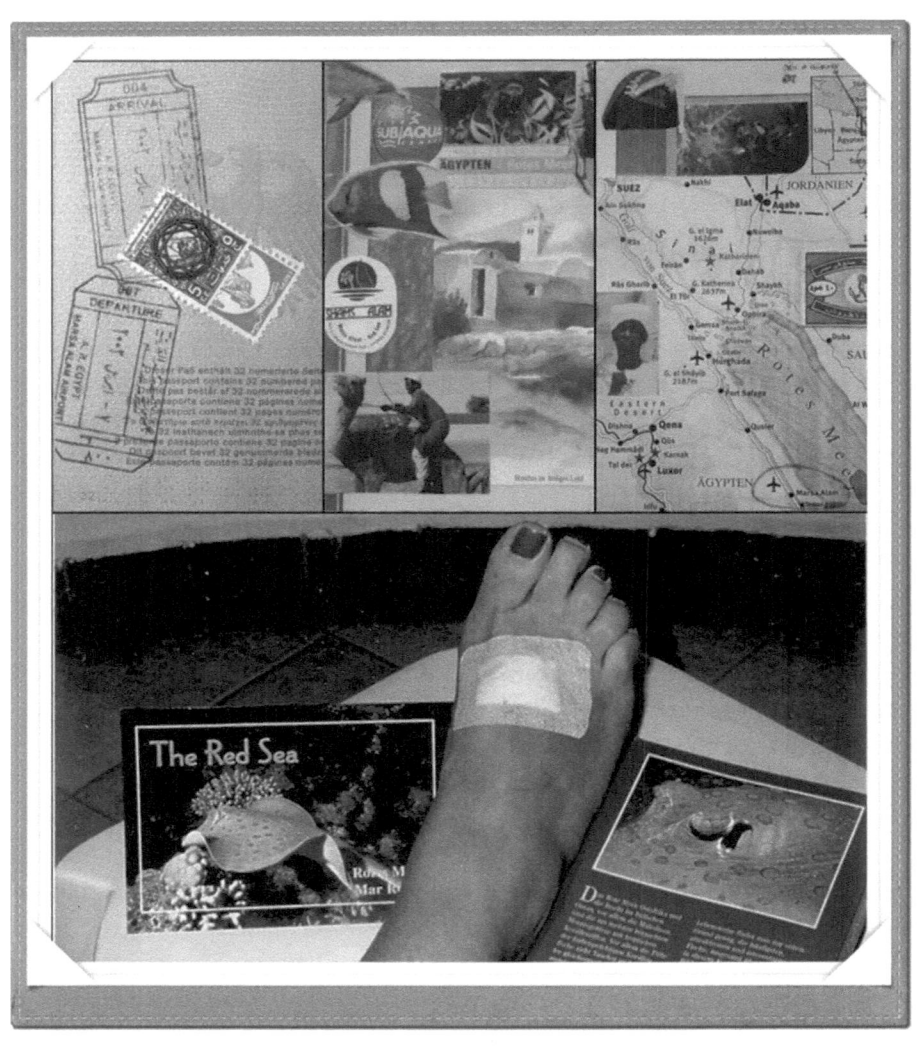

oben links: ägyptische Einreisestempel; oben rechts: Ägypten-Karte; unten: der Blaupunkt-Stachelrochen und sein frisch behandeltes Opfer

›Die Rache des Pharaos‹

Nachdem Moni und Danny dort in Ägypten eine Woche lang ohne Probleme alles essen und trinken konnten, hatte dann Danny doch noch die ›Rache des Pharaos‹ ereilt, nämlich Durchfall bekommen. Das kam so: er musste im Laufe der Nacht dreimal mit Durchfall aufs Klo. Am Morgen nahm er dann Metifex, was ihm sonst auch immer geholfen hatte, trank zum Frühstück nur Tee (statt Kaffee), nur trockenes Brot, tagsüber viel Wasser, Fladenbrot und warme Cola: brrrr ... Halt das volle Programm, mit der Hoffnung auf Besserung. Glücklicherweise kam die Besserung: nach einem Tag war alles vorbei und wieder gut mit dem Magen/Darm. Tja, und woran hatte es gelegen? Entweder das trockene Stück Kuchen in El Quesier? Oder das Erdbeertörtchen mit Sahne-Creme aus dem Hotel-Restaurant des Shams Alam? Das Letztere wohl eher nicht. Denn alle sagten, dass das Essen dort gut und unbedenklich wäre. Das hatte Moni sogar auch im Internet gelesen. Auch Beppe, der italienische Animateur, meinte das genau so. Und sie hatten auch immer ein gutes Gefühl beim Essen im Shams Alam gehabt. Dann war es wohl doch das Küchelchen von El Quesier ...? Sie hatten einen Tag vorher einen Tagesausflug nach El Quesier gemacht. Dort waren Danny und Moni alleine in dem Städtchen rum gebummelt, bekamen etwas Hunger, und aus dem Schaufenster des örtlichen Bäckers lachten sie verschiedene Gebäckteilchen an. Außerdem duftete es aus dem Geschäft auch sehr lecka-lecka. Na ja, trotz der allgemeinen Warnung, bloß nix Fremdes dort zu essen, gingen sie in den Bäckerladen und dachten sich: »Ach, so ein Stück trockener Kuchen, das wird schon nicht schaden ...!?« Sie kauften sich jeder drei verschiedene Plätzchen mit Marmeladen- und Schoko-Füllung und aßen diese direkt aus der Hand. Dazu tranken sie vorsichtshalber das mitgebrachte Wasser aus der vorher verschlossenen Flasche. Das Ergebnis bekam Danny am nächsten Tag postwendend geliefert. Denn auch die noch so trockensten Plätzchen mussten ja mit irgendwelchem heimischen Wasser vorher gebacken worden sein. Die ›Rache des Pharaos‹ war ihnen eine Lehre.

Dabei erinnerte sich Danny gerne an das alte Rezept seines Vadders Götz, dem alten Reisekämpen und Medizinmann, für nahrungsbedenkliche Länder, die er bereiste (also Marokko, Tunesien, Ägypten, Türkei, China oder die Dominikanische Republik): nach dem Essen auf jeden Fall einen Schnaps zur

Verdauung trinken. Und zwar, was sie halt gerade da hatten. In Hotels haben sie ja auf jeden Fall nen Cognac. Klar, in der Karibik gab es Rum. Aber in Nordafrika, egal, irgendeinen Schnaps zum Desinfizieren, direkt nach dem Essen, würden sie wohl auch da haben. Das half ihm immer. Diese Devise nahm sich Danny sehr zu Herzen und eiferte seinem Vadder nach …

Schutzimpfungen im neuen Jahrtausend

Danny hatte ja schon die verschiedensten Schutzimpfungen gegen diverse Tropenkrankheiten hinter sich. Meist bekam er diese in den 1970er, 1980er und 1990er Jahren. Und da hatte er sich auch immer gerne impfen lassen, weil er ja irgendwo hinwollte, wofür diese Impfungen unumgänglich waren. Im neuen Jahrtausend ließ seine Reisetätigkeit in ferne exotische Länder mehr und mehr nach, so dass solcherart Impfungen auch mehr und mehr unnötig wurden.

Aber in Deutschland hatte er sich dann doch in den letzten Jahren hin und wieder mal eine Schutzimpfung gegen Grippe verabreichen lassen. Aber immer nur dann, wenn es die Gelegenheit ergab. Also wenn er gerade mal im Herbst bei seinem Hausarzt, ›Bush-Doctor‹ Herbie, war und der ihn fragte, ob er denn wohl eine Schutzimpfung gegen Grippe haben möchte …? »Er hätte gerade welche da.«

Nun denn, so bekam Danny 2010 von seinem Hausarzt seine erste Schutzimpfung gegen Grippe. Darauf reagierte er allerdings außergewöhnlich stark. Er musste sich nach der Impfung auf der Arbeit krank melden, weil er sich total schlapp fühlte. Ungefähr so, als hätte die Grippe-Impfung bei ihm erst einmal eine Grippe ausgelöst. Aber das sollte ja angeblich gut sein: um so mehr der Körper auf die Impfung reagierte, um so mehr Schutz baute sich im Immunsystem auf.

Noch schlimmer erging es Danny 2020, bei einer erneuten Schutzimpfung gegen Grippe. Wieder bei seinem Hausarzt, inzwischen im ersten Corona-Jahr. Aber noch weit weg von den ersten Corona-Impfen in Deutschland. Deshalb wurde ja auch geradezu geraten, wenigstens die Grippe-Schutzimpfungen anzunehmen, als es noch keinen Impfstoff gegen Corona gab. Tja, hatte Danny dann auch mal einfach gemacht. Aber sein Körper reagierte wieder heftig darauf. Er musste nach der Impfung sogar für zwei Wochen das Training in seinem Fitness-Center aussetzen, weil er sich so schlapp fühlte.

VI. Corona-Pandemie und ihre Bekämpfung

Vom Affen aus Taiwan über die Fledermäuse von Chiang Mai zum Markt von Hunan

Als Danny 1992 zusammen mit seiner damaligen Freundin Marina, wieder mal mit Lia und ihrem damaligen Freund Flo für fünf Wochen über die Insel Taiwan reiste, kamen sie mitten während der Reise wieder zur Westküste nach Taichung. Von dort aus fuhren sie zum Sun-Moon-Lake. Das war ein malerisches Fleckchen Erde: ein See, von Bergen umgeben, für die Chinesen der Inbegriff einer ›Landschaft‹. Denn die beiden chinesischen Zeichen für ›Berg und See‹ bedeuten ›Landschaft‹. Dort machten sie einmal einen Ausflug zu einem buddhistischen Tempel am anderen Ende des Sees, dem Hsuan Tsang-Tempel, vor dem zwei große weiße Elefanten Wache hielten. Das besondere an diesem Tempel waren Buddhas Gallen- und Nierensteine, die Meister Hsüan Tsang angeblich im 7. Jahrhundert bei seinen Reisen nach Indien mitbrachte. Diese Nierensteine sollten schrumpfen, wenn zu wenig Gläubige beten.

Für die vier jungen ›Langnasen‹ aus Deutschland stand der Tempel mehr im Zeichen von Regen und Kälte. Deshalb wärmten sie sich in der nächsten Garküche mit heißem Tee, heißer Tangsuppe und Nudeln mit scharfer Chili-Soße etwas auf. In diesem kleinen Restaurant neben dem Tempel kamen sie mit dem Wirt ins Gespräch. Der zeigte Danny hinter der Garküche einen Käfig, in dem ein dunkelbrauner Affe und zwei Waschbären lebten. Diese armen Tiere würden sonst in den Bergen hier frei herum turnen. »Aber,« meinte er zu seiner eigenen Entschuldigung, »drüben auf dem Festland, da würden diese Tiere schon längst nicht mehr leben. Denn die Chinesen dort, die würden alles fangen und essen, was so kreucht: Hunde, Waschbären und Schlangen sowieso. Ja ja, die Chinesen schwärmen alle davon, Schlangen zu essen, weil die einen stark machen würden. Besonders die Schlangenleber mit Reiswein trinken, das wäre das Größte.«

Fünf Jahre später saßen Danny und seine spätere Frau Moni in Chiang Mai ganz im Norden von Thailand am frühen Abend auf der Terrasse ihres Galare-Guesthouse, direkt am Ping-River, bevor sie sich zum allabendlichen Gang zum nahegelegenen Nachtmarkt aufmachten. Plötzlich verdunkelte sich der Himmel noch mehr. Denn ein riesiger Schwarm Fledermäuse kam aus ihrer Höhle geflogen, um ihren abendlichen Tätigkeiten nachzugehen, wie im Flug Mücken aufzuschnappen. Damals 1997 ahnten Danny und Moni noch nicht, dass sich fast ein Vierteljahrhundert später ein Nachkomme dieser Fledermäuse in der Nähe des chinesischen Hunan nieder gelassen hatte. Was auch immer diese Fledermaus-Familie damals so aufgeschreckt hatte …!? Wahrscheinlich war es der Sack Reis, der dem thailändischen Garküchen-Inhaber Mak Sam auf dem Night-Bazaar ›Galere Food & Shopping-Center‹ umkippte.

Jedenfalls hatte es diese Fledermaus-Familie so verschreckt, dass sie in Panik flüchtete. Sehr weit flüchtete, Richtung Nordost, und schließlich hatte sie die 1.670 km vom Norden Thailands zum Süden Chinas über Laos und Vietnam hinweg in weniger als einem Jahr geschafft. Dort ließ sie sich am Mittellauf des Jangtsekiang in einer Höhle nieder. Von Fluss zu Fluss sozusagen. Wie das Schicksal es so wollte, wurde ›Urenkel Fledermaus‹ im Spätherbst des Jahres 2019 gefangen genommen, auf einem Markt in Hunan verkauft und noch am selben Abend von einem Chinesen aufgegessen. Vielleicht war der junge hungrige Ma Jenge zu gierig und hatte die Fledermaus nicht lange genug gekocht? Vielleicht war sie aber auch so oder so mit dem Corona-Virus völlig infiziert, dass von dem Tag an dieses eine Corona-Virus seinen erfolgreichen Feldzug um die ganze Erde starten konnte. Er sorgte für Angst und Schrecken und ließ die ganze Erde in eine allumfassende Pandemie versinken.

Corona-Pandemie

Im Herbst 2019 tauchte Covid-19 also erstmalig im chinesischen Wuhan auf. Aber 2020 hatte sich Corona zu einer weltweiten Pandemie ausgeweitet, nicht nur in Deutschland, Italien und USA. Anfangs gab es bei uns in Deutschland nur die AHA-Regelung (Abstand-Hygiene-Atemmaske) dagegen, vom Impfstoff konnte man nur träumen. Aber man hoffte darauf. Und dann auf einmal im Jahre 2021, wo es vorher in Bezug auf die Corona-Pandemie alles desolat und aussichtslos erschien, da waren auf einmal endlich die ersten Impfstoffe dagegen entwickelt und dann sogar auch verimpft worden ….: bravo, jupeidiii, und jupheidaaaa …!! Da nahm das Verimpfen endlich Fahrt auf. Das gab doch Auftrieb und Hoffnung auf das Überwinden der Pandemie.

Zur Jahresmitte 2021 waren etwa die Hälfte der Deutschen doppelt-geimpft. Plötzlich gab es das Stichwort der Drei-G-Regel (geimpft, genesen oder getestet), um an Veranstaltungen teilnehmen zu können. Umso mehr Deutsche zweifach geimpft waren und es in Richtung »Herden-Immunität« ging, umso öfter kam der Ruf nach der Zwei-G-Regel auf: also nur noch Vorteile für Geimpfte oder Genesene.

Wo früher – per se – oder später freiwillig, um in ferne Länder gelangen zu können, gerne und oft geimpft wurde, was das Zeug hielt …

… da kam doch Freude auf, dass es jetzt sogar eine gesamtgesellschaftliche Notwendigkeit gab, sich impfen zu lassen, um Corona zu vermeiden. Unglaublich, dass sich tatsächlich dagegen eine aus schwurbeligen Verschwörungstheoretikern gebildete »Querdenker»-Szene entwickelt hatte, die nicht an Corona glaubten, und sich auch in asozialer Weise an nix und niemanden störten …!?!

AstraZeneca, Biontech, Moderna und die Impf-Umkämpfung

Nun denn, für die Willigen gab es ja inzwischen im Jahr 2021 endlich Impfstoffe, die heiß umkämpft waren: die von Biontech oder die von AstraZeneca. Da gab es merkwürdige Wettstreite, welche besser wären oder besser wirken, oder gar schädlicher als andere sein sollten. Das erinnerte Danny Kowalski an die albernen Streitigkeiten aus seiner Kindheit, welche Patronenfüller besser wären: Geha oder Pelikano. Oder gar später in seiner Jugendzeit, als es Marken-Sportschuhe gab: die einen schworen auf Adidas, die anderen auf Puma.

Tja, früher ließ man sich gegen alles Mögliche impfen, ohne zu überlegen, was da wohl drinne sein mag. Und jetzt ist das auf einmal wichtig: »Nee, von dem will ich nicht, ich warte lieber auf den anderen Impfstoff …«

»Baah, Hauptsache, der ist gegen Corona,« sach ich da nur …

Denn die Sache ist ja nicht ungefährlich. Als sich Danny im August 2021 mit seinem alten Kumpel und Ex-Kollegen Marco S. traf, erklärte ihm dieser: »Ich habe Long-Covid. Angesteckt hatte ich mich mit Corona schon im November 2020, als es ja bei uns noch keine Impfungen gab. Inzwischen bin ich zweimal geimpft. Ich hatte glücklicherweise einen nur leichten Verlauf meiner Corona-Erkrankung. Aber seitdem fühle ich mich an jedem Morgen jedes Tags total schlapp, so als hätte ich mir eine Grippe gefangen. Ich habe in der ganzen Zeit nur einen Tag wegen Krankheit auf der Arbeit gefehlt. Aber ich fühle mich meistens schlapp. Habe auch schon unzählige Fachärzte konsultiert: Herzfunktionen überprüft, Lungen und Bronchien … Es ist einfach ein großer Mist, Long-Covid zu haben. Ich hoffe, dass das bald mal wieder weg geht …!?!«

Und was sind eigentlich erste Anzeichen und typische Symptome von Covid-19?

»Die Verläufe der Erkrankung Covid-19 variieren laut Robert-Koch-Institut stark. Sie reichten von Verläufen ohne Symptome bis hin zu schweren Lungenentzündungen mit Lungenversagen. Die häufigsten Corona-Symptome sind laut RKI und Bundesministerium für Gesundheit. Husten: Rund 40% der Infizierten klagen laut RKI über Husten. Fieber: Auch Fieber zählt zu den klassischen Symptomen einer Infektion mit dem Coronavirus. 27% der Erkrankten weisen nach Angaben des RKI eine Körpertemperatur über 38°C auf. Schnupfen: Eine verstopfte oder fließende Nase kann ebenfalls auf eine Ansteckung hinweisen. 29% leiden laut RKI unter Schnupfen. Störung des Geruchs- und/oder Geschmackssinns: Wer plötzlich nichts mehr riechen und schmecken kann, sollte hellhörig werden. Während das RKI diese Symptomatik bei 22% der Infizierten feststellen konnte, wiesen bei anderen Studien mehr als die Hälfte aller Erkrankten einen Verlust des Geruchs- und Geschmackssinns auf. Bis Geruch und Geschmack wiederkommen, kann es mitunter einige Wochen dauern. Das Phänomen geht – anders als etwa bei einem grippalen Infekt – nicht zwingend mit einer verstopften Nase einher. Lungenentzündung: Etwa ein Prozent aller Infizierten entwickelt laut RKI eine Pneumonie. Die Symptome sind neben Fieber, Erschöpfung und Husten auch Probleme beim Atmen und Brustschmerzen. Hals-, Kopf- oder Gliederschmerzen: Ein Kratzen im Hals, Kopfweh und Gliederschmerzen können auf eine Infektion mit Covid-19 hindeuten. Es kann auch zu einer Schwellung der Lymphknoten im Halsbereich kommen. Vereinzelt treten Rachenentzündungen auf. Erschöpfung ist ein Symptom. Magen-Darm-Beschwerden: Infizierte werden mitunter von Durchfall, Erbrechen, Appetitlosigkeit oder Bauchschmerzen geplagt. Diese Symptome können zu einem Gewichtsverlust führen. Kurzatmigkeit: Das Gefühl, schlechter Luft zu bekommen, kann bei einer Coronainfektion auftreten. Das Bundesministerium für Gesundheit rät in dem Fall, ärztliche Hilfe aufzusuchen.

Auch von Symptomen wie Bindehautentzündung, Hautausschlag, Apathie oder Somnolenz berichtet das RKI.«[*]

Warum machte die Corona-Impfung Angst? Während der Corona-Pandemie herrschte teilweise Zurückhaltung beim Impfen mit AstraZeneca.

»In Deutschland haben die Impfungen mit dem britischen Vakzin des Anbieters AstraZeneca begonnen. Doch momentan breitet sich Skepsis aus, da der Impfstoff anscheinend stärkere Nebenwirkungen hat, als vorher angenommen. In Niedersachsen melden sich 50% des geimpften Personals nach der ersten Impfung krank. Im Saarland kommt gut die Hälfte aller Angemeldeten gar nicht erst zum Impftermin.

Trotz Impftermin lehnen viele Menschen das Vakzin von AstraZeneca ab. Experten über die Verunsicherung und was beim Abwägen hilft.«[**]

Dabei waren die Risiken von schweren Nebenwirkungen nach einer AstraZeneca-Impfung relativ gering: »Aktuell nur 12 Fälle auf ca. 5 Millionen Geimpfte. Dagegen ist das Risiko, an Covid-19 zu erkranken, ungleich höher. Noch drastischer ist die Relation, wenn man das mit dem Fahrradfahren vergleicht. Das normale Fahrradfahren im Straßenverkehr ist viel riskanter als die Risiken von schweren Nebenwirkungen nach einer AstraZeneca-Impfung. Trotzdem fahren die Menschen einfach weiter Fahrrad.

Die in diesem Bericht von Anne-Kathrin Neuberg-Vural genannte 70-jährige mit Impfangst, Sabine Keck aus Berlin, bekam ein Impfangebot für Astrazeneca. Das lehnte sie aber mit der Begründung ab, sie hätte das mit den Gehirnvenenthrombosen gehört: Damit lasse ich mich bestimmt nicht impfen.«[**]

Interessanterweise habe sie sich aber schon gegen Pneumokokken und gegen Gelbfieber ohne Bedenken impfen lassen, und das trotz möglicher Nebenwirkungen. Das war durch diesen Gegensatz ein ziemlich irrationales Verhalten, aber »AstraZeneca war für mich wie ein rotes Tuch.«[**]

Nun gut, mittlerweile hat sie immerhin die erste Impfdosis des Biontech-Vakzins erhalten.

---

[*]   *WR-E-Zeitung 28.07.2021*
[**]   *Anne-Kathrin Neuberg-Vural – Astrazeneca: woher kommt die Impfangst?, Westf. Rundschau Hagen, 30.04.2021*

Die AstraZeneca-Impfung.

Danny und Moni hatten sich über Ostern 2021 um einen Impf-Termin gekümmert. Aber es hatte sich wie fast überall in NRW als eine wahre Sisyphus-Arbeit erwiesen, um am Samstag telefonisch oder online durchzukommen. 3,5 Mill. Menschen aus NRW im Alter zwischen 60 – 78 Jahren konnten sich um 450.000 Dosen AstraZeneca bewerben. Die beiden versuchten es mit gefühlt 1.000 vergeblichen Anrufen und 100 online-Versuchen über 5 1/2 Std. am Samstag von 08.00 bis 13.30 Uhr. Danny hätte es schon längst aufgegeben. Aber Moni ist in so was ein wahrer Terrier. Über Googeln und dann Twitter erfuhr sie, dass es wohl an ihren sehr geläufigen Email-Adressen lag: diese Server waren alle total überlastet. Also richtete sie sich eine neue e-mail ein (bei ›live‹) und kam so online rein, machte zwei Termine für sich und ihren ›Partner‹ klar: den ersten haben sie schon am 08.04.2021, den 2. Impftermin erst am 26.06.2021.

Danny lobte sie für ihre Ausdauer: »meine Hochachtung für Moni. Wie schon gesagt, denn ich hätte längst aufgegeben.«

Ihr Impftermin wurde gebucht.
Ihre Details

Name:	*Moni Kowalski*
Erstdosis AstraZeneca-Impfstoff:	*08.04.2021 13:15:00*
Zweitdosis AstraZeneca-Impfstoff:	*26.06.2021 11:30:00*
Impfzentrum:	*Impfzentrum NRW Standort Stadt Hagen*

Ihre Partnerdaten Danny Kowalski
die selben Termine wie bei Moni Kowalski

Diese Unterlagen bitte zum Impftermin mitbringen: Ihre Buchungsbestätigung (digital oder auf Papier). Ihren Personalausweis oder Reisepass. Ihre Krankenversichertenkarte. Ihren Impfpass (sofern vorhanden). Ihren vorausgefüllten Aufklärungsbogen und Selbstauskunftsbogen.

Angst vor AstraZeneca? Das ist so wie Angst vor dem Fliegen. »Der Impfstoff von AstraZeneca steht im Verdacht, spezielle Thrombosen zu verursachen. Die europäische Arzneimittelagentur hat ein minimal erhöhtes Risiko nicht ausgeschlossen. AstraZeneca stapelt sich in den Kühlschränken der Ärzte, alle wollen Biontech. Rational ist das nicht. Aber was ist schon rational.«*

Nebenwirkungen und Symptome nach der 1. AstraZeneka-Impfung

Nun denn, Danny und Moni hatten die Gelegenheit am Schopf gepackt und sich Ostern 2021 online Impftermine besorgt. Das machten sie beide gerne, obwohl Danny ja schon immer auf die Grippe-Schutzimpfungen stark reagierte. Einmal vor circa 10 Jahren musste er sich am nächsten Tag nach der Impfung sogar krank melden. Und im letzten Jahr musste er nach der Grippe-Schutzimpfung gar für zwei Wochen das Training im Fitness-Center aussetzen.

Und dann endlich die erste Corona-Impfung im April 2021: super Organisation in der Stadthalle Hagen, ihrem lokalen Impf-Zentrum. Ohne viel Wartezeiten waren sie nach rund einer Stunde durch den Parcour durch.

Soweit, so gut.

Das Impfen hatte auch gar nicht weh getan, aber die Nebenwirkungen und Symptome nach ihrer 1. AstraZeneka-Impfung waren doch bei Danny recht heftig: am Nachmittag begann es mit schweren Beinen, dann am Abend Gliederschmerzen wie bei einem Muskelkater. Später in der Nacht Schüttelfrost, Frieren, 38 ° C Fieber, Schwitzen und Kopfschmerzen. Und er war fast die ganze Nacht schlaflos geblieben, bis auf vielleicht eine halbe Stunde Schlaf, alles zusammen gerechnet: hier mal 10, da mal 10 Minuten.

Am zweiten Tag nach der Impfung fühlte er sich nur noch ein bisschen wie durch den Wolf gedreht. Und auch am dritten Tag danach waren Danny und Moni noch ziemlich schlappikowski. Er hatte die Nebenwirkungen und Symptome nach seiner 1. AstraZeneka-Impfung nach drei Tagen überstanden. Aber im Gegensatz zu Danny ging es Moni am vierten Tag nach der Impfung immer noch schlecht: sie musste nach dem Frühstück wieder ins Bett, hatte immer noch Kopfschmerzen, große Schlappheit und fühlte sich ziemlich elend.

---

* *Birgitta Stauber – Angst vor Astrazeneca? Das ist so wie Angst vor dem Fliegen, in WR-online, 15.05.2021*

Auch 8 Tage nach der AstraZeneka-Impfung hatte sie immer noch Kopfschmerzen: »hoffentlich nix Schlimmes …!?!«

Sie meinte zu Danny: »Das ist doch eigentlich ein gutes Zeichen, dass dein Körper so stark auf den Wirkstoff angesprochen hat.«

»Okay,« meinte Danny, »wenn das so ist, dann will ich nicht meckern.«

Dannys Freund Harry äußerte sich dazu: »*Sie hat vermutlich Recht mit der Erklärung. Die harten Nebenwirkungen stellen sich wohl ein, weil der Körper seine Abwehrkräfte an die Front schickt. Meine Doro meint, alte Menschen wie ihr Vater haben nur noch wenige Abwehrkräfte, da fällt die Kurve flacher aus. In Beziehung zu dir würde das bedeuten, dass du über gute Defensivkräfte verfügst. Das kann sowieso nur Gutes bedeuten.*«

Von anderen Seiten hörte Danny nach deren AstraZenica-Impfungen Ähnliches. Seine Sister BärBel und Schwager Bert hatten auch solche ähnlichen Symptome wie er. Und die Lebensgefährtin Anngrit seines Sportkameraden Gerd ›Bobesch‹ Mattes hatte es ebenfalls ähnlich wie Danny erwischt. Wogegen ›Bobesch‹ selber überhaupt nix gemerkt hatte.

Oder von seiner Ex-Kollegin Lia Böchterbeck erfuhr Danny: »*Schön, dass es dir wieder besser geht. Ich war ja am nächsten Tag wieder okay, aber ich fühle mich immer noch energielos und hab zu nix richtig Lus*t.«

Dagegen hatte nach der Biontech-Impfung das Nachbar-Ehepaar von Danny und Moni überhaupt keine Nebenwirkungen. Genauso wenig übrigens wie Monis Mutter und Schwester, oder auch Harrys Schwiegervater.

Wogegen Harrys Nichte Ronja, also Eddies Tochter, die hatte sich nach der Biontech-Impfung die Seele aus dem Leib gekotzt: so konnte es leider auch gehen …

Harrys Frau Doro hat Moderna bekommen, wie Harry berichtete: »die erste war völlig okay, die Zweitimpfung hat sie aber voll aus der Kurve gehauen. Sie war so am Flattern, dass sie nach zwei Wärmflaschen verlangte …«

Auch eine andere Nachbarin von Danny und Moni, Frau Christang, hatte Moderna bekommen. Sie erzählte Danny: »Die erste Impfung war völlig okay, aber die Nebenwirkungen nach der Zweit-Impfung waren ziemlich heftig.«

In der Korrespondenz vom Juni 2021 mit seinem Facebook-Freund Fatman Tom, mit dem Danny vor Jahren fast mal nach Australien geflogen wäre, erzählte dieser ihm über seine Nebenwirkungen nach der zweiten Impfung: »Geimpft bin ich auch, mit Biontech. Ich kämpfe mich zwar danach mit einer Dreifachthrombose im rechten Bein durch. Aber sonst geht es mir gut.«

Danny fragte ihn: »Boah, das hört sich ja gefährlich an. Da wünsche ich dir gute Besserung. Bist du denn zweimal geimpft worden? Und womit?«

Fatman Tom antwortete stante pede: »Ich gehöre zu den wenigen Menschen, die auch bei Biontech zu Thrombosen neigen.«

Da konnte Danny nur alles Gute wünschen: »Lieber Tom, dann mal gute Besserung für dich von Danny.«

Tom antwortete sofort.: »Danke dir. Die Lage scheint im Griff.«

Danny freute sich darüber sehr: »Prima, Tom, schön zu hören, dass es wieder aufwärts geht ….!«

Tom dazu: »Muss mich zwar noch schonen und Wickel bis zur Hüfte tragen, das geht aber. Und Xarelto hochdosiert als Blutverdünner nehmen. Klar, aber es geht mir im Moment ganz gut.«

Und in der Korrespondenz mit Sister BärBel vom Juni 2021 erfuhr Danny die Nebenwirkungen bei seiner Schwester und seinem Schwager nach deren 2. Impfung: »Hallo, Danny, danke der Nachfrage. Nööö, alles gut, es blieb dabei: um Mitternacht war ich wieder fit, und am nächsten Tag konnte ich wirklich wieder ganz normal arbeiten und hab auch trotz der Hitze in meinem Büro unterm Dach mühelos wieder bis abends durchgehalten.

Bert hatte noch die ganze Nacht Erholungsschlaf gebraucht und war dann am anderen Morgen aber auch wieder oben auf. Interessanterweise schläft er seitdem trotz der warmen Temperaturen richtig gut, obwohl sich natürlich das Haus inzwischen gut aufgeheizt hat. Diesmal sind wir also ohne Medikamente und sonstige Blessuren ganz gut durchgekommen. Das wünsche ich euch auch!

Zur Stunde rumpelt und kracht sich gerade ein Gewitter so langsam in Hochform; der Regen pladdert schon seit einer Stunde. Dürfte gern mehr sein, aber auch so ist es schon eine Wohltat. Der Garten nimmt's sicher dankend an, und der Luftzug durch die offenen Fenster wird auch schon deutlich angenehmer als während der letzten Nächte.«

Danny antwortete: »Hallo BärBel, danke für deine e-mail vom 17.06.2021.

Du schriebst: ›*Die abendlichen Nebenwirkungen sind nicht so heftig wie letztes Mal, und wir brauchen auch keine Medikamente. Aber ich hab heut Nachmittag immerhin nach sechs Stunden Arbeit das Handtuch geschmissen und mich mit dem Gefühl von Watte-Nebel im Kopf vorzeitig vom Acker gemacht …*‹

Jetzt wollte ich mich erkundigen, wie es sich bei dir – inzwischen 3 Tage nach der Impfe – so entwickelt hat? Du hattest ja nach der 1. Impfung auch heftige Nebenwirkungen.

Und: war's jetzt beim zweiten Mal besser? Oder wie ist es dir so ergangen …?«

BärBel antwortete noch am 17.06.2021: » Hallo, Danny. Jau, hat heute wunderbar pünktlich geklappt! Und mit Glück kriegen wir beim Doc auch schon gegen Ende des Monats die digitalen Impfausweise nachgeliefert; bis dahin müsste er die Software haben. Ja, sicher, hier gibt's auch Apotheken, die's jetzt schon machen. Aber wenn ich's mir aussuchen kann, soll er doch lieber das Geld damit verdienen.

Nach ausgiebiger Siesta geht's jetzt wieder, und ich bin zuversichtlich, dass morgen wieder ein normaler Tag folgt. Hoffentlich geht's bei euch auch ein bisschen besser als beim ersten Mal. Jedenfalls lohnt sich die Mühe. Danach kommt immerhin bald wieder ein etwas normalisierteres Leben. Drück euch die Daumen!«

Eine sogenannte »Kreuz-Impfung« hatte Dannys frühere Kollegin Katja bekommen: die erste Impfung wie Danny mit AstraZeneca, da hatte sie genauso starke Reaktionen, inklusive Fieber und Schüttelfrost. Und nach der zweiten Impfung mit Biontech bekam sie auch wieder starke Nebenwirkungen, teilweise, als fühlte sie sich betrunken oder wie nach einem Kater, so wattig.

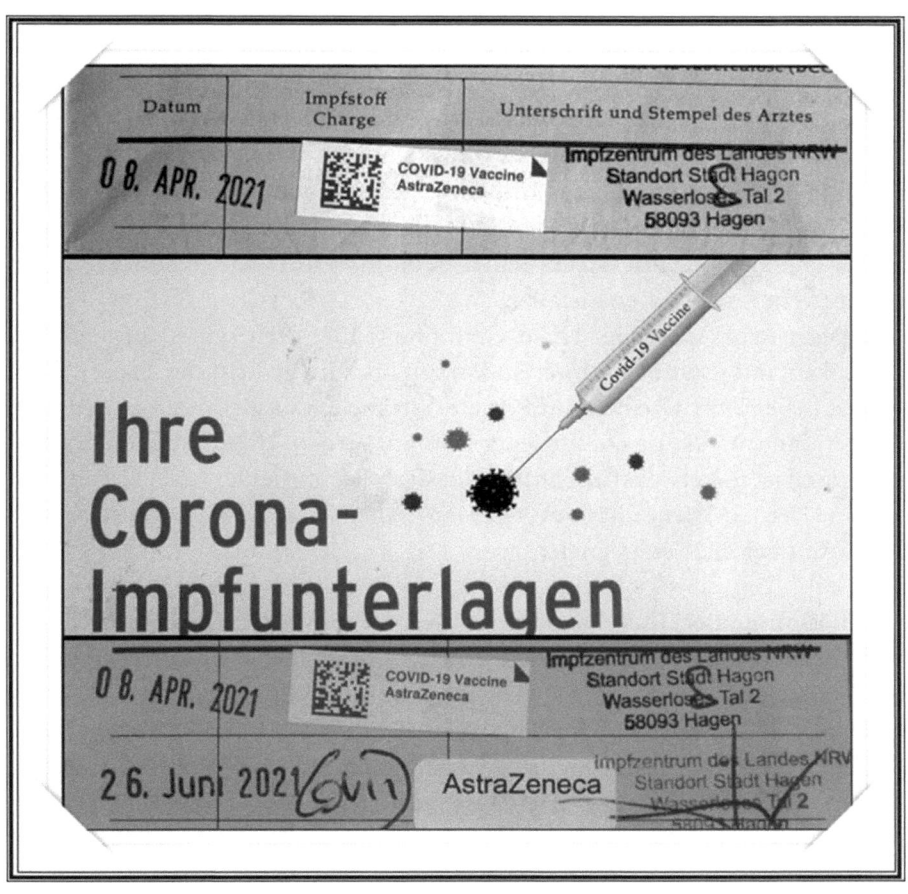

Dannys erste beiden Impfungen gegen Corona 2021 in der Hagener Stadthalle

(Fast) jeder könnte immun werden

Der Virologe Christian Drosten brachte eine Sichtweise ins Spiel, die vor allem für Menschen interessant sein dürfte, die den Wert einer Impfung anzweifeln. Aus Patientensicht sei die Herdenimmunität »ziemlich irrelevant«, begann der Virologe. Denn: »Jeder wird immun werden.«

Der Wert werde in etwa eineinhalb Jahren 100 Prozent betragen und zwar

»unweigerlich«. Das werde »entweder durch die Impfung oder durch die natürliche Infektion« geschehen. Das Virus werde ›nicht weggehen‹, so Drosten. Wer sich gegen eine Impfung entscheide, ›wird sich infizieren‹.[*]

Das wird vor allem für die Verschwörungstheoretiker aus der »Querdenker«-Szene gelten, die das Impfen gegen Corona verweigern. Während Geimpfte größere Chancen haben, überhaupt nicht angesteckt zu werden. Und wenn sie doch angesteckt würden, dann würde der Verlauf der Corona-Krankheit schwächer ausfallen.

Dagegen wird sich jeder Nicht-Geimpfte früher oder später unweigerlich anstecken, mit eventuell schwerem Verlauf bis zum Eintritt des Todes.

»Tja, lieber Herr Drosten, im Prinzip stimme ich da zu, aber zur Zeit sieht es eher danach aus, als könnte jeder immun werden. Denn die Zahl der Ungeimpften ist mit etwa einem Drittel der Bevölkerung leider noch viel zu hoch für eine Herden-Immunität,« musste Danny dem Virologen Christian Drosten im November 2021 entgegnen.

Moni stimmte der These »Jeder könnte immun werden« zwar generell zu, hatte aber dazu die grundsätzliche Einschränkung, dass es auch Menschen wie Transplantierte gibt, die vielleicht nie immun werden könnten, so oft sie sich auch impfen ließen: »*Stellvertretend für viele viele andere in solch einer Situation berichte ich über meine Schwester Bine. Sie ist Nieren-transplantiert und hat dazu noch eine weitere lebensgefährliche Krankheit. Nichts davon hat sie abgehalten, sich impfen zu lassen, für sich und andere also Verantwortung zu übernehmen. Sie ist sogar schon dreimal geimpft, hat aber wegen der Immunsuppressiva so gut wie keine Antikörper gebildet. Sie ist also trotz der Impfungen hochgradig gefährdet, vor allem von Menschen, die sich nicht impfen lassen wollen, obwohl nichts Medizinisches dagegen spricht. Sie muss bei jedem Kontakt mit anderen Menschen um ihre neue Niere oder sogar um ihr Leben fürchten. Deshalb ist sie darauf angewiesen, dass Gesunde sie durch ihr Geimpftsein schützen. Zurückziehen kann sie sich nicht, sie muss für sich und unsere Mutter sorgen. Kontakte darüber hinaus hat sie kaum noch, und sie leidet immens darunter, denn sie braucht den Kontakt zu anderen Menschen sehr.*

---

[*] *Corona-Podcast der WR, – Christian Drosten sendet wichtige Botschaft an Impfskeptiker, 12.05.2021*

Und das alles, weil es Menschen gibt, die keine Verantwortung für sich und andere übernehmen wollen und sie lieber diesen anderen aufbürden! Ich habe dafür absolut kein Verständnis und null Toleranz! Ich halte dieses Verhalten für unsolidarisch, unsozial.

Für mich besteht eine soziale und moralische Verantwortung, sich impfen zu lassen, um diese weltweit grassierende Pandemie endlich zu beenden. Denn Menschen, bei denen keine medizinischen Gründe vorliegen, sondern die nur irgendwie ein Unwohlsein oder was auch immer gegen diese neuen Impfstoffe haben, verdanken wir, dass wir immer noch mitten in der Pandemie stecken. Wir müssen doch so unendlich froh sein, dass so schnell Impfstoffe entwickelt wurden!!!«

»Gibt es häufiger Nebenwirkungen nach einer Kreuzimpfung? Ja, die neusten Erkenntnisse deuten zumindest darauf hin. Aus den Daten einer vorläufigen Studie der Universität Oxford geht hervor, dass es bei einer Kreuzimpfung von Biontech/Pfizer und AstraZeneca häufiger zu milden bis moderaten Nebenwirkungen nach der zweiten Impfdosis kommen kann.« [*] Also erst AstraZeneca, dann Biontech: kann man machen, kann aber höhere Nebenwirkungen haben …

Mögliche Impfreaktion – ›Covid-Arm‹ nach Moderna oder Biontech

»Besonders nach einer mRNA-Impfung klagen einige Menschen über starke Schmerzen im Arm. Diese Theorien gibt es bisher zu der Impfreaktion.

Der Oberarm fühlt sich schwer an, wie nach einem übertriebenen Hanteltraining. Man kann den Arm kaum heben, selbst das Tippen auf der Tastatur bereitet unangenehme Schmerzen. So beschreiben die Geimpften ihren ›Covid-Arm‹ – eine der möglichen Nebenwirkungen nach einer Corona-Impfung.

Besonders auffällig ist, dass diese Reaktion vor allem nach der Injektion mit den mRNA-Impfstoffen beobachtet wird, am häufigsten nach Moderna.« [**]

---

[*]   *Alina Juravel – Wirksamkeit und Nebenwirkungen einer Corona-Kreuzimpfung, in WR-online vom 18.05.2021*

[**] *Alina Juravel – ›Covid-Arm‹ nach Moderna oder Biontech, in WR-Online vom 20.05.2021*

AstraZeneca und Biontech

Danny und Moni bekamen erst drei Monate nach der ersten die zweite Impfung, da ihr Impfstoff AstraZeneca war. Bei Biontech ging es schneller. Monis Schwester Bine und ihre Mutter, beide mit Biontech geimpft, bekamen schon drei Wochen nach der Erst- die Zweitimpfung. Dazu las Danny einen Artikel über die verschiedenen Impfstoffe in der Westfälischen Rundschau am 25.05.2021. Und da stand bei Biontech nach 6 Wochen die 2. Impfung: was ist jetzt richtig? Oder ist das Ermessenssache? Vielleicht wurde das auch geändert? Anfangs waren es bei Biontech 3 Wochen. Die Nachbarn hatten doch auch 6 Wochen Abstand. »Beides geht gleich gut,« meinte Moni.

Die Impfung

»Offene Restaurants, Wein mit Freund*innen, Urlaub am Strand – das rückt endlich näher. Denn inzwischen laufen die Impfungen gegen Covid-19 in Deutschland so richtig an: Im Mai bekamen erstmals über eine Million Menschen an nur einem Tag die kleine Spritze in den Oberarm. Bis Juli sollen alle Bürger*innen ein Impfangebot erhalten. Doch während Wartende vor den Impfzentren versuchen, einen Platz ganz vorne zu ergattern, haben über 700.000 Menschen allein in Berlin ihr Impfangebot bislang nicht angenommen.

Die komplizierten Berichte über seltene Nebenwirkungen schüren Zweifel – und die öffentliche Expert*innen-Diskussion verunsichert zusätzlich. Daher haben wir von Campact uns aufgemacht und einige unserer Unterstützer*innen gefragt: Was hat Sie überzeugt, sich impfen zu lassen? Dabei sind wir auf wirklich gute Argumente, ergreifende Geschichten und spannende Menschen gestoßen.

Um mehr über die Herstellung und Wirkweise der Impfstoffe herauszufinden, haben wir auch Expert*innen der Infektiologie herangezogen. Mit einer Journalistin sprechen wir zudem über die öffentliche Stimmung zum Impfen und ordnen die Zweifel gesellschaftlich ein.« [*]

---

[*] *Campact-Team, Rundbrief – Die Impfung, 20.05.2021*

Vaccination heißt Impfung

Eine Impfung, auch Schutzimpfung, Vakzination (älter Vaccination) oder Vakzinierung (ursprünglich die Infektion mit Kuhpockenmaterial; von lateinisch vacca »Kuh«) genannt, ist die Gabe eines Impfstoffes mit dem Ziel, vor einer (übertragbaren) Krankheit zu schützen. Sie dient der Aktivierung des Immunsystems gegen spezifische Stoffe. Impfungen wurden als vorbeugende Maßnahme gegen Infektionskrankheiten entwickelt.

vacca (Latein) = die Kuh.

In Zeiten von weltweiter Impfmüdigkeit gegen Corona, Mitte 2021, versuchten es die verschiedenen Landes- oder Bezirksregierungen, die Mitglieder ihrer Bevölkerung mit speziellen Lockangeboten, die Menschen zum Impfen zu überreden. In Thüringen mit Thüringer Bratwurst, anderswo mit nem Burger, in USA sogar verbunden mit einer Verlosung von einer Millionen $. Der speziellen Mentalität entsprechend lockten nord- und nordost-thailändische Provinzen ihre Bevölkerung mit der Verlosung einer Kuh zum Impfen.

Womit sich der Kreis geschlossen hat:

– vacca (Latein) = die Kuh
– Vaccination = Impfung
– in Thailand mit einer Kuh zur Vaccination locken

Auf jeden Fall ist der Comedian Dieter Nuhr von einer Impfung überzeugt. Das brachte ihm nicht nur Freunde, sondern auch Feinde, als eine Frau auf seinem Facebook-Profil schrieb: »Er habe jetzt wegen seiner ›Impfhörigkeit‹ einen Fan weniger.« [*]

Daraufhin antwortete er: »Kleiner Irrtum, ich bin nicht hörig, sondern überzeugt auf Basis von statistischen Abwägungen. Für Ihre Seite spricht nur ein dumpfes Gefühl auf Basis unbewiesener Vorurteile. Warum Sie also glauben, dass Ihr Standpunkt überlegen ist, bleibt Ihr Geheimnis.«[*]

---

[*] ›Dieter Nuhr ist von Impfung überzeugt‹, in: westf. Rundschau 17.08.2021

Welcher Corona-Impfstoff ist der beste?

Am 26.06.2021 wurden Moni und Danny zum zweiten Mal mit AstraZeneca geimpft. Bei der ersten Impfung hatten sie beide ziemlich starke Nebenwirkungen: Danny hatte diese drei Tage lang, unter anderem mit Schüttelfrost, als wäre die Malaria gekommen. Moni hatte diese sogar zwei Wochen lang. Doch dieses Mal war es weniger schlimm. Zwar hatten sie sie beide, aber nur die »sanfte Tour«. Nach einem Tag war es bei Danny schon vorbei damit ….

Nach der zweiten AstraZeneca-Impfung in der Stadthalle Hagen am 26.06.2021 um 11.30 Uhr zeigten sich bei Danny: nach einer Stunde: Flauheit, nach zwei Stunden war er kaputt und müde, nach drei Stunden: Benommenheit, nach vier Stunden: Traumvisionen und Halluzinationen fast wie im LSD-Rausch, nach fünf Stunden: schwere Beine, nach sechs Stunden fühlte er sich ziemlich schlapp, aber mit Ausruhen auf der Couch ging's gerade; nach sieben Stunden: weiter woddelig, nach 8 bis 10 Std. später: schon langsam besser, nur noch etwas schlapp.

Und in der Nacht, ca. 02.00 Uhr morgens: leichter Schüttelfrost und Frieren, nach 16 Stunden hatte er sich dann eine Zusatzdecke über geholt, um schlafen zu können.

Am nächsten Morgen, nach 21 Std. blieb ihm ein Rest Benommenheit, Schlappheit, etwas Gliederschmerzen. Aber nach 24 Stunden fühlte er sich fast wieder normal.

Aber nicht alle ließen sich impfen: wie Dannys Freunde aus Berlin, Corinna und Joss. Auch Dannys Schwägerin aus dem Rheinland lässt sich nicht impfen, denn sie wartet immer noch auf den Totimpfstoff gegen Corona. Oder andere hatten eine kritische Meinung dazu, wie Matti. Dessen älterer Bruder Rolf war gestorben. Danny fragte Matti: »Magst du mir sagen, woran denn Rolf gestorben ist …? Und wie alt er geworden ist? Ich habe so das Gefühl, dass er nur 70 Jahre geworden ist, der Arme …«

Die Antwort von Matti war sehr überraschend: »Direkt nach der zweiten Corona-Impfung ist er im Impfzentrum ins Koma gefallen. Er ist vor einer Woche verstorben, nachdem die künstliche Beatmung abgeschaltet wurde. Rolf war 71.«

Danny meinte: »Oje, nur 71 Jahre geworden, mein Bruder ist ja vor drei

Jahren mit 70 gestorben …. Weißt du denn, welche Sorte von Corona Impfung er bekommen hatte?«

Kurz und lakonisch antwortete Matti: »AstraZeneca.«

Daraufhin erzählte Danny ihm: »Gestern wurden Moni und ich zum zweiten Mal mit AstraZeneca geimpft. Beim ersten Mal hatten wir beide ziemlich starke Nebenwirkungen: ich drei Tage lang ziemlich starke, sogar mit Schüttelfrost, fast wie Malaria. Moni hatte sie sogar zwei Wochen lang. Doch dieses Mal, nach der zweiten Impfung, war es weniger schlimm. Wir hatten auch Nebenwirkungen, aber nur die sanfte Tour. Nach einem Tag war es bei mir schon vorbei damit …. Und du, Matti, hast du auch was gemacht, mit Impfen …?«

Matti entgegnete: »Nee, weil laut meinem Blut-Antigentest, so sagte mein Arzt, gehöre ich zu den Genesenen.«

Danny fragte interessiert: »Ja, auch gut. Dann bist du einer der drei ›G's‹: Geimpfte, Genesene oder Getestete. Und hast du das vom Arzt schriftlich? Falls du mal irgendwo rein möchtest, die das fordern?«

Matti antwortete: »Weißt du, alle die ich bisher gefragt habe »Warum lässt du dich impfen?«, die sagten: »Weil ich irgendwo rein möchte.« Keiner sagt, ich weiß, du Danny bist da die Ausnahme, also keiner sagt: weil ich gesund bleiben will. Und ja, ich hab ne ärztliche Bescheinigung von der Uniklinik Münster.«

Worauf Danny nachhakte: »Aber was mir jetzt noch am Herzen liegt: dein Bruder Rolf. Ich habe so düster was in Erinnerung, dass er gesundheitlich was Schlimmes hatte, im Sommer 2019, weil wir da unser Treffen bei Achim deswegen verschoben hatten. Hatte das jetzt mit seinem plötzlichen Tod zu tun? Hat man da einen Fehler gemacht, also dass er wegen einer Vorerkrankung eigentlich gar nicht mit AstraZeneca hätte geimpft werden dürfen …?«

Woraufhin Matti nur antwortete: »Glaubst du allen Ernstes, dass man sich darüber keine Gedanken gemacht hat? Und das ist doch genau meine Kritik. Mir ist das zu unerforscht. Wir wissen nicht, was passiert oder im weiteren Verlauf noch passieren wird. Weil im Gegensatz zu anderen Impfungen keinerlei Erfahrung da ist …«

Auch Harry hatte Fragen an Danny, die er ihm am 09.07.2021 stellte: »Wie geht es dir und Moni? Habt ihr die Nachwirkungen der Impfung überstanden? Ich bin in zehn Tagen dran – und völlig verunsichert. Ihr habt ja in beiden Fällen AZ geimpft bekommen, jetzt wird aber plötzlich die Kreuzimpfung empfohlen, AZ und ein mRNA-Impfstoff. Heute kommt die Meldung, dass doppelt AZ besser gegen Delta schützt als BionTech. Ich bin in zehn Tagen dran und weiß nicht, wie ich mich entscheiden soll.

Eddie hat am Montag, nachdem er vor zwölf Wochen AZ gespritzt bekommen hat, Moderna erhalten und er macht einen ziemlichen Turn mit, Fieber und so.

Na ja, ist ja noch zehn Tage hin. Ich werde mir die Sache durch den Kopf gehen lassen.«

Dannys Antwort darauf: »Natürlich will ich noch auf deine Impf-Frage eingehen: ich würde einfach die zweite AstraZeneca-Impfung wie geplant angehen. Denn bei uns beiden waren kaum Nebenwirkungen dabei, bei mir höchstens ein Tag leichte, bei Moni zwei Tage leichte. Moni meint, du solltest vielleicht noch fünf Tage abwarten, ob es bis dahin neue Erkenntnisse gibt. Nun ja, wenn es in einer Woche wieder was Neues gäbe, dann ist das ein Bericht über ein zufälliges Ereignis, aber keinesfalls ein wissenschaftliches Ergebnis.

Ich habe von einer Ex-Kollegin erfahren, die bekam nach der ersten Impfung mit AstraZeneca ziemlich starke Nebenwirkungen, und als zweite Impfung bekam sie Biontech. Da hatte sie noch mal die volle Dröhnung. Willst du das? Bei bisher unklaren Prognosen …«

Und die Antwort von Harry kam dann am 25.07.2021: »Ich bin noch ein wenig bedient von der Impfung am Montag. Die hat mich echt aus der Kurve getragen, und ich war vier Tage lang angeschlagen. Ich bin nach reiflichem Überlegen, sorgfältigem Studieren der betreffenden Publikationen des RKI und einem Gespräch mit meinem Sohn eurem Ratschlag gefolgt und habe auf die Kreuzimpfung verzichtet und AZ gewählt. Insgeheim hatte ich auch ein wenig gehofft, damit üblen Nachwirkungen der Impfung aus dem Wege zu gehen, doch das war trügerisch. Jetzt geht es mir aber besser, geblieben sind nur noch leichte Kopfschmerzen.«

Tja, und welcher Corona-Impfstoff ist nun der beste? »Welcher Impfstoff hat in der Corona-Pandemie welche Vor- und Nachteile. In Deutschland sind mehrere Corona-Impfstoffe zugelassen. Sie alle schützen vor einer Corona-Infektion – dennoch gibt es Unterschiede:

Impfstoff	Biontech/ Pfizer	Moderna	AstraZeneca	Johnson & Johnson
zugelassene Altersgruppe:	12 +	18 +	18 +	18 +
Impfabstand	6 Wochen	6 Wochen	12 Wochen	Einzeldosis
Nötige Impfungen	2	2	2	1
Wirksamkeit	ca. 95 %	ca. 95 %	ca. 80 %	ca. 65 %
Verhinderung schwerer Krankheitsverläufe«	ca. 85 %	ca. 85 %	ca. 95 %	ca. 100 %*

»Berlin. Biontech, Moderna, AstraZeneca und Johnson & Johnson: Welcher Corona-Impfstoff ist der beste? Alle Vor- und Nachteile im Überblick. Im Rekordtempo sind Impfstoffe gegen das Corona-Virus entwickelt worden. Insgesamt sind für die Corona-Impfung vier Mittel in der Europäischen Union (EU) und damit auch in Deutschland bereits zugelassen – die der Pharmaunternehmen Biontech/Pfizer, Moderna, Johnson & Johnson und AstraZeneca. Im Vergleich der Corona-Vakzine zeigen sich dabei durchaus Unterschiede. Doch worin unterscheiden sich die zugelassenen Impfstoffe – und wirken sie auch gegen die Mutationen des Coronavirus?«[**]

Wie bei allen Medikamenten und Impfungen gibt es Vor- und Nachteile, die es abzuwägen gilt. Gleichzeitig gibt es in der pharmazeutischen Forschung ständig neue Entwicklungen und Erkenntnisse.

Eine neuere Studie zu Wirksamkeit von AstraZeneca überraschte die Forscherin Anna Durbin: »Einer groß angelegten US-Studie zufolge schützt der COVID-19-Impfstoff des Pharmaherstellers AstraZeneca zu 74 Prozent vor einer Erkrankung mit dem Virus. Das berichtet der BR. Die Wirksamkeit bei Menschen ab einem Alter von 65 Jahren ist mit 83,5 Prozent sogar noch höher. Außerdem soll der Impfstoff gut vor schweren Erkrankungen und

---

[*]   Tabelle aus westf. Rundschau vom 19.06.2021
[**]   WR-E-Zeitung vom 03.07.2021 – Corona-Impfstoffe im Vergleich: Welcher ist der beste?

Krankenhausaufenthalten schützen. Anna Durbin, Impfstoffforscherin an der Johns Hopkins University und eine der Studienleiterinnen, kommentierte dem Bericht zufolge: ›Ich war positiv überrascht.‹ Mehr als 17.600 Personen bekamen den Impfstoff im Zuge der Studie gespritzt. Bei ihnen wurden weder Todesfälle noch schwere Verläufe verzeichnet. Außerdem erlitt keiner der Studienteilnehmer eine Hirnvenen-Thrombose. Zirka 8.500 bekamen nur ein Placebo verabreicht. Dabei starben insgesamt zwei der Freiwilligen und acht von ihnen hatten einen schweren Verlauf. (ff)«[*]

Corona-Leugner und Querdenker

In der Corona-Pandemie lernte Danny die Menschen erst richtig kennen: Van Morrison war früher sein Lieblingssänger, als er ihn in den 1990er Jahren mit »Too long in exile« begeisterte. Aber inzwischen entpuppte Van Morrison sich als Corona-Leugner, als er 2020 in seinem neuen Album 'Music from The state51 Conspiracy' zwar wieder was Neues vom großen Van the Man herausbrachte. Aber im Song »Born to be free« stellte er sich nicht nur gegen Corona-Maßnahmen, sondern verleugnete schlicht und einfach die Gefahren dieser Pandemie. Dazu dachte Danny: »Sorry, sorry, Van the Man, ich habe solch große Stücke auf dich gehalten …«

Aber zu den Verschwörungserzählern und Querdenkern gab es im Juni 2021 neue Entwicklungen, die darauf hindeuteten, dass sich die »Querdenken»-Bewegung dem Ende zuneigt.

»Berlin. ›Querdenker‹ verlieren an Zulauf: weniger Menschen auf Demos, stagnierende Follower-Zahlen im Netz. Doch Experten sehen eine Gefahr.

Corona-Pandemie: Wie gefährlich ist die ›Querdenker‹-Bewegung?

Michael Ballweg gründete die ›Querdenker‹-Bewegung, weil die Corona-Politik seiner Meinung nach die Grundrechte der Menschen einschränkt. Aufgrund rechtsextremistischer Tendenzen muss das Gefahrenpotenzial eingeschätzt werden.«[**]

---

[*] *A.Waschneck/F.Fleischer – »Studie zu Wirksamkeit von AstraZeneca überrascht Forscherin», in GMX-News im Internet 30.09.2021*
[**] *Christian Unger – Corona-Leugner: Ist die ›Querdenken‹-Bewegung am Ende?, in WR-E-Zeitung, 05.06.2021*

Tja, ähnlich wie mit Van Morrison ging es Danny mit Nena, die früher in den 1980ern Dannys Lieblingssängerin war, als sie mit Hits aus der NDW wie »Nur geträumt« eine ganze Generation anturnte. Sie lebten ja nicht nur zur selben Zeit beide in Hagen, sondern trafen sich auch auf Konzerten oder in angesagten Kneipen …

Aber jetzt in der Corona-Pandemie begann sie sich 2021 als Coronamaßnahmen-Gegnerin und Querdenkerin zu entpuppen: mit ihrem Posting im März 2021 (»Danke Kassel«) sympathisierte sie offen mit den randalierenden Querdenker-Demonstranten in Kassel.

Und dann sorgte im Juli 2021 ein Nena-Konzert in Berlin für Ärger, und es gab dementsprechend keine Zugabe. Fakt war, dass viele Zuschauer dabei die Corona-Regeln ignorierten. Andere Zuschauer verließen jedoch wegen dieser Missachtungen das Konzert vorzeitig.

>>Deswegen sind viele Stars in der Pandemie so merkwürdig. Wer ist Deutschlands nächster Verschwörungstheoretiker? Immer mehr Promis streiten sich mit absurden Posts um den Titel. Zuletzt sorgt Nena immer wieder für Aufsehen.

Nun schimpfte sie bei einem Konzert über die Einschränkungen – die Fans sind zwiegespalten. Popsängerin Nena hat sich bei einem Konzert in Berlin gegen die aktuellen Corona-Maßnahmen in Deutschland ausgesprochen. »Ich habe die Schnauze voll davon«, sagte die Sängerin auf der Bühne vor ihren Fans. Das zeigt ein Video, das derzeit auf Twitter kursiert. Die 61-Jährige steht mit Gitarre und Mikrofon auf einer Bühne, dicht um sie herum stehen jubelnde Fans.

›Schaltet den Strom aus oder holt mich mit der Polizei hier runter‹, rief die deutsche Musikerin. Bis dahin mache sie weiter. ›Die Frage ist nicht, was wir dürfen, sondern die Frage ist, was wir mit uns machen lassen. Mir wird gedroht, dass sie die Show abbrechen, weil ihr nicht in eure Boxen geht«, so Nena. Bei Konzerten stellen die Veranstalter Plexiglasboxen, sogenannte Cubes, auf. Jeder Cube ist für eine bestimmte Anzahl von Gästen vorgesehen. Die Cubes sind auf dem Konzertgelände verteilt und haben ausreichend Abstand zueinander, sodass das Risiko einer Corona-Infektion minimiert wird.

Ein Großteil von Nenas Fans scheint jedoch keine Lust zu haben, sich in einen der Cubes zu stellen. Stattdessen drängt sich die Menge vor der Bühne. »Ich überlasse es eurer Eigenverantwortung«, so Nena. Das dürfe jeder frei entscheiden, »genauso wie jeder frei entscheiden darf, ob er sich impfen lässt oder nicht.«

Viele der Konzertgäste feuern Nena an. Doch es gibt auch Gäste, die kein Verständnis für ihre Aussagen und das Verhalten der Menge haben. Ein Teilnehmer schreibt etwa: »Ich habe das Nena-Konzert jetzt vorzeitig verlassen. Querdenker-Parolen und nicht eingehaltene Hygienekonzepte kann ich nicht gutheißen.« Auch der Veranstalter sah das offensichtlich so. Wie der »Tagesspiegel« berichtet, sei das Konzert noch vor der Zugabe abgebrochen worden.

Es ist nicht das erste Mal, dass Nena in der Pandemie auffällt. Die in Hamburg lebende Musikerin hatte Ende März bereits auf Instagram ein Video mit dem Titel »Danke Kassel« gepostet. Der Clip zeigte eine demonstrierende Menge und war mit einem weißen Herz versehen.

Im Netz schrieb sie außerdem bereits von »Panikmache« und »Wahnsinn« im Bezug auf die Corona-Pandemie. Dafür erhielt sie unter anderem ein Like von Xavier Naidoo. (amw)<<[*]

Da haben sich ja die richtigen Drei gefunden: Van Morrison, Nena und Xavier Naidoo. Letzterer, Mitglied der »Söhne Mannheims«, begeisterte 2006 beim deutschen »Sommermärchen« die Fußballfans und auch Danny mit dem passenden Song »Dieser Weg wird kein leichter sein …« Aber mittlerweile im fortgeschrittenen Jahrtausend wurde sein Name immer wieder in Zusammenhang mit Verschwörungsmythen gebracht, die ihn als ein rotes Tuch für fortschrittliche und liberale Kräfte sehen ließen. Nena kam im August 2021 bei einer »Party für Ungeimpfte« am Katzenbachsee, Nähe Stuttgart, mit dem Verschwörungsideologen Bodo Schiffmann zusammen, einem »der Führungsfiguren der deutschen Coronaleugner-Szene. Und Friedemann Mack, der Mann am Mikro, gilt unterdessen als einflussreicher Vertreter der amerikanischen Verschwörungsideologie QAnon in Deutschland.«[**] Danny erinnerte sich bei QAnon gut an den als Indianer verkleideten Mann beim Sturm auf das »Weiße Haus« in Washington, zu dem Ex-Präsident Trump aufgestachelt hatte, und bewaffnete US-Amerikaner folgten dieser ›Aufforderung‹, u.a. die QAnon-Mitglieder.

Jedenfalls dort am Katzenbachsee »kamen Menschen zusammen, die der

---

[*]   *WR-Rundschau, E-Zeitung, 27.07.2021*

QAnon-Bewegung nahestehen. Die also behaupten, dass eine ominöse Elite Kinder entführt und deren Blut trinkt, um länger zu leben. Die prominentesten Verbreiter sind der Sänger Xavier Naidoo (49) und der Kochbuchautor Attila Hildmann (40). In der Musikbranche stellt sich die Frage , ob die einstige Ikone der Neuen Deutschen Welle überhaupt noch tragbar ist.«[**]

»Nee-nee, Nena, du bist für mich gestorben. So nicht …!« grübelte Danny. Und das Bittere und Unsolidarische im Verhalten von Weltstar Nena gegenüber kleineren und unbekannteren Künstlern war 2021 dabei, dass sie sich solch ein locker-flapsiges Verhalten leisten kann. Aber sie gefährdete damit die Auftritte von Künstlern mit weniger Ressourcen. Und ebenso gefährdete sie auch das Berufsleben von Veranstaltern als Teil der sowieso schon gebeutelten Kunst-Szene. Die Veranstalter und Macher von »Unter freiem Himmel« waren stolz darauf, dass sie durch das selbst erdachte Hygienekonzept (u.a. durch diese sogenannten »Boxen«) ausreichend Abstand und frische Luft und damit auch Künstlern in widrigen Zeiten überhaupt Auftritte ermöglichen konnten.

Tja, kein Wunder, dass es in den Tagen darauf reichlich Pressemitteilungen gab, die über Absagen von Konzerten von Nena und Xavier Naidoo berichteten …

So stellte sich Nena selbst ins Abseits. >>Berlin. Während der Pandemie hat Nena schon oft Aufsehen erregt: bei einem Konzert auf einer Freilichtbühne neben dem BER-Flughafen in Berlin-Brandenburg im Juli dieses Jahres machte Nena erneut deutlich, dass sie von den Corona-Maßnahmen wenig hält. Sie sagte, sie habe »die Schnauze voll davon«. Auf demselben Konzert weigerte sich die »The Voice»-Jurorin, von der Bühne zu gehen und ihre Show zu beenden. In Anbetracht der Tatsache, dass die Gäste die abgegrenzten Sitzplätze verlassen hatten und sich dementsprechend nicht mehr an die Hygiene- und Abstandsregeln hielten, verlangten die Veranstalter allerdings einen Show-Abbruch. Mit ihrer Aussage verdeutlichte Nena, dass sie Corona-Proteste nicht nur befürwortet – sondern offenbar auch selbst keine Auseinandersetzung mit der Polizei scheut: »Ich kann fühlen, dass ihr wisst, dass das, was ich gesagt hab, das ist, woran ich glaube. Und dass ich keinen, keinen Millimeter zu-

---

[**] *Jonas Erlenkämper – »Nena feiert mit Querdenkern», in westfälische Rundschau Hagen, 17.08.202*

rückrudern werde», sagte sie weiter. Es dürfte also nicht die letzte irritierende Aussage gewesen sein. (day)<<*

Auch Van Morrison hat sich inzwischen, im November 2021, soweit ins eigene Abseits manövriert, dass er sogar eine Verleumdungsanzeige des nordirischen Gesundheitsministers Robin Swann am Hals hat, als er diesen aufgrund der Coronamaßnahmen als gefährlichen »Gauner« benannt hatte.

Noch besser hatte es der 74-jährige niederländische Philosoph Peter Sloterdijk auf den Punkt gebracht, der ja durchaus als Kritiker staatlicher Einschränkungen bekannt ist. Der forderte sogar im Magazin »Brand eins« für die Corona-Kritiker und Querdenker ein Aussteiger-Programm. Er bezeichnete »die sogenannten Querdenker als ›Figuren aus dem Mittelalter‹, die den Weg in die Moderne und damit zu naturwissenschaftlicher Evidenz und zum Staatsbürgertum innerlich nicht mitgegangen sind. Das hat im Verwechseln der eigenen Wünsche mit der Welt etwas Kleinkindliches.«**

Dazu passte ja auch hervorragend die Meldung, dass in den USA-Staaten, die Donald Trump wählten, die »Pandemie der Ungeimpften« grassierte: »Washington. Die USA erleben eine ›Pandemie der Ungeimpften‹. In Staaten, die für Donald Trump stimmten, grassiert das Coronavirus – kein Zufall.

Im Frühjahr waren die USA mit ihren rasch voranschreitenden Impfaktionen im Kampf gegen die Coronavirus-Pandemie der Musterknabe der westlichen Welt. Auch gehen nach dem steilen Anstieg im Sommer die Neuerkrankungen und Todesfälle nun langsam wieder zurück. Beides Entwicklungen, die zuversichtlich stimmen müssten.

Doch die Etappensiege lassen zu wünschen übrig: Mittlerweile haben nämlich fast alle europäischen Länder die Impfquote der Vereinigten Staaten nicht nur erreicht, sondern deutlich überholt. Dabei besteht nur geringe Hoffnung, dass jene 80 Millionen US-Bürger, die nicht einmal die erste Spritze erhalten haben, jemals den Gang in die Klinik auf sich nehmen werden.

Manchmal ist die Weigerung religiöser Natur. Häufiger ist aber die Zurückhaltung politisch motiviert. Auffallend ist die scharfe Trennlinie zwischen jenen, die sich gegen das Virus schützen wollen und jenen, die das Vakzin mehr fürchten als eine Erkrankung. In der Regel sind Impfgegner auch jene

---

*   *WR-E-Zeitung, (day), 13.08.2021*
**   *Peter Sloterdijk – »Querdenker sind Spätmittelalter«, in westf. Rundschau, 30.07.2021*

Menschen, die im November vergangenen Jahres Donald Trump ihre Stimme schenkten.«[*]

»Und jetzt auch noch der Kimmich …,« dachte sich Danny, als er davon am 23.10.2021 hörte, im TV sah und in der Zeitung las, dass Fußballstar Joshua Kimmich von Bayern München einer von fünf ungeimpften Fußballern seiner Mannschaft wäre. Selbst Bayerns Ex-Präsident Karl-Heinz Rummenige meinte, dass Kimmich besser geimpft wäre. So oder so:

»vorbildhaft ist das auf jeden Fall nicht, wenn ein Fußball-Star, der immer auch ein wichtiger Influencer ist, sich dermaßen unsozial gegen die Gesundheit der Allgemeinheit stellt.«

Und das nur, weil seiner Meinung nach Langzeitstudien fehlen, die die Impfung gegen Corona als ungefährlich einstufen. »Tja, Herr Kimmich, aber im Gegensatz zu den Corona-Impfungen kann das ganz schön gefährlich werden, Corona zu bekommen, sogar lebensgefährlich …!«

»Nun denn, er möchte nicht mit Querdenkern und Corona-Leugner in einen Topf geworfen werden. Er habe nur noch einige Bedenken wegen der fehlenden Langzeitstudien,« äußerte er sich weiter. Danny selber hielt es da eher mit dem anderen Bayern-Star Thomas Müller, der schlicht und einfach zu dem Thema meinte: »Ich bin Impf-Freund.«

»Womöglich wird sich Kimmich – blöd ist er ja nicht – bald unter dem Druck der Öffentlichkeit, dann doch impfen lassen …!?« tippte Danny, »aber dann hätte er doch besser jetzt geschwiegen, nach der alten römischen Weisheit: »hättest du geschwiegen, dann wärest du ein Philosoph geblieben.«[**]

Deshalb ließ es sich Danny auch nicht nehmen, dem unverbesserlichen Bayern-Fußballstar Joshua Kimmich einen offenen Brief zuzusenden: »Hömma, Kimmich, letztens hab ich so nen Bilderwitz gesehen. Darauf war so ein großer Ozean-Dampfer, der gerade am sinken war. So'n bisken Titanic-mäßig sah datt aus, weil da auch so'n paar Eisberge drum rum schwammen. Jedenfalls sah man eine Sprechblase von einem der Passagiere, als die Rettungsboote gerade runter gelassen wurden: ›Oh, ich weiß nicht. Die Rettungsboote sehen

—————————————
[*]   Peter DeThier – In den USA grassiert die ›Pandemie der Ungeimpften‹, in WR-E-Zeitung 03.10.2021

[**] Ancius Manlius Severinus Boethius – ›Tröstung der Philosophie 2, 17‹ (römischer Gelehrter, Schriftsteller, Philosoph, Politiker und Theologe, geb. ca. 480, gestorben etwa 524)

alle noch so neu und unerprobt aus …, ob ich mich da jetzt schon so direkt rein traue …!?‹ Ja, sach ma, Kimmich, warst du da etwa mit dabei …, auf dem sinkenden Dampfer …!?«

Und dann kam der Kimmich in Quarantäne,
und ehe er da raus kam,
da bekam der Kimmich auch noch Corona,
und erst recht wieder Quarantäne,
Erst dachte Danny: »Das wäre ja einen Dingen, wenn der Kimmich nach der Quarantäne wieder normal mitmachen könnte, und womöglich sogar als ›Genesener‹ gälte. Da wäre er ja prima um eine Impfe rum gekommen …!?«

Aber nix da, denn der Kimmich bekam von Corona Lungenprobleme: und zwar Infiltrationen der Lunge, also eine entzündliche Veränderung im Lungengewebe. Deshalb durfte er für den Rest des Jahres 2021 überhaupt nicht mehr mittrainieren oder gar spielen …

Was tun, wenn Freunde Corona leugnen?

»Und diese emotionalen Haltungen können zum Problem werden? Wir lassen uns in unseren Lebensgewohnheiten, in unseren Überzeugungen, die oft auch durch die Kindheit geprägt, also tief emotional verankert sind, nicht gern beeinflussen. Wir Menschen lassen uns ungern von anderen sagen, wie wir zu denken und zu leben haben. Deshalb umgeben wir uns gern mit Menschen, die unsere Meinung teilen. Was wir derzeit in vielen Freundeskreisen beobachten können, ist ein Abbild der Spaltung unserer Gesellschaft. Da tun sich zum Teil fundamentale Gegensätze auf. Auch deshalb, weil die Einstellung zur Corona-Politik ebenso wie andere politische Meinungen bei manchen Menschen fast schon einer Religion, ja einer Ideologie gleichen. Und damit zu Lebensüberzeugungen werden.

Und Lebensüberzeugungen lassen sich schlecht wegdiskutieren? Hinter die Hoffnung, dass man mit Menschen, die eine völlig andere Meinung vertreten, einen Weg finden könnte, würde ich zunächst mal ein Fragezeichen setzen. Argumente bringen da oft wenig.

Einfach, weil jeder Gesprächspartner eigentlich nur versucht, den anderen vom eigenen Standpunkt zu überzeugen. Ohne dabei wirklich aufeinander einzugehen. Nichtsdestotrotz halte ich es für absolut sinnvoll, im Gespräch zu bleiben.«[*]

»Tja,« dachte sich Danny bei diesen Gesichtspunkten, »da ist echt was dran. Ist ja nicht so, wie man manchmal scherzhafter Weise davon spricht, dass es einen Riss durch eine Ruhrgebiets-Familie geben kann, wenn der eine Partner für Schalke 04 schwärmt, der andere jedoch ohne wenn und aber auf Borussia Dortmund steht. Und wenn die beiden Ruhrgebietsrivalen dann auch noch gegeneinander antreten sollten, dass es da unüberbrückbare Spannungen geben könnte. Aber das ist ja nur Sport. Nach dem Spiel oder am nächsten Tag können sie sich dann schon wieder in den Armen liegen. Aber hier und jetzt, da geht es um ernstere Dinge, da geht es um Corona und wie damit umzugehen ist. Da geht es um Leben oder Tod. Ja, da könnte man sagen, da hört der Spaß auf. Da könnte es wohl auch schon mal einen Riss durch eine Familie geben oder Freundschaften dran zerbrechen …!?«

Dass es leider noch eine Zeitlang mit der Pandemie und damit den Corona-Kritikern so weiter gehen würde, stand zumindest am Anfang des Jahres 2022 fest. Ein gutes Fazit und einen sehr wahren Satz dazu vermeldete der Mülheimer Arzt und SPD-Chef Rodion Bakum, vor der siebten Neuauflage eines Protestmarsches in der Stadt am 03.01.2022: »Menschen, die ungeimpft, ungetestet und oftmals ohne Maske gegen Corona-Schutzmaßnahmen demonstrieren, machen diese weiter notwendig.«[**]

Passend dazu die Affäre »Djokovic versus Australien«. Der serbische Tennisstar Novak Djokovic wird von seinen Fans liebevoll »Djoker« genannt. Aber weil er meist arrogant und selbstherrlich daher kam, hatte ihn kaum einer gerne. Auch bei seinen Kollegen war er eher geachtet und gefürchtet als beliebt. Und dann stellte er sich Anfang 2022 durch eine Einreise nach Australien, ohne geimpft zu sein, gegen die australischen Behörden. Das setzte

[*]   *Elisabeth Krafft im Expertengespräch mit Dr. Wolfgang Krüger, W.R.-E-Zeitung vom 30.12.2021*

[**] *Rodion Bakum, in Westf. Rundschau vom 04.01.2022*

der Angelegenheit um diesen ausgeprägten Egomanen die Krone auf. Dabei wollten die Australier nur ihre Bevölkerung in Zeiten der Corona-Pandemie schützen, indem sie Ausländern ohne Impfung die Einreise verweigerten. Auf seinen Impfstatus angesprochen betonte Djokovic nur immer wieder: »Das ist Privatsache.«

»Ja, dann soll er doch auch lieber privat in Serbien bleiben,« dachte Danny zu dieser egozentrischen Haltung, und schlug sich somit auf die Seite des australischen Volkes. Es war ja schon schlimm genug, dass die Veranstalter der »Australian Open« und deren Sponsoren eine Ausnahmegenehmigung für die Einreise von Djokovic zu einem Tennisturnier auf australischem Boden erwirkten. Doch gleichzeitig war es eine Ohrfeige für die ganze australische Nation, die sich berechtigter Weise um ihre Gesundheit sorgte.

Danny schrieb per Facebook-Messenger am 15.01.2022 an Jacomoon nach Australien: »Ich habe mit Freude gehört, dass jetzt das Visum für Djokovic annulliert wurde. Das wäre total ungerecht für das australische Volk, wenn ein ungeimpfter reicher Mann bei euch bleiben dürfte, nur weil er Tennisstar ist. Unglaublich, der hätte erst gar nicht nach Aussie-Land gedurft …!« Sie antwortete schon am nächsten Tag: »Sein Visum ist leider noch nicht komplett annulliert. Jetzt grad findet nochmal eine Gerichtsverhandlung statt. Bin sehr auf das Ergebnis gespannt …. So, jetzt ist es entschieden: nun muss er gehen. Mit Australiens Grenzen und Bestimmungen spielt man nicht rum.«

Da in Australien zwar rund 93 Prozent der Menschen Mitte Januar 2022 geimpft waren, aber das Land von einer Omikron-Welle überspült wurde, war die Ausweisung des ungeimpften Djokovic nur eine logische und konsequente Haltung der australischen Regierung:

>>Der Anwalt der Regierung, Stephen Lloyd, hatte am Morgen die Rolle der Sportstars als Werbefiguren angesprochen: »Die Menschen nutzen hochgradige Athleten, um Ideen zu verbreiten und für ihre Anliegen zu werben.« Das gelte natürlich auch für Djokovic: »Er ist auf vielen Ebenen ein Rollenmodell, ein Vorbild. Sein Aufenthalt in Australien führt den Menschen seine Anti-Impfhaltung deutlich vor Augen – das brächte ein Risiko für die Gesundheit der Australier mit sich«, sagte der Anwalt mit Blick auf ein Visum. »Diese Sicht rührt nicht nur aus seinen Bemerkungen her, sondern auch daraus, dass er bis heute ungeimpft ist. Und das ist seine eigene Entscheidung.«

Die Ansichten des Tennisstars zum Thema Corona und Impfungen seien –

auch angesichts der Omikron-Welle – für das Land und seine Menschen gefährlich. Denn Djokovic habe ja beispielsweise auch den Schutz vor der Übertragung von Corona »ignoriert – etwa, als er eine Maske bei einem Interview abnahm, obwohl er infiziert war«.* <<

Boostern, jetzt aber dalli

»Ja, Boostern-Boostern-Boostern, was das Zeug hält,« meinte auch Danny Kowalski. Damit war also die 3. Auffrischungsimpfung gegen Corona gemeint. Und zur Corona-Lage im November 2021: Noch-Gesundheitsminister Spahn sah Deutschland bereits voll in der ›vierten Welle‹. Dagegen sollte unter anderem das ›Boostern‹ helfen, also eine dritte und damit Wiederauffrischungs-Impfung gegen Corona. Zuerst für die gesundheitlich Vorgeschädigten und für die über 70-jährigen, später auch für die über 60-jährigen, dann für alle.

»Spahn will, dass die Länder systematisch für Booster-Impfungen bei den über 60-Jährigen werben und für die Auffrischungen ihre Impfzentren wieder öffnen. ›Zu viele Impfwillige finden aktuell keinen Arzt, der sie impft.‹ Doch bislang beißt Spahn auf Granit: Die Länder wollen zwar die Booster-Impfungen vorantreiben, aber dafür nicht die Zentren wieder öffnen.«**

Ja, tatsächlich erhielt Danny – im September 2021 frisch 70-jährig geworden – bereits im November 2021 eine Einladung vom Hagener Oberbürgermeister und vom NRW-Gesundheitsminister zur dritten Corona-Impfung. Keine Frage für ihn: sobald das halbe Jahr nach der letzten zweiten Impfung rum sein würde, würde er sich um einen Impftermin für die dritte Impfung kümmern. Das wäre dann also bei ihm ab Januar 2022.

Dazu fragte Claudius Ende 2021 bei Danny und Moni an: »*Wohl an, ihr Zwei, wie sieht es aus? Lasst ihr euch ein drittes Mal impfen?*«

»Klaro-klaro, lieber Claudius,« hieß die spontane Antwort von Danny, »bei

---

*   *Christoph Hein – Novak Djokovic muss Australien verlassen, in FAZ-Net vom 16.01.2022*

**   *Julia Emmrich – Heikle Phase: Wer führt uns jetzt durch die Corona-Pandemie?, in WR-E-Zeitung vom 04.11.2021* mir wird es im Januar 2022 soweit sein. Das ist dann ein halbes Jahr nach der 2. Impfung, und 70 Jahre alt bin ich inwischen auch schon. Da werde ich mir einen Hausarzt-Termin für die Booster-Impfe geben lassen, falls es bis dahin noch nix Einfacheres geben sollte.«

Der Herbst 2021 war gekennzeichnet von der vierten Corona-Welle. Es gab Rekord-Inzidenz-Zahlen in Deutschland und ein für die Corona-Pandemie kontraproduktives Machtvakuum zwischen der Bundestagswahl im September 2021 und der Wahl zu einer neuen Regierung Rot-Grün-Gelb im Dezember 2021.

Da wäre das Boostern nur eine von mehreren Gegenmaßnahmen. Eine Impfpflicht wie im letzten Jahrhundert im Fall der Pocken-Impfung wurde heftig diskutiert. Nach Meinung von Danny und Moni auch längst fällig. Damit standen sie nicht alleine. Die bekannte und allseits geschätzte Wissenschaftsjournalistin Mai Thi Nguyen-Kim war inzwischen derselben Meinung.

Mai Thi Nguyen-Kim erklärt anhand eines Fußball-Beispiels, warum Impfen gut ist

>>In Deutschland steigen die Corona-Zahlen rasant an, ein Ende der Pandemie ist nicht in Sicht. Rund 67,5 Prozent der deutschen Bevölkerung sind laut RKI vollständig geimpft. Das wird laut Experten aber nicht reichen, um die Pandemie zu stoppen. Dennoch sieht die Regierung momentan von einer generellen Impfpflicht ab. Wissenschaftsjournalistin Mai Thi Nguyen-Kim findet diese Entscheidung in der aktuellen Situation nicht gut – und spricht sich für eine Impfpflicht aus.

Sie fragt in einem Video, das sie am Sonntag auf ihrem YouTube-Kanal Mai-Lab veröffentlicht hat: »Was, wenn all die Anreize und 2G nicht ausreichen? Kann man dann eine Impfpflicht noch ausschließen? Nein!« Sie sei zwar kein Fan einer Impfpflicht. Aber wenn Menschen sich nicht freiwillig impfen lassen wollten, sei eine Pflicht besser, »als das Virus mit uns eine Party schmeißen zu lassen«.

Um die Sinnhaftigkeit der Impfung zu verdeutlichen, greift die Journalistin gleich zu mehreren Vergleichen. »Rational betrachtet ist eine Impfpflicht weniger krass als die Gurtpflicht im Auto.« So schütze der Sicherheitsgurt nur einen selbst. »Aber wer sich impfen lässt, schützt ja nicht nur sich, sondern auch andere. Da sich Geimpfte seltener anstecken, können sie das Virus auch seltener weitergeben.« In besonderen Fällen halte sie daher eine Impfpflicht für gerechtfertigt, »wie zum Beispiel 1959 bei den Pocken«.

Als Begründung zählt sie drei Fakten auf. Erstens sei die Impfung sicher. »Der Impfstoff wurde zwar schnell, aber nicht auf Kosten von Sicherheit und Sorgfalt entwickelt und zugelassen.« Fakt zwei: Die Impfung schützt. »Ja, man kann auch geimpft einen schweren Verlauf haben, das Risiko dafür ist aber deutlich gesenkt.« Wichtig sei, dass man einen vollständigen Impfschutz samt Booster-Impfung hat.

Man dürfe sich nicht davon irritieren lassen, dass auch geimpfte Personen auf der Intensivstation landen. Die Anzahl der Geimpften auf den Intensivstationen ließe sich dadurch erklären, dass inzwischen sehr viel mehr Menschen geimpft sind als nicht-geimpft. »Wenn irgendwann alle geimpft sind, wären ja alle Patienten auf der Intensivstation geimpft. Aber natürlich kommen insgesamt umso weniger ins Krankenhaus, je mehr geimpft sind.« Zur Veranschaulichung zieht sie unter anderem einen Vergleich aus dem Fußball heran: »Wer daraus schließt, Impfungen würden nichts bringen, müsste konsequenterweise auch sagen: ›Torwarte nützen nichts, weil bei 99 Prozent der Tore war ein Torwart da.‹ Selbe Logik.‹

Als dritten Fakt zählt die Wissenschaftlerin auf, dass die Pandemie noch nicht vorbei ist. »Nach der Pandemie wird SARS-CoV-2 endemisch, also hier heimisch«, erklärt sie. Man gehe davon aus, dass das Virus dann verhältnismäßig harmlos sein wird, weil eben alle entweder geimpft sind oder schon erkrankt waren. »Wer diese drei Fakten verstanden hat, kann nur zu einem einzigen vernünftigen Schluss kommen: Arm frei machen und rein mit der Impfung!«

Schlussendlich animiert Mai Thi Nguyen-Kim die Bundesregierung dazu, ihr Wort zu brechen. »Ich weiß, ihr habt versprochen: es gibt keine Impfpflicht. Und ja, Wort brechen ist scheiße. Aber wisst ihr, was noch schlimmer ist? In dieser Situation nicht euer Wort zu brechen.‹‹*

Und dann hieß es auf einmal Mitte November 2021, man/frau könnte sich

_____

* *Merja Bogner – über Wissenschaftsjournalistin Mai Thi Nguyen-Kim's Meinung zur Impfpflicht, im GMX-Internet-Blog vom 15.11.2021*

bei Terminland.de einen Booster-Termin buchen. Und sogar wieder in der Stadthalle wurde für eine Woche Ende November/Anfang Dezember eine »kleine Impfstraße« reaktiviert. Das hörte sich für Danny und Moni sehr verlockend an, obwohl sie – mit ihrem halben Jahr nach der letzten Impfung – eigentlich erst Ende Dezember 2021 dran wären …

Inzwischen – Ende November 2021 – hatte die vierte Corona-Welle die ganze Republik mit voller Wucht getroffen. Und es gab fast jeden Tag neue Negativ-Rekordzahlen in Sachen Corona-Pandemie, indem die Inzidenz-Zahlen explodierten. Es gab wenig Hoffnung auf Entspannung der Infektionslage. Auch die Nachbarländer Österreich, Belgien und die Niederlande galten wieder als Hochrisiko-Gebiete. Viele deutsche Bundesländer hatten inzwischen für den Herbst und Winter zum Schutz vor der vierten Welle ihre Corona-Maßnahmen verschärft und die 2G-Regel eingeführt: an vielen Orten galt diese 2G-Regel – nur für Geimpfte oder Genesene. Als Grund wurde angegeben, dass eben Ungeimpfte ein signifikant höheres Risiko hätten, Corona zu verbreiten.

Da kam die Nachricht in Hagen für Danny und Moni gerade recht, dass es in der Stadthalle für Dezember 2021 bis Ende Januar 2022 wieder eine »kleine Impfstraße« geben sollte.

»Bund und Länder haben sich beim Corona-Gipfel auf neue Maßnahmen im Kampf gegen die Pandemie geeinigt. Das gilt bald in Deutschland. Die sogenannte »Hospitalisierungsinzidenz« wird der neue Maßstab für Corona-Regeln in Deutschland. Ab einem Wert von drei gelte in einem Bundesland flächendeckend für Veranstaltungen die 2G-Regel, ab einem Wert von sechs die 2G-Plus-Regel, sagte Bundeskanzlerin Angela Merkel (CDU) im Anschluss an die Ministerpräsidentenkonferenz. Ab einem Wert von neun sollen noch weitere Maßnahmen wie Kontaktbeschränkungen hinzu kommen.« (bef/lhel/mja/dpa)[*]

Da die 4. Corona-Welle über unsere Republik samt ihrer Nachbarländer rollte, waren inzwischen die Begriffe ›Boostern‹ und ›Impfpflicht‹ in Deutschland aktuelle und brisante Themen geworden. Und noch gravierender schien angesichts eskalierender Inzidenzzahlen die Diskussion um eine Impfpflicht

---

[*]   *bef/lhel/mja/dpa – Corona-Gipfel: Die Ergebnisse, Beschlüsse und neuen Regeln, in WR-E-Zeitung 19.11.2021*

nur noch eine Frage der Zeit und nicht mehr eine Frage des »Ob überhaupt« zu werden.

Geboostert wurde auf jeden Fall, was das Zeug hielt: Dannys Nachbarn und seine Sportkameradin Angie T. aus ihrem gemeinsamen Fitness-Center wurden auf dem Hagener Weihnachtsmarkt geboostert und waren ob der Bedingungen den Umständen nach zufrieden. Bei allen Dreien kam es zu keinen Nebenwirkungen. Dannys Sportkamerad Stefan P. stand das Boostern auf dem Hagener Weihnachtsmarkt noch bevor. Er hatte bei der ersten AstraZeneca-Impfung dermaßen Nebenwirkungen wie Fieber und Schüttelfrost, dass er drei Tage lang einen Krankenschein brauchte. Er rechnete wegen der Kreuzimpfung auch nach dem Boostern mit Nebenwirkungen.

Sister BärBel und Schwager Bert hatten einen baldigen Termin bei ihrem Hausarzt gebucht. Selbiges galt für Dannys Sportkamerad Thomas F. und seine Frau Susanne, der nach dem Boostern bei ihrem Hausarzt berichtete: *»das Boostern am vergangenen Mittwoch haben wir gut überstanden. Wahrscheinlich haben sie uns Kochsalzlösung gegeben, hihi. Gelegentlich hört man ja auch andere Berichte.«*

Harry schrieb Danny im November 2021: *»Ich hoffe, es geht dir gut, und Moni stemmt sich auch gegen die Dinge, die so auf uns alle einprasseln. Bleibt gesund und lasst euch so schnell wie möglich boostern, denn der kommende Winter wird hart, hart, hart.«*

Dannys Antwort kam freudig erregt noch am nächsten Tag: >> *... zum Boostern. Gestern Abend hatte ich gerade Moni einen Teil deiner e-mail vorgelesen. Da meinte sie: ›guck doch noch mal bei »Terminland« fürs Boostern im Impfzentrum Hagen vorbei.‹ Joh, und jupei-dii, die hatten dort tatsächlich neue Termine in der Stadthalle eingestellt. Habe ich direkt mal für Moni und für mich einen angenehmen Termin am übernächsten Sonntag-Mittag (05.12.2021) gebucht. Und falls das dann auch so rund läuft wie die ersten beiden Male dort, dann sind wir beiden in 1 1/2 Wochen geboostert.*

Nun, denn, wir hätten unseren Teil dazu getan. Allerdings bei den immens hohen Zahlen an »Corona-Idioten« und dadurch im Moment eskalierenden Inzidenzzahlen kann es ja durchaus sein, dass wir politisch wieder mal in den nächsten Kontakt- und Versammlungsverbots-Lockdown rein rutschen werden (wie letzten Winter auch). Und du, mein Freund, wann bist du dran (bzw. planst) mit Boostern ...?<<

Da es bei Danny und Moni nach zwei AstraZeneca-Impfungen auf jeden Fall zu »Kreuz-Impfungen« kommen würde, also mit BionTech oder Moderna, würde es bei ihnen sicherlich wieder zu erheblichen Nebenwirkungen kommen. Das hatten zumindest die Ergebnisse nach Kreuz-Impfungen bisher gezeigt.

Sandra Ciesek klärte über Nebenwirkungen nach der Booster-Impfung auf: »Impfreaktionen nach der Injektion der dritten Dosis wurden bereits festgestellt: eine Studie kam zu dem Ergebnis, dass die Reaktionen sehr ähnlich ausfallen wie bei der ersten und zweiten Impfung – von überhaupt keiner Reaktion bis zu Schüttelfrost und Fieber über ein, zwei Tage.«[*]

Zum dritten Mal wurde Claudius vom Eilperfeld geimpft, der das so kommentierte: »*ich bin jetzt auch schon dreimal geimpft und habe keinerlei Persönlichkeitsveränderungen an mir bemerkt, und Bill Gates ist mir nach wie vor ›schnurz‹.*«

Auch Dannys Sportsfreund Stefan P. hatte die dritte Booster-Impfung auf dem Hagener Weihnachtsmarkt gut überstanden: »*Im Gegensatz zur ersten AstraZeneca-Impfung, als ich enorme Nebenwirkungen hatte, habe ich dieses Mal beim Boostern mit Biontech überhaupt nix gemerkt.*« Das erzählte er Danny beim allwöchentlichen »Hase & Igel«-Spiel in der Sauna seines Fitness-Centers Fun-Out. Sie machten immer zur selben Zeit dort Sport, meistens ging Danny aber von der Geräte-Fläche eher hoch zur Sauna. Wenn er dann die Sauna-Kabine betrat, war Stefan schon dort, wie einst beim Spiel »Hase & Igel«, hihi … Das lag daran, dass Stefan dort in seiner Arbeits-Mittagspause hinkam und seine Abläufe eng getaktet waren, um alles in der wenigen Zeit zu schaffen. Dagegen hatte Danny alle Zeit der Welt und trödelte entsprechend rum. Mit dem Ergebnis, dass »Hase« Stefan schon in der Sauna-Kabine saß, wenn Danny dort eintraf, obwohl er sich eigentlich eher auf den Weg dorthin gemacht hatte.

Dieses Spielchen zwischen den beiden passte besonders gut in der Zeit zwischen Mitte Oktober bis Mitte November 2021, als Danny von seinen Erlebnissen mit »Überwinterungsgast« Igel Ignatz erzählte: »*Ignatz hat es geschafft,*

* Sandra Ciesek – ›Welcher Impfstoff besser ist‹, in WR-E-Zeitung, 23.11.2021

gestern Abend hat er beim Wiegen mit 720 gr. die für den Winter notwendigen 700 gr. überschritten. Beim ersten Wiegen am 15.10.2021 wog er nur 490 gr. Jetzt kann er über den Winter kommen, auch bei Bodenfrost. Aber er kommt ja noch weiter jeden Abend zum Futtern und bekommt sein leckeres Pate-Katzenfutter.«

Harry an Danny über's Boostern bei Corona: *»Gut, dass du und Moni es geschafft habt, schnell einen Termin für das Boostern bekommen zu haben. Am Sonntag ist also Stichtag, dem Himmel sei's gedankt! Ihr seid ja, wie ich auch, zwei AZler, weshalb der mrna-Impfstoff euch auf eine völlig neue Ebene des Schutzes katapultieren wird, wie ich annehme.*

In diesen unruhigen Zeiten ist das eine gute Versicherung. Doro ist heute geboostert worden (was für ein Wort: die Schluckimpfung gegen Polio, die Doppelimpfe gegen Tetanus – auch die haben wiederholt werden müssen, ohne dass von Boostern die Rede gewesen ist). Sie hat jetzt zum dritten Mal Moderna erhalten. Ronja, Eddies Tochter, hat in der vergangenen Woche schwer reagiert und tagelang Fieber gehabt, was aber eine Impfantwort ist, die bei jungen Menschen auftritt. Bertold R., der Freund von der Artilleriestraße, ist schon vor drei Wochen geboostert worden und war ohne Nebenwirkungen. Meinen Bruder Hebse hat Covid kurz vor der Drittimpfung erwischt, er musste wegen Atemproblemen ins Krankenhaus. Es geht ihm jetzt besser, impfen hilft eben. Ich bin erst Mitte Januar dran, am 19. Hier in Niedersachsen geht es streng nach der Sechs-Monate-Regel.«

»Was ist eigentlich mit dem zweiten ›G‹ der 2G-Regelung, also den Genesenen?« fragte sich derweil Danny, »wir Geimpften lassen uns boostern, also zum 3. Mal impfen. Und was ist mit den Genesenen? Wenn die, wie Matti irgendwann Anfang 2020 mal – und das auch noch unbemerkt – Corona hatten, dann galten sie als genesen. Aber wie lange hält das denn eigentlich vor. Halten die Antikörper eigentlich ewig? Gelten einmal Genesene für immer als genesen, oder müsste bei denen nach einer gewissen Zeit auch mal ein Antikörper-Test gemacht werden, um zu schauen, ob sie noch immer als Genesene zu gelten haben …?«

»Genauso ist es, Danny,« erklärte ihm seine SisterBärBel am Telefon, »ich weiß das zufällig genau durch die wöchentlichen Rundschreiben, die wir im Amt immer bekommen. Ja, tatsächlich ist es so, dass der Faktor ›genesen‹ nur für ein halbes Jahr gilt.«

»Aha,« hakte Danny ironisch nach, »danach müssten sich die Probanden also impfen lassen, oder wenn ihnen das nicht passt, auch gerne erneut mit Corona anstecken lassen …!?«

»Exactly,« bestätigte BärBel das kichernd.

»Das hieße also auch, dass der ›blöde Kimmich‹, der sich erst nicht impfen ließ, sich danach mit Corona ansteckte, der dann nach der 14-tägigen Quarantäne als genesen galt …, dass der diesen Status also nur ein halbes Jahr hätte …!? Danach müßte auch der sich impfen lassen …!«

»So is'set, Danny.«

»Danke-danke, BärBel. Schön, dass ich solch eine kompetente Schwester habe, die mir mit ihrem Wissen aushilft, wenn ich mal was nicht weiß …«

Und hier Dannys Erfahrungen mit der Booster-Impfung: Anmeldung, Termin bei Terminland.de und Nebenwirkungen. Die Buchung des 3. Impftermins für Danny und Moni ging dieses Mal problemlos einfach. Das konnte sogar Danny selber berwerkstelligen.

Folgender Termin wurde gebucht: Sonntag, 05.12.2021, 12:45 Uhr *Referenz-Nr.: 1709901234, bei:* **Impfzentrum Stadthalle Hagen**, *29.11. – 05.12.2021, Wasserloses Tal 2 in 58093 Hagen*

Ihre Angaben
Vorname: Danny
Nachname: Kowalski
Bitte bringen Sie unbedingt folgende Unterlagen zu den Impfterminen mit:
1. *FFP2-Maske oder medizinische Maske*
2. *Krankenversicherungskarte*
3. *Personalausweis*
4. *leserlich ausgefüllte Impfunterlagen*
5. *möglichst auch Ihren Impfausweis*
6. *Folgender Termin wurde für Moni Kowalski gebucht:*
   wie bei Danny Kowalski

Wie vorher versprochen, wurden sie beide sogar einen Tag vorher per e-mail an den Impftermin erinnert.

Wir möchten Sie an folgenden Termin erinnern: Sonntag, 05.12.2021, 12:45 Uhr
Genauso gut wie die Anmeldung zur 3. Impfung klappte die Organisation in der Stadthalle Hagen super. Die beiden hatten auch keine Probleme damit, dass sie 3 Wochen eher zum Impfen kamen, als die 6 Monate, die allgemein als Abstandsregel zwischen der 2. und 3. Impfung galt. Alle waren freundlich und hilfsbereit, alles lief wie geschmiert. Nach ner guten halben Stunde waren die beiden schon wieder draußen, fertig mit Moderna geimpft.

An Nebenwirkungen gab es zu vermelden: bei Danny kamen 4 Stunden nach der Impfung Schlappheit, Gliederschmerzen und Woddeligkeit. Moni derweil fühlte sich nur müde. Die Ärztin im Impfzentrum hatte ihnen geraten, an diesem Abend auf Alkohol zu verzichten und in den nächsten Tagen keinen anstrengenden Sport zu betreiben. Das fiel ihnen beiden leicht. Denn Sachen wegzulassen ist einfacher als neue Dinge hinzuzufügen.

Nach 8 Stunden bekam Danny dazu noch Nackenschmerzen, und der linke Oberarm an der Impfstelle schmerzte. Zu der Zeit hatte Moni weiter keine Nebenwirkungen.

Nach 14 Stunden, also mitten in der Nacht, konnte Danny kaum schlafen, weil der linke Arm sein ›Einschlaf-Arm‹ ist. Und der tat ihm ausgerechnet wegen der Impf-Einstichstelle so weh, dass er da nicht drauf liegen konnte.

Nach einem Tag ließ sich als Resümee feststellen, dass beide trotz Kreuzimpfung nur einen leichten Verlauf ihrer Nebenwirkungen bekommen hatten: Moni war »nur« müde und schlapp, und Danny schmerzte immer noch der linke Oberarm von der Impf-Einstichstelle.

Nach der ansteckenden Delta-Variante von Covid-19 verbreitete sich im Dezember 2021 aus Südafrika die noch ansteckendere Omikron-Variante. Dazu äußerte sich in seiner E-Mail vom 04.12.2021 Dannys alter Schulfreund aus den 1960er Jahren, Pitter O., und zwar über seine Booster-Impfung und zur Lage der Corona-Nation: >>*Am 15. des Monats gibt's bei meinem HNO die 3. Impfe. Beim Hausarzt wären wir ungefähr im März 2022 dran gewesen. Politik sagt »Impfen, Impfen, Impfen», und dann kriegen die Spacken es nicht organisiert. Im August wurde das Impfzentrum für den Kreis Recklinghausen, ein großes Zelt in Recklinghausen, geschlossen und nicht nur das, sondern es wurde auch gleich abgebaut. Eine nobelpreiswürdige Entscheidung. Dieses Impfzentrum war in dieser Pandemie das einzige Highlight. Unter anderem waren etliche Bundeswehrsoldaten für den reibungslosen Ablauf zuständig. Das ging ab wie geschnitten Brot. Alle waren begeistert, bis die Politik wieder eingriff, da war wieder Schluss mit lustig.*

Dank überragender Entscheidungen der alten sowie der neuen Bundesregierung hat uns die Pandemie wieder voll im Griff.

Und nun hat auch noch die kleine Delta die Omi zu Besuch. Omi geb. Kron kam überraschend aus Südafrika.

Na, das war eine Freude. Sie küssten und umarmten sich. Dann lud die kleine Delta Omi zu einer Rundreise durch die Republik ein. Zuerst fuhr man nach Köln, da wäre es immer so lustig. Und richtig, man mischte sich gleich im Kölner Stadion unter die 50 000. »Pass auf,« sprach Omi, »Delta, du nimmst die Rot-Weißen, und ich nehm mir die Grün-Weissen zur Brust.« Als das Spiel aus war, machte klein Delta Omi den Vorschlag, doch nach Sachsen zu fahren. Da gäbe es ganz ganz viele ungeimpfte AFD-Wähler, die gerade die Intensivstationen fluten und für lange Wartezeiten in den Krematorien sorgten. Delta erklärte Omi noch, dass das Bestattungswesen das einzige Gewerbe in Sachsen ist mit hohen Zuwachsraten. So werden wir die AFD unter 5% drücken. Da die Politik weiter im Tiefschlaf verharrte, konnten Omi und Klein Delta sich gründlich im Land umschauen. Politik hat schließlich besseres zu tun, als sich um die Gesundheit der Bevölkerung zu kümmern. Die Familien-Saga der Covids könnte ich auch weiterspinnen. Denn da gibt es ja noch Omi's versoffenen Schwippschwager, der seinen Rausch in irgendeinem thailändischen Puff ausschläft, oder die bösen Schwestern Zeta, Eta und Theta. Du siehst, die Familie ist weiter verzweigt als die Kelly Family.

Und derweil scholzt Olaf durchs Land und erklärt in bestem Merkel-Sprech: »Wir müssen mit dem Virus sprechen. Wir dürfen den Gesprächsfaden nicht abreißen lassen. Nur wer miteinander spricht, schießt nicht aufeinander.»

Delta und Omi hauen sich vor Vergnügen auf die Schenkel.

Und wenn es keine Impfpflicht gibt, dann leben sie glücklich bis zu ihrem Ende am jüngsten Tag.<<

Recht hatte er, der Pitter, mit der Forderung nach einer allgemeinen Impfpflicht für alle. Selbst Neu-Bundeskanzler Olaf Scholz sprach sich dafür aus.

Sister BärBel am 08.12.2021 an Danny: »Wir waren ja gestern Morgen mit Boostern dran, hat auch alles pünktlich und zuverlässig geklappt; zum Glück keine Rede von Impfstoffknappheit. Diesmal hat's beim Impfen auch uns ein wenig deftiger erwischt, beide mit dem Sortiment der üblichen Symptome eines grippalen Infekts, mich noch ein bisschen stärker als Bert, so dass ich heute nicht zur Arbeit war. Aber nach früh ins Bett gehen und heute einem ganzen Tag auf dem Sofa bin ich jetzt am Abend wieder fit, also alles im grünen Bereich.«

Danny's Antwort an BärBel: »Super, dass ihr jetzt auch geboostert seid. Jeder Geboosterte hilft der ganzen Nation und damit jedem Einzelnen. Als Resümee nach der Boosterei stand bei uns fest, dass wir beide trotz Kreuzimpfung nur einen leichten Verlauf unserer Nebenwirkungen bekommen hatten.«

Der Neu-Bundesgesundheitsminister Karl Lauterbach (SPD) erläuterte am 09.12.2021 erneut die Wichtigkeit einer Booster-Impfung, besonders im Zusammenhang mit der grassierenden Omikron-Mutante. Dabei deutete er an, dass womöglich bald ein vollständiger Impfschutz nur noch nach einer dritten Dosis anerkannt werden könnte.

Booster-e-mail am 14.12.2021 von Harry an Danny: »*Dear Danny! Ich hatte Glück und habe gestern von meinem Hausarzt den Booster bekommen. Eigentlich war ich zur Grippeimpfung dort, aber auf meine Anfrage hin hat er sofort umgeswitcht. Allerdings hat mich das heute völlig aus der Kurve getragen und ich liege mit Fieber und Schüttelfrost im Bett. Ich hoffe, morgen geht's mir wieder besser. Für dich und Moni alles Gute. Harry*«

Antwort von Danny: »Lieber Freund Harry, ich danke dir für deine E-Mail vom 14.12.2021. Ja, das ist wirklich toll, dass du jetzt auch überraschend geboostert bist. Völlig überraschend und, nun ja – mit heavy Nebenwirkungen. Das ist ja immerhin ein gutes Zeichen dafür, dass das Zeug in dir arbeitet ….: hört sich für mich an, juppheidiii, das wirkt im Harry ….! Und hoffentlich morgen wieder alles im Lot bei dir ….!?! wünscht dir D«Danny«

Und noch mal im Dezember 2021 ergänzte Harry zum Boostern: »*Ich bin jedenfalls froh über den Booster, zumal es meinem 82-jährigen Bruder Hebse gar nicht gut geht, nachdem er nach seiner Covid-Erkrankung wieder nach Hause gekommen ist. Ihn hat es schwer an der Lunge erwischt, was in diesem Alter ein echtes Problem ist. Lieber Freund, auch wenn schon im Frühjahr der nächste Booster drohen sollte, lasse ich mich davon nicht unterkriegen. Levve geht weiter, da bin ich zuversichtlich.«*

Neues aus der Runkeltaiga, am 15.12.2021 schrieb Pitter O.: »*Hallöchen allerseits. Sind heute mit Moderna ›geboostert‹ worden. Bisher spüren wir keinerlei Nebenwirkung. Vielleicht bin ich nicht so empfindlich, weil ich direkt neben der Kokerei aufgewachsen bin.*

Tschö bis dann. Euern Pitter.«

Harrys Schwägerin Karla Berg hatte extreme Erfahrungen über Corona in ihrem Kindergarten in Gelsenkirchen gemacht, wovon sonst kaum jemand was mitbekam. Sie schrieb am 28.12.2021: »Lieber Danny, ich bin geboostert. Aber dafür habe ich 3,5 Stunden angestanden, weil mein Arzt mich auf eine Liste gesetzt hatte und nicht sagen konnte, wann ich dran bin. Na Hallo. Denn ich arbeite ohne Maske mit kleinen Kindern, die ständig verschnupft sind und husten. Ein Kind hat bei uns 10 andere Kinder und 6 vom Personal angesteckt. Das ist das Ergebnis davon, dass wir die ›erkälteten‹ Kinder nicht nach Hause schicken dürfen. Die Testung ihrer Kinder machen die Eltern zu Hause und müssen uns nur unterschreiben, dass sie sie getestet haben. Wir haben 20 Nationalitäten. Selbst die Deutschen verstehen es nicht richtig. Einige meinen, die Unterschrift genügt. Dass sie die Kids dafür getestet haben müssen, haben sie irgendwie nicht mitbekommen. Wir dürfen die Kinder nicht testen. In anderen Kitas mit einem bunten Klientel ist es genauso. Das Behördendeutsch verstehen die Deutschen schon nicht, wie sollen das Asylanten und Zugezogene verstehen. Jetzt fängt mein Arbeitgeber an zu boostern. Aber erst, nachdem die Hälfte des Personals erkrankt ist. Soviel zum Thema Boostern und Pandemie. Mein Mann hat erst im Januar 2022 einen Booster-Termin. Mein 85-jähriger Vater ist schon geboostert. Viele Grüße von Karla.«

»Oje-oje,« dachte Danny, »das sind ja Zustände da in Karlas Kita, unglaublich …! Und das soll die Zukunft der deutschen Gesellschaft repräsentieren …!?! Mann-Mann-Mann, da ist echt noch reichlich viel Luft nach oben offen. Reißt euch mal am Riemen, ihr Politiker und Politikerinnen der neuen Regierung. Da ganz unten an der Corona-›Nahrungskette‹, da muss was geschehen. Sonst wird das nie was – mit dem Ende der Pandemie.«

Zum Jahresende 2021, nach einem Jahr Impfen, konnte Danny doch mal was über ein Resümee in Deutschland lesen. Es gab kaum Tote, schwere Nebenwirkungen waren extrem selten, aber stattdessen wurden zig Millionen Ansteckungen verhindert: >>Kurz nach Weihnachten 2020 wurden in Deutschland die ersten Menschen gegen das Coronavirus geimpft. Seither sorgten immer wieder Berichte über Nebenwirkungen für Irritationen. Doch wie hoch sind die Risiken wirklich? Inzwischen sind Millionen Menschen immunisiert: Zeit für eine Bilanz.

Am 27. Dezember 2020 startete offiziell die Impfkampagne. Weil die Zahl der Geimpften anfangs gering war, war es zunächst schwierig, solche Berichte einzuordnen. Inzwischen sind Millionen Menschen immunisiert. Die Impfungen hätten nicht nur Krankenhauseinweisungen und Todesfälle verhindert, sondern auch wieder einen großen Teil des sozialen Lebens ermöglicht, schreiben US-Autoren im Fachblatt ›Jama‹.

Damit Menschen den Impfstoffen vertrauten, sei es wichtig, »den großen Nutzen und die geringen Risiken« klar zu kommunizieren, aber auch die Sicherheit der Impfstoffe zu überwachen, betonen die Experten der Gesundheitsbehörde CDC.

Deutschland habe »von Beginn an die Verdachtsfallmeldungen zu Impfstoffnebenwirkungen und –komplikationen mit höchster Priorität beobachtet, auch sehr seltene Nebenwirkungen frühzeitig erkannt und Maßnahmen zur Risikominimierung eingeleitet«, schreiben die Chefs vom Paul-Ehrlich-Institut (PEI) und des Bundesinstituts für Arzneimittel und Medizinprodukte (BfArM), Klaus Cichutek und Karl Broich, in ihrer Bilanz ein Jahr nach Start der Impfungen.

Typische Beschwerden nach einer Impfung sind laut Deutscher Gesellschaft für Immunologie (DGfI) Schmerzen an der Einstichstelle, Abgeschlagenheit und Kopfschmerzen, Muskelschmerzen, Schüttelfrost und Fieber. »Diese Reaktionen sind Ausdruck der erwünschten Auseinandersetzung des Immunsystems mit dem Impfstoff und klingen in der Regel nach wenigen Tagen komplett ab«, schreibt das Robert Koch-Institut (RKI).

Das für die Sicherheit von Impfstoffen zuständige PEI veröffentlicht regelmäßig sogenannte Sicherheitsberichte zu den COVID-19-Vakzinen. Der jüngste stammt vom 23.12.2021 und bezieht sich auf über 123 Millionen Impfungen, die bundesweit bis Ende November verabreicht wurden. Gemeldet wurden bis dahin 1,6 Verdachtsfälle pro 1.000 Dosen – das entspricht 0,16 Prozent. Betrachtet man nur die schwerwiegenden Reaktionen, liegt die Melderate bei 0,2 Verdachtsfällen pro 1.000 Impfdosen – 0,02 Promille.

Als »schwerwiegend« definiert das Arzneimittelgesetz Nebenwirkungen, die tödlich oder lebensbedrohend sind, eine stationäre Behandlung erfordern oder zu bleibenden Schäden führen. Schwerwiegende Nebenwirkungen sind laut Infektionsschutzgesetz meldepflichtig, wenn sie »über das übliche Maß einer Impfreaktion hinausgehen«.

Dem jüngsten Sicherheitsbericht zufolge wurde 1.919 Mal der Verdacht auf einen Todesfall nach einer Impfung gemeldet. Aber nur in 78 Einzelfällen hat das PEI »den ursächlichen Zusammenhang mit der Impfung als möglich oder wahrscheinlich bewertet«.

Es »ergab sich also für keinen der vier bisher in Deutschland eingesetzten COVID-19-Impfstoffe ein Risikosignal», schreibt das PEI. (jwo/dpa) © dpa<<‘

»Tja,« dachte sich Danny, nachdem er das gelesen hatte, »ich habe alles richtig gemacht. Und gut, dass ich auch schon geboostert bin. Selbst wenn mich Covid doch noch erwischen sollte, dann würde wenigstens der Krankheitsverlauf nicht so heavy, und erst recht nicht tödlich … Also, Leute, lasst euch impfen, aber dalli!«

Die ›Internationale‹ der Corona-Pandemie

»Völker höret die Signale:
die Internationale
erkämpft das Menschenrecht …«

… so heißt es am Anfang der »Internationalen», doch da ging es ums Menschenrecht.

Dieses Mal kämpfte die Menschheit international gegen die Corona-Pandemie. Das Virus kannte keine Grenzen und verbreitete sich wie ein Lauffeuer über den ganzen Erdball, von Chile und Kalifornien an der amerikanischen Westküste über Afrika, Europa, Südost-Asien bis nach Australien. Da Danny ein umfassendes Netz an Bekannten in vielen Teilen der Welt hat, schrieb er sie im Januar 2022 alle an. Er war ja in seinem früheren Leben Sozialwissenschaftler und hatte sogar für seine zweite Diplomarbeit eine Umfrage gemacht

---

* *(jwo/dpa) © dpa, in: WR-E-Zeitung vom 26.12.2021*

und ausgewertet. Aber dieses Mal ging es ihm nicht um wissenschaftliche Erkenntnisse, sondern er wollte demonstrieren, wie es rund um den Globus mit Corona z.Z. aussah: ein buntes Kaleidoskop von verschiedensten Ländern und Kulturen, und wie sie mit der Pandemie umgingen. Dafür formulierte er einen Block mit immer den selben standardisierten Einheitsfragen, die er Mitte Januar 2022 an alle versendete, meist in deutsch, und ein paarmal in englisch. »*Liebe/r …, geht's dir gut? ich habe mal ne Frage an dich: wie sieht es jetzt eigentlich in … …. mit Corona aus? Gibt es bei euch eigentlich auch sehr hohe Corona-Ansteckungen? So wie in Großbritannien, wo es was mit der Omikron-Mutation zu tun hat, dass Corona dort so stark grassiert? All the best for you vom Danny.*« Und viele antworteten umgehend oder in den nächsten Tagen, wie es in ihrem Land corona-mäßig aussah.

Nord-Amerika

Dannys früherer Spielkamerad Uli G. aus den 50er Jahren in Datteln war zur See gefahren und landete irgendwann in **Kalifornien**. Eine gute Gelegenheit für Danny, mal was über die Corona-Situation in Kalifornien zu erfahren. So schrieb er ihm seine standardisierten Fragen. Uli antwortete noch am selben Tag: »*Hallo Danny, danke für die Fragen. Ja, bis jetzt geht es uns noch gut, aber hier wird die Lage auch immer schlimmer mit der Omikron-Variante. Die Krankenhäuser sind total überfordert. Die Experten meinen, dass es wohl bis Mitte März so bleiben wird. Täglich haben wir neue Rekorde für Inzidenz-Zahlen und Todesfälle. Ich habe auch vor einer Stunde eine neue Maske für meine Frau und mich bestellt, nach einer Empfehlung von der CDC, die ja sagen, dass Stoffmasken nicht gut genug gegen Omikron schützen. Und von der Zeitungslektüre (lese täglich morgens den AA) und von meiner Mutter in Halver, mit der ich am Sonntag sprach, habe ich gehört, dass Halver jetzt der Hotspot im Märkischen Kreis sein soll. Also bei euch ist die Lage anscheinend auch nicht viel besser als hier? Also, bleibt gesund und seht zu, dass ihr gut durchkommt, Tschüss.*«

Es sah also nicht so gut aus in **USA**. Uli hatte den Besuch bei seiner alten Mutter in Halver schon für 2021 geplant, der aber wegen Corona ausfiel. Und jetzt schrieb er dazu: »*der Besuch muss wieder mal verschoben werden, sollte im*

Mai 2022 stattfinden. Jetzt hoffen wir auf Herbst, wenn unser augenblicklicher Herrscher ›Corona‹ es zu lässt.«

Danny hatte 1988 in Thailand die beiden US-Frauen Amy und MaryLou kennen gelernt, die er später 1991 in **Massachusetts** besuchte. Die beiden schrieb er an, um durch sie etwas über die Corona-Situation an der US-Ost-küste zu erfahren. Amy und MaryLou antworteten noch am selben Tag. Die Antwort von Amy: »*Yes, the infection numbers are very high here. We are all vaccinated and boosted, but we are still avoiding restaurants etc., until the surge comes down. The omicron variant is very contagious. Luckily I work from home. Stay safe!*«

(Ja, die Infektionszahlen sind hier sehr hoch. Wir sind alle geimpft und aufge-frischt, aber wir meiden Restaurants usw. immer noch, bis der Anstieg zurück-geht. Die Omicron-Variante ist sehr ansteckend. Zum Glück arbeite ich von zu Hause aus. Pass auf dich auf!«)

Und die Antwort von MaryLou, die als Lehrerin arbeitet: »Yes, we have rampant Covid. Still teaching in person. Not going out. Masks indoors in public places. Hopefully it is going to subside – until another variant pops up. How is it in Germany?«

(Ja, wir haben grassierendes Covid. Ich unterrichte immer noch persönlich. Nicht raus gehen. Masken in Innenräumen an öffentlichen Orten. Hoffentlich wird es nachlassen – bis eine andere Variante auftaucht. Wie ist es in Deutsch-land?)

Sister BärBel hatte in den 80er Jahren als Völkerkundlerin ein Jahr zu For-schungszwecken bei den kanadischen Inuit gelebt. Aus dieser Zeit kannte sie den Kollegen Dennis, zu dem sie immer noch regen Kontakt hat. Durch ihn wusste sie einiges über **Kanada** zu berichten: »*Dort ist das Gesundheitswesen wie bei uns Ländersache, also ist alles immer wieder von Provinz zu Provinz verschieden, je nachdem, wo die Inzidenzen so stehen.*

Zeitweise bedeutete das z. B., dass man, aus der einen Hochrisiko-Provinz kommend, in der nächsten Provinz mit niedrigen Zahlen für 14 Tage in Qua-rantäne musste. So richtig kontrolliert hat's dann aber am Ende auch niemand mehr.

Mein Freund Dennis reist ziemlich oft zwischen seinen beiden Wohnsitzen Edmonton in Alberta (Arbeit) und Saskatoon in Saskatchewan (zu Hause) hin und her, und da war es bei jeder Welle (sie sind jetzt wie wir in der fünften) so, dass er eigentlich gar nicht nach einer Woche oder zehn Tagen hätte zurückfahren dürfen, weil die Quarantäne noch gar nicht vorbei war, aber wie gesagt, kontrolliert wurde eh kaum.

Und wie bei uns gibt's massive Engpässe im Gesundheitswesen. Dennis müsste seit einem Jahr sein Fußgelenk operieren lassen, kriegt aber keinen Termin, weil wie hier alles nicht Überlebensnotwendige rausgeschoben wird.

Bedeutet konkret nicht nur, dass er sich bloß noch humpelnd umherschleppen kann, sondern dass auch der dauernde Schmerzmittelgebrauch nicht gerade der Renner ist.

Ziemlich rabiat geht's in Alberta zu, wenn du mit dem Flieger aus einem Hochrisikogebiet kommst: direkt am Flughafen geht's ab in ein staatlicherseits gemietetes Luxushotel in die Quarantäne, aber zahlen musst du selbst! Kam letztens seine Freundin Roberta von Verwandten auf Hawaii zurück und sollte für zwei Wochen in diesen sündhaft teuren Luxusschuppen ziehen. Da sie das gar nicht hätte zahlen können, hat sie gesagt, nööö, ich nehm mir jetzt ein Taxi und fahr nach Hause in die Quarantäne, und wem's nicht passt, der kann mich ja festnehmen und ins Gefängnis sperren. Langes Hin und Her und großes Trara, aber am Ende haben sie sie dann doch ziehen lassen.

Impfkampgne auf allen Plakaten … ist auch zunächst noch ziemlich gut gelaufen, mit persönlicher Einladung zu festem Termin beim Apotheker um die Ecke. Aber dann beim Boostern kam er hin, und kein Impfstoff da! Seitdem: still ruht der See! Also auch in anderen durchaus entwickelten Ländern läuft nicht alles immer nur rund.«

Süd-Amerika

El Frederico war ein kleiner Junge, als Danny ihn im Jugendzentrum Hohenlimburg Mitte der 1980er Jahre kennen lernte. Er war inzwischen zurück in das Land seiner Ahnen gezogen und wohnte seit langem in Santiago de Chile. Von dort aus hatten sie sich 30 Jahre später über das soziale Netzwerk im Internet wieder getroffen. El Fredericos überraschende Antwort aus **Chile** kam über Instagram. Überraschend insofern, da er sich als ein echter Impfverweigerer entpuppte: »Hi, Danny, die Lage hier is ok. Haben um die 15.000

Omicron Infizierte. Aber ganz ehrlich. Ich schau seit ca. 2 Jahren kein TV mehr. Sonst wirste kirre im Kopp. 24 Std. Gehirnwäsche, dass man sich impfen lassen soll, etc. Ich habe noch keinen Einstich, bin aber auch so gesund. Und sollte es mich treffen, dann halt Pech. Hier in Chile waren wir 2020 für 18 Monate in Quarantäne und hatten totale Ausgangssperre. Durftest die Woche zwei mal für zwei Stunden Einkäufe erledigen oder zum Doc. Ansonsten nur daheim und totale Ausgangssperre von 20 bis 5 h. Das ist Diktatur vom feinsten. Aber die Idioten hier machen alles mit, weil die halt dumm im Kopp sind und alles glauben, was im TV gesagt wird. Ich leb mein Leben mit Spike, meinem Border Collie, und lauf hier die Anden hoch. Und lasse mich von keinem dumm anlabern. Zum Strand hätte ich gar nicht gedurft, als nicht Geimpfter. Aber ich geb da nix drauf. Die 18 Monate eingesperrt sein waren schon heftig. Jetzt können die mich mal. Aaaaaber so nem Lauterbach würde ich auch nicht trauen: er sagt heute das, später jenes, usw. Pass gut auf dich auf. Will dich ja nochmal sehen. MUCHOS SALUDOS Y BUEN FIN DE SEMANA, HERMANO Danny, vom Frederico.« (»viele Grüße und ein schönes Wochenende, Bruder«)

Julia, die Tochter von Dannys Freund Harry, hat Freunde in **Brasilien**, von denen berichtete sie: »Meine Freunde, die in Brasilien leben, sagen, dass der große Teil der Bevölkerung geboostert ist, außer Bolsonaro-Anhänger. Die Impfungen werden auch vom Staat bezahlt. Der Lockdown war nur wenige Monate letztes Jahr, und seitdem hat alles geöffnet. Man muss nur immer Maske tragen. Also so wie überall.«

Dannys Schulfreund Herbie flog wegen seiner Antarktis-Reise nach Buenos Aires, wo er eine Nacht verbrachte. Am nächsten Tag ging es mit dem Flieger weiter nach Ushuaia, Feuerland, noch mal 3 Stunden südlich, aber immer noch **Argentinien**. Von dort aus begann die eigentliche Antarktis-Kreuzfahrt. Um überhaupt nach Argentinien rein zu kommen, musste jeder vorher in der Heimat negativ getestet sein und zusätzlich eine eidesstattliche Erklärung abgeben, dass er geboostert ist. Corona-mäßig sah es in Argentinien am 25.01.2022 ähnlich wie bei uns aus: Inzidenzen von ca. 1.300. Die Bevölkerung verhielt sich sehr diszipliniert, und entsprechend trugen auch die meisten Menschen Masken.

Drei Tage vor Herbies Antarktis-Abenteuer las Danny in den News, dass in der argentinischen Militärbasis La Esperanza das Coronavirus grassierte. Da hatte man deshalb neun positiv getestete ungeimpfte Mitarbeiter evakuiert. »Also, mein Freund, auch in der Antarktis opgepasst ….,« gab Danny ihm mit auf den Weg.

Antarktis

Die Route in die **Antarktis** führte Herbie von der kleinen argentinischen Stadt Ushuaia durch den Beagle-Kanal und die Drake-Passage zur Antarktischen Halbinsel, der »Peninsula«. Die liegt westlich der Weddell-Sea. Von da schipperten sie zur nordwestlichen Ecke der Antarktis, über die Amundsen-See nach Mary Byrd Land.

Und wie sah es in der Antarktis mit Corona aus? Obwohl alle 90 Teilnehmer (Deutsche, Russen und US-Amerikaner) bei dieser Kreuzfahrt geboostert und sowohl zu Hause als auch vor dem Betreten des Schiffs getestet waren, hatte sich Corona aufs Schiff ›geschlichen‹. Nach und nach erkrankten neun Teilnehmer, also insgesamt 10 %, an Corona, obwohl sie unterwegs keinerlei Kontakt zu fremden Menschen hatten. Die Vermutung lag deshalb nahe, dass sich einer der Teilnehmer in der Nacht in Buenos Aires angesteckt hatte und die anderen danach infizierte. Die Corona-Patienten mussten sofort für 10 Tage in Quarantäne. In einer engen Kajüte isoliert zu sein, gehörte sicherlich nicht zu den Plänen für solch einen Traum-Urlaub. Herbie hatte Glück: keine Corona-Ansteckung für ihn. So konnte er die Zodiac-Fahrt über den 60. Breitengrad, diverse Landausflüge, Pinguin-Kontakte sowie Buckelwal-, Orca- und Seebären-Beobachtungen genießen. Ansonsten herrschten an Bord strikte Regeln: Maskentragen drinnen wie draußen, auch an Land oder im Zodiac.

Afrika

An die nach **Tunesien** zu ihrem Mann gezogene Jutta M. schrieb Danny, die noch am selben Tag antwortete: »*Hallo Danny, Tunesien stand in den letzten Monaten ganz gut da, war kein Risikoland mehr. Auf der Corona-Weltkarte war* *es eins der grünen Länder. Jetzt geht es leider wieder ordentlich rund. Allein hier im Dorf soll es Fälle im zweistelligen Bereich geben.«*

Dannys Sportkamerad Dietmar B. war und ist ein ausgewiesener Afrika-Kenner. Er hatte nicht nur viele Reisen nach Afrika unternommen, sondern auch einige Jahre als Lehrer in Zimbabwe gearbeitet. Von daher kam es auch nicht überraschend, dass er eine Reise nach **Südafrika** und die Kalahari-Wüste für den März 2022 plante. Allerdings überraschte es Danny, als er von Dietmar erfuhr: *»Corona-mäßig ist es inzwischen in Südafrika gefahrlos geworden. Nachdem die Bevölkerung dort anfangs wegen Impfstoff-Mangel schwer zu leiden hatte, haben sich mittlerweile nahezu alle gegenseitig angesteckt. Die es überlebt haben, gelten also jetzt als genesen. Der klassische Fall von Herden-Immunität.«*

In Südafrika* war übrigens die Sterbe-Rate nach einer Corona-Infektion deshalb nicht so hoch, weil die Bevölkerung überwiegend aus jungen Menschen besteht. Und die sind nicht so anfällig wie ältere Menschen für schwere Corona-Erkrankungsverläufe.

Europa

Als er in der Zeitung las, dass **Dänemark** mit einer Inzidenz von gut 2400 als Hochrisikogebiet galt, schrieb er an seine frühere dänische Freundin aus den 70er Jahren aus Jütland: *»Kaere Jytte …«* Sie spricht und schreibt gut deutsch, da sie eine Zeit lang in Hamburg gelebt hatte. Sie antwortete ihm: *»Jeps, die Corona-Ansteckungen sind wieder sehr hoch bei uns. Die Omikron-Variante ist Schuld daran. Wir haben auch wieder Restriktionen, Mundbinde beim Einkaufen, Abstand halten, Restaurants, Kneipen, usw. schließen etwas früher, Platzfahrkarten im Zug. Alles bis 17. Januar, glaube ich.«*

Tja, und dann explodierten Omikron-bedingt im Staate Dänemark die Inzidenzwerte und schossen durch die Decke: die Inzidenz lag bei 4785 und war damit die zweithöchste in Europa. Aber was machte unser liebenswerter

---

* *In den ›Kindertagen‹ der Pandemie wurden die verschiedenen Varianten von Corona-Viren noch nach ihren Herkunftsländern benannt, wie die brasilianische, indische oder im Februar 2021 die südafrikanische Corona-Mutation. Um diese Länder nicht zu diskriminieren, wurden stattdessen griechische Buchstaben wie Delta oder Omikron genommen.*

Nachbarstaat Dänemark? »Corona, nej tak!«, proklamierten sie und schafften zum 01.02.2022 alle Corona-Beschränkungen ab. Sie meinten nämlich, bei einer baldig zu erwartenden »Herdenimmunität« und einer Impfquote von 81 % fertig Immunisierter, da bräuchte man sowas nicht mehr. Diese Impfquote verfehlte Deutschland mit ca. 55 % Geboosterten klar. Deutschland hatte zu dem Zeitpunkt zwar nur Inzidenz-Werte von 1150 (in Hagen 1360), aber in good old Germany blieb es erst mal weiterhin bei Corona-Einschränkungen.

Genauso wie in Dänemark war es den Norwegern ergangen. Denn vor einem halben Jahr sah es dort noch super aus, und **Norwegen** erschien vorbildlich im Umgang mit Corona. Doch plötzlich – mit der galoppierenden Omikron-Welle – explodierten auch im Norden Europas die Inzidenzwerte. Deshalb schrieb Danny seine frühere norwegische Kommilitonin Ann-Kathrin aus Askim an. Ihre Antwort aus Norwegen kam direkt in Deutsch, da sie ja in Deutschland studiert und gelebt hatte: »*Ja, hier steigt die Ansteckung leider wieder, Omicron. Aber da wir fast alle geimpft sind, ist die Krankheit nicht so schlimm. Meine Pflegetöchter waren beide positiv, so dass wir eine schwere Isolation durchmachen mussten. Mein Mann und ich sind bis jetzt verschont geblieben. Jetzt haben wir genug von dieser Pandemie!! Seid ihr gesund??*«

Da Danny aus den News erfuhr, dass die **Schweiz** eine Corona-Inzidenz von über 2000 hatte, schrieb er eine Email an seine Schwester, deren Mann Bert angeheiratete Schweizer Verwandte hat: »*Liebe BärBel, du hast ja in der Schweiz die Verwandten von Bert in **Zürich** besucht. Und waren die geimpft oder gar geboostert? Ward ihr da auch raus in der Stadt, oder ins Restaurant, so dass ihr was vom normalen Leben mitbekommen habt?*«

BärBel's Antwort kam als Email: »*Hallo, Danny, wir waren wie immer kurz bei Berts Schwester und ihrem Mann am Zürichsee, beide wie wir dreifach geimpft. Restaurantbesuche und dergl. kommen für uns dort seit Corona ü-berhaupt nicht mehr in Frage, da man in der Schweiz für unseren Geschmack ein bisschen sehr locker mit Maskenpflicht, G-Regeln etc. pp. umgeht. (Gar nicht zu reden davon, dass einem in der Schweiz angesichts der Preise ohnehin der Appetit vergeht.)*
Die hatten zwar doppelt so hohe Inzidenzen, waren für uns auch schon Hoch-

risikogebiet, aber da packen die sich nicht für. Omikronlastig war das Ganze allerdings noch nicht, sondern so wie bei uns damals gerade im Übergang von noch hauptsächlich Delta zu messbar aufkommendem Omikron.

Der Schweizer ›amfürsich‹ beugt sich nicht gern behördlichen Anordnungen. Da brauchte es kürzlich erst noch einen Volksentscheid, um die wenigen flächendeckenden Regelungen aus Bern zu legitimieren. Die finden uns Deutsche da sehr verkniffen und ängstlich, obwohl ihre eigenen Intensivstationen bei jeder Welle deutlich früher volllaufen als unsere. Machse nix dran, jeder Jeck iss anders. Die Schweizer können schon ein widerborstiges Völkchen sein, aber alles, wirklich alles ist dort von Kanton zu Kanton verschieden. Auch hier ist wieder das Gesundheitswesen Kantonssache, und die Bundesregierung in Bern hat ihre liebe Not, da einzugreifen.

Die Nordschweizer, im Baselbiet z. B., ticken doch eher so ähnlich wie wir, waren ganz besorgt wg. Corona, haben sich auch brav an ein paar Regeln gehalten, wenn auch weniger als bei uns. Aber in der Innertschweiz hat man Einmischungen und Vorschriften der Bundesregierung überhaupt nicht gern, da entscheidet man lieber selbst und will sich von Behörden und Autoritäten nichts vorschreiben lassen.

Und im Kanton Bern gibt's gar einige Gemeinden, wo man traditionell schon aus Prinzip gegen alles ist, was vom Kanton oder vom Bund kommt; da sitzen ganze Orte voller Corona-Maßnahmengegner, obwohl die sonst durchaus noch alle auf'm Zaun haben.

Und im Kanton Zürich, wo man sich so überheblich weltmännisch fühlt, ist uns bei so ziemlich jedem Besuch sauer aufgestoßen, dass man die mega-hohen Inzidenzen und die vollgelaufenen Kliniken einfach ignoriert und sich stattdessen für ach so leger und unverkrampft hält, während die blöden Deutschen so'n Theater machen. Hauptsache, die Restaurants und Läden haben auf und man kann in die Ferien fahren und der eigene kleine Dunstkreis bietet Normalität; zum Fremdschämen!

Viel interessanter war für uns der Umstand, dass zwar alle Grenzen offen sind und dass es keine Personenkontrollen gab, dass man aber verpflichtet war zu diesen digitalen Ein- und Ausreisedokumenten. Total umständlich; hat uns einen Nachmittag digitaler Büroarbeit gekostet – und dann immer noch nicht so richtig funktioniert.

Nicht dass das einer sehen wollte, aber es gibt Stichprobenkontrollen, und *wenn man's dann nicht nachweisen kann, können die Bußgelder empfindlich sein, und zwar in beide Richtungen. Danach hatten wir den Papp auf, und Reisen ins europäische Ausland unter solchen Bedingungen kommen einstweilen nicht in Frage. Und das nächste Mal müssen Bert«s Verwandte zu uns kommen, wenn sie uns sehen wollen. ;-)«*

Diese extrem legere Einstellung der Schweizer bestätigte auch *Dannys Bekannte Kiki aus Hagen-Haspe. Sie wohnt zusammen mit ihrem italienischen Mann am Lago Maggiore: »wir sind hier direkt an der Grenze zur Schweiz, es ist nur ein Kilometer. Das Dorf ist sehr klein, es gibt z. B. kein Hotel, nur ein paar Ferienwohnungen, die hauptsächlich von den Eigentümern genutzt werden. Wer Remmidemmi und Party sucht, ist hier fehl am Platz. Das ist nicht mehr so wie vor 50 Jahren, als die Jugendgruppen aus Hagen hier ihre Freizeiten machten. Damals war hier echt was los. Jetzt ist es ok für Leute, die ausspannen wollen, Stress abbauen, Spaziergänge in der Natur unternehmen oder im Lago schwimmen.« Na, jedenfalls konnte sie zur Schweiz sagen: »zu Ostern, voriges Jahr, als es nicht erlaubt war, in Italien (am Lago Maggiore) Urlaub zu machen, als die Bewohner Italiens nicht von einer Region in die andere fahren durften und ich meine Kinder und Enkelkinder nicht sehen konnte, war im* **Tessin** *alles wie immer. Alles war geöffnet, alle Hotels und Ferienwohnungen ausgebucht, alle liefen ohne Maske rum, als wäre gar nichts. Ich bin vorige Woche in der Schweiz gewesen. Dort läuft niemand mit Maske rum, ganz im Gegensatz zu Italien.«*

»Die Schweizer scheinen ein ganz besonders widerborstiges Völkchen zu sein …!?« dachte sich Danny, nachdem Kiki ihm von ihrem Besuch von Italien rüber ins Tessin berichtete. »Ups, und da trug niemand eine Maske, als hätten die Schweizer von Corona noch nix mitbekommen …«

Kein Wunder, dass im Tessin eine Durchseuchung bis im Frühling erwartet wurde: »Der Tessiner Kantonsarzt Giorgio Merlani geht von einer Durchseuchung der Bevölkerung bis im Frühjahr aus. Im Südkanton Tessin fällt derzeit jeder zweite Test positiv aus.

In Folge der exponentiellen Erhöhung von Infizierten, wie sie zurzeit festzustellen sei, ›werden bis im Frühjahr alle Personen in Kontakt mit dem Virus gekommen sein‹, sagte der Tessiner Kantonsarzt Giorgio Merlani am Freitag vor den Medien in Bellinzona. Im Tessin werden momentan bis zu 5000 Personen täglich getestet, davon bis zu 50 Prozent positiv. Die Testkapazitäten wurden stark ausgebaut. Neu gibt es auch ein Drive-In.«[*]

Und nun das noch: nach Dänemark und Schweden machte sich Mitte Februar 2022 auch die Schweiz »locker«. Kiki sandte Danny dazu einen Link: »Die Schweiz hebt die meisten Corona-Beschränkungen auf, obwohl die Inzidenz höher ist als in Deutschland. Der Gesundheitsminister begründete dies mit der geringen Zahl schwerer Verläufe. Die Schweizer Regierung hat am Mittwoch entschieden, die allermeisten Maßnahmen zum Schutz vor dem Coronavirus kurzfristig aufzuheben. Ab diesem Donnerstag muss in der Schweiz niemand mehr einen Impfpass vorzeigen, wenn er ein Restaurant, ein Fitnessstudio oder ein Theater betreten will. Auch das Verbot der Teilnahme ungeimpfter Personen an privaten Treffen mit mehr als zehn Personen wird aufgehoben. Der Bundesrat, wie die Regierung in der Schweiz heißt, hat die Maskenpflicht gelockert. Sie gilt nur noch für öffentliche Verkehrsmittel und Gesundheitseinrichtungen. Wenn sie ein Geschäft oder ein Kino betreten, müssen sie keine Maske mehr über Mund und Nase tragen. Auch am Arbeitsplatz ist dies nicht mehr erforderlich.«[**]

Kiki berichtete weiterhin über **Italien**: »*Hallo Danny, Corona in Italien? Die Fälle sind sehr hoch, sollen aber wieder im Sinkflug sein. Und wirklich krank sind wohl nur wenige. Ich kenne niemanden. Mach's gut und viele Grüße vom* **Lago Maggiore***. Kiki.*«

Sie übermittelte ihm am 03.02.2022 eine neue Nachricht für Ausländer in Italien, die galt: »*für diejenigen, die aus dem Ausland kommen und im Besitz einer Heilungs- oder Impfbescheinigung mit einem in Italien zugelassenen oder als gleichwertig anerkannten Impfstoff sind, falls seit Abschluss des Impfzyklus oder der Genesung mehr als sechs Monate vergangen sind. Der Zugang zu Dienstleistungen und Aktivitäten, für die der ›erweiterte Grüne Pass‹ erforderlich ist, wird nach Durchführung eines Antigen-Schnelltests (Gültigkeit 48 Stunden) oder eines molekularen Antigens (Gültigkeit 72 Stunden) gewährt. Dies gilt auch für diejenigen, die Impfungen mit nicht zugelassenen oder in Italien nicht als gleichwertig anerkannten Impfstoffen durchgeführt haben, immer*

---

[*]   *Gerhard Lob – Tessin, Durchseuchung bis im Frühling erwartet, in Aargauer Zeitung 14.01.2022*

[**] *Johannes Ritter – »Überlastung unwahrscheinlich: Schweiz hebt fast alle Corona-Maßnahmen auf», FAZ-online, Frankfurt 16.02.2022*

nach Durchführung eines Abstrichs. Weniger Einschränkungen für geimpfte Personen. Die Einschränkungen in den roten Zonen für Inhaber des ›erweiterten Grünen Passes‹ werden aufgehoben.«

Seinen Facebook-Freund Beppo Caruso aus **Ligurien** hatte Danny über die FB-Musikgruppe ›Trashhitlover‹ kennen gelernt. Beppo antwortete bereitwillig: »*Ligurien ist kein Ort, wo man jetzt urlauben sollte. Wird voraussichtlich nächste Woche wieder Zone Orange, die zweithöchste Warnstufe mit weiteren Einschränkungen. Die Zahlen steigen konstant seit Wochen, insbesondere auch bei Jüngeren. Und hier wurde dann mal ratz-flatz die Impfpflicht für die über 50-Jährigen beschlossen, weitere Altersgruppen werden zügig folgen. Da gibt es nicht so ein Rumgeeiere wie in Deutschland. An einem Tag beschlossen, kurz darauf Gesetz. Da fackelt man nicht lange in Italien, und Datenschutz-Gedöns interessiert hier die Regierung sowieso nicht. Alles gläsern …. Angeblich darf man auch nur noch mit 24 Std. altem Test einreisen, auch als Durchgeimpfter. Aber ich war jetzt zweimal in den letzten drei Tagen in Nizza zum Flughafen, hätte theoretisch jeweils einen Test gebraucht, um wieder nach Italien einreisen zu können. Aber wurde nirgendwo kontrolliert. Das ist der Unterschied zwischen Theorie und gelebter italienischer Praxis.*«

Danny las in der Zeitung, dass Italien inzwischen eine Inzidenz von rund 2000 hatte. Deshalb schrieb er auch seine Facebook- und Katzen-Freundin Annalena aus der **Toscana** an, die umgehend antwortete: »*Hallo, ich hoffe, euch drei geht es gut. Wir haben auch viel Corona-Fälle und jeden Tag mehr. Aber in Deutschland ist es viel, viel schlimmer. Wir sind auch eingeschränkt.*«

Er hatte nach vier Urlaubsbesuchen in Lefkos auf **Karpathos** den Restaurant-Inhaber und inzwischen auch Bürgermeister Vasilis von der Taverne ›Blue Swan‹ so gut kennen gelernt, dass auch der Kontakt mit ihm über FB in Englisch weiterging. So freute er sich über die Antwort aus Karpathos: »*Dear Danny. We are all well. The situation in Karpathos is very good, very few infections. Thank you and best regards Vasilis.*«

Na, das ist ja ein Dingen. Da schien es ja in den abgelegenen Orten wie Lefkos auf Karpathos ganz gut auszusehen. Denn noch am 13.01.2022 hatte Danny in der Zeitung gelesen, dass **Griechenland** zu den am stärksten von Omikron betroffenen Ländern in Europa gehörte. Die hatten dort eine Inzidenz von über 2100, während sie in NRW noch bei ca. 300 lag. Das bestätigte auch sein Urlaubsbekannter Silvio Strerx, der auf der Insel **Lesbos** mit seiner Familie lebt. Der schrieb ihm schnell: »*Hallo mein Lieber, alles Gute auch für dich. Tja, Omikron ist ja bekanntlich seeeehr schnell! Diese Variante überspringt ja nicht nur gleich ein paar Buchstaben im griechischen Alphabet, sondern ist auch ganz fix beim Grenzen und Wasser und was weiß ich noch überqueren. Bei uns ist es also ›ähnlich verrückt‹ wie in anderen Ländern Europas. Hoffen wir mal, dass wir das alle einigermaßen gut überstehen ….*«

Zufällig waren Fotis Retus aus Soest und Danny beide gleichzeitig damals 2011 auf Lesbos. Deshalb schrieb Danny ihn an. Und Fotis antwortete: »*Hallo Danny! Letztes Jahr waren wir gleich zwei mal auf Lesbos (Mai/Juni und September/Oktober). Bei der Einreise, bzw. davor mussten wir ein Formular online ausfüllen und bekamen dann einen QR Code, den wir am Flughafen vor dem Einchecken vorzeigen mussten. Auf Lesbos selbst trugen wir die Maske nur in einigen Geschäften. Man muss aber auch sagen, es war ziemlich wenig los. Ach ja – und Direktflüge gibt es auch seit einigen Jahren nicht mehr. Die Impfquote auf der Insel war lt. Auskunft unserer Gastgeber extrem hoch, daher weitestgehend ›Corona‹-frei. In diesem Sinne – Beste Grüße Fotis.*«

Als Danny in den 80ern Jugendzentrums-Leiter in Hohenlimburg war, gehörte der griechische Jugendliche Grevenik als DJ zu seinem Team. Mittlerweile war er aus Heimweh in seine Heimat in **Nordwest-Griechenland** zurück gekehrt. Grevenik berichtete ihm: »*Hier – würde ich sagen – ist es fast wie bei euch, prozentual nach Bevölkerung ist es sehr hoch. Heute haben wir 20.000 Infektionen, 80 Tote und 664 in den Intensiv-Stationen.*«

Dannys Freundin Roula aus Hohenlimburg hatte noch einige Verwandte in Griechenland wohnen, die alle in der Gegend um und in **Kavala** und **Drama** leben. Roula erzählte Danny per Sprachnachricht über Facebook: »*Lieber Danny, bei meinen Verwandten in Griechenland sind alle geimpft, teilweise geboostert und keiner ist infiziert, obwohl Griechenland seit dem 21.11.2011 Hochrisikogebiet ist. Ich werde im Mai 2022 meinen 93-jährigen Onkel besuchen. Er ist schon geimpft und auch schon geboostert.*« Zwei Tage später schickte sie noch ein paar Infos aus Griechenland hinterher, die sie recherchiert hatte: »*Es besteht inzwischen eine Impfpflicht für über 60-jährige. Wer sich von denen nicht impfen lassen möchte, muss monatlich 100,-- € Strafe bezahlen. Aber ansonsten gäbe es dort in der Region um Kavala und Drama keine weiteren*

Corona-Mutationen.« Puuuh, harte Sitten hatten die Griechen da für ihre Oldies eingeführt.

Erst erreichte Danny die Nachricht von rekordverdächtigen Inzidenz-Zahlen aus **Österreich**. Dann schrieb er seinen österreichischen Facebook-Freund Chris-Man aus Villach in Kärnten am 13.01.2022 an. Dessen Antwort kam prompt und unverzüglich als FB-Message: »*Lieber Danny, mir geht es gut, und ich hoffe, dir auch. In den Wintersportzentren in Tirol und Salzburg gibt es sehr hohe Corona-Ansteckungen. Sonst sind die Zahlen relativ niedrig, steigen aber wegen Omikron überall stark an, genau so wie in Deutschland und überall. Man vermutet den Höhepunkt Ende Januar. Deshalb gibt es strenge Maßnahmen wie Maskenpflicht auch im Freien wie in Einkaufsstraßen, in Fachgeschäften Kontrolle der 3 Impfungen oder PCR-Test usw. Ich bin 3 x geimpft und du? Zum Glück hat Omikron nicht so schwere Krankheitsfälle, obwohl es hoch ansteckend ist. Es war sehr schön, von dir zu hören, und alles Liebe und Gute wünscht dir Chris-Man.*«

Auch seine Facebook-Freundin Susannah aus Wien schrieb Danny per Messenger an, die direkt antwortete: »*Lieber Danny, leider überrollt Omikron auch Österreich. Ich hoffe, dass es bald alles ein Ende hat. Mir selbst geht es gut, bin drei mal geimpft und hoffe, dir gehts auch gut. Hab mich sehr gefreut über deine Zeilen. glg Susannah, gesund bleiben.*«

Später las Danny in den News vom 21.01.2022, dass Österreich als erstes europäisches Land die Impfpflicht gegen Corona für über 18-jährige eingeführt hatte.

Dannys Cousine stammte aus dem Saarland und zog später nach Lothringen, wohin Danny sie anschrieb. Ihre Antwort kam schon am nächsten Tag: »Hallo Danny, Danke, es geht. In **Frankreich** sind die Zahlen auch sehr hoch gestiegen durch Omikron. Ich informiere mich immer im Internet auf ›Mein Frankreich Corona‹. Ich hoffe, dass der Spuk bald vorbei ist. Ganz liebe Grüße auch an Moni. Deine Cousine Caroline.«

Jawoll, da hatte Caroline recht, dass in Frankreich corona-mäßig die Zahlen sehr hoch gestiegen waren. Denn am 13.01.2022 las er in der Zeitung, dass sie dort mit knapp 3000 Inzidenzen sogar dramatisch hoch waren.

Dannys Sister BärBel hatte auch was über Frankreich zu berichten, weil sie eine Freundin im Elsass hat. Frankreich hatte es in seiner Lockdown-Zeit mit den Regeln sehr ernst und streng genommen. Da mussten die Bewohner/innen Passierscheine beantragen, wenn sie aus dem Haus wollten: »*So brauchte meine Freundin alleine drei Passierscheine für den Tierarztbesuch von Kater Felix. Das war ja noch lustig. Aber gar nicht lustig war der verweigerte Grenzübertritt im ersten Lockdown. Denn in Mulhouse gab es keine Krebsbehandlung für meine Freundin, weil nur noch Coronabehandlungen stattfanden. Im deutschen Freiburg dagegen hätten sie sie aufgenommen, aber die Grenze war dicht.*«

Betty, Dannys Ex-Schwägerin aus Hamburg, machte in »modernes Abenteuer & Impfen«. Sie war bereits geboostert und wollte aber gerne Sohn und Enkelin in London sehen, als sie Weihnachten per e-mail schrieb: »*Hallo Danny. Nach langem Hin- und Herüberlegen habe ich die bereits Anfang November gebuchte London-Reise nicht abgesagt, sondern habe mich (abenteuerlustig wie ich bin und da bereits geboostert) dazu entschieden, Weihnachten im Katastrophengebiet* **Großbritannien** *zu verbringen. Die 14-tägige Quarantäne, die ich zu Hause nach Rückkehr einhalten muss, nehme ich in Kauf. Meine kleine Enkelin hat mich überzeugt. Außerdem sind auch die Eltern meiner Schwiegertochter aus USA hier. Die haben ihre Tochter und die Enkelin 2 1/2 Jahre nicht gesehen. Am 28.12. fliege ich zurück. Liebe Grüße aus London von Betty.*«

Danny fragte sie nach ihrer Reise zu Boris Johnson's ›Party-Meile‹ London unter Corona-Bedingungen, wie es denn so war. Sie schrieb ein paar Tage später diese e-mail: »*Hallo Danny, im September war ich entsetzt, die Riesenmenschentrauben vor den Pubs beim After-work-Drink zu sehen, eng an eng, natürlich ohne Mundschutz. In Innenräumen, Verkehrsmitteln und öffentlichen Gebäuden muss Mundschutz getragen werden. Allerdings wird das z. T. sehr lax gehandhabt. In Sachen Impfung sind die Briten uns allerdings weit voraus. Auch mein Sohn und seine Frau sind bereits geboostert. Sind aber beide auch noch im Homeoffice. Gestern habe ich in den Nachrichten gehört, dass die Infektionszahlen in England stark sinken. Wahrscheinlich ein Ergebnis der hohen Impfquote. Aber mein Sohn und seine Frau haben sehr zurückgezogen gelebt. Im Sommer haben sie sich mit Leuten draußen getroffen. Jetzt besuchen sie auch Freunde in Innenräumen. Sie halten sich total an die Regeln. In Restaurants ist es wie bei uns. Du gehst mit Maske rein und kannst sie am Tisch abnehmen. So, das ist so das, was ich erlebt habe. Ach ja, Selbsttests sind kostenlos und werden reichlich genutzt. LG Betty.«*

Danny befragte Harrys Tochter Julia, die einige Jahre in Dublin gelebt hatte, über die Corona-Situation in **Irland**. Sie antwortete ihm über Instagram: »*Hi, also bisher waren die Ansteckungen gering. Aber seit Dezember haben die den höchsten bisherigen Wert in Irland erreicht, aufgrund der Omikron-Variante. Mit den Impfungen sind sie langsam, besonders bei Ausländern. Ein guter Freund von mir kommt aus Rumänien und ist schon 10 Jahre in Irland, aber er steht auf der Impfliste ganz weit hinten, obwohl er gerne eine hätte. Insgesamt gab es schon über 1 Mio. Fälle, was für ein Land wie Irland mit ca. 5 Mio. sehr viel ist. Viele Iren sind geimpft und geboostert, viele mit Johnson & Johnson. Es gibt genau wie hier Impfgegner. Irland hatte außerdem einen der längsten Lockdowns Europas zu Beginn. Der im Sommer 2020 begann und erst letzten Sommer endete. So lange waren alle Bars, Restaurants, Clubs geschlossen. Dies betraf die meisten meiner Freunde, die meist in Pubs am Arbeiten waren, und die Musiker und Leute am Theater waren auch alle ohne Job. Da gab es keine Zuschläge. Bei Guinness wurden die meisten gekündigt: einem Freund, der schon 7 Jahre dort arbeitete, wurde eine Abfindung von 10.000 € angeboten. Da vorher schon eine große Arbeitslosigkeit unter jungen Menschen herrschte, ist es jetzt natürlich explodiert. Zurzeit müssen die Pubs um 20.00 Uhr schließen.*«

Anfang der 80er Jahre war Danny mal mit Jana und ein paar anderen Freunden in **Kroatien** gewesen, wo sie ihre Verwandten in Virovitica – nahe der jugoslawisch-ungarischen Grenze – besucht hatten. Deshalb schrieb er jetzt eine e-mail an Jana. Aber statt einer schriftlichen Antwort telefonierten sie länger miteinander. Dabei erzählte sie ihm, dass ihre Mutter und Tanten schon nicht mehr lebten. Sie hat an Verwandten nur noch eine Cousine und einen Cousin in Kroatien, zu denen sie aber nur noch selten Kontakt hat. Dafür hatte sie letztens Patienten aus Kroatien, die ihr erzählten, dass es in ihrer alten Heimat sehr schlimm aussieht. Nur ca. 50 % wären geimpft, und es gäbe eine Inzidenz von über 1000.

Danny las in den News vom 13. Januar 2022, dass in **Spanien** die Inzidenz auf 1720 gestiegen war, wovon 90 % durch Omikron verursacht wurde. Deshalb schrieb er den Mallorca-Urlauber Manolito F. an. Dieser antwortete sofort: »*Hallo Danny, wir haben nichts davon mitbekommen auf Mallorca, wir waren ja auch abseits vom Trubel. Hatten uns eine kleine Villa am Meer angemietet, wo wir für uns alleine gewesen sind. Aber im allgemeinen waren auf den Ausflügen, die wir unternommen haben, wenig Leute und Urlauber anwesend. Es war auch Maskenpflicht angesagt, was dort auch durch die Polizei beobachtet und darauf hingewiesen wurde. Auch die Einreise war nicht ohne, wurden viermal kontrolliert, was ich richtig gut fand. Das Wetter und Temperaturen waren richtig gut, Sonne und meistens 17 bis 19 Grad. Einmal ging ich durch Valldemossa, ein Bergdorf, um Fotos festzuhalten, da meine beiden Frauen durch die Geschäfte bummelten. Lief ahnungslos durch die Gassen. Plötzlich hielt ein Polizeiauto neben mir an und sprach mich auf Spanisch an, ich möchte mir doch bitte die Maske aufsetzen, auch wenn ich alleine durch die Gassen gehen würde. Das habe ich dann auch sofort gemacht. Sie bedankten sich und fuhren davon. Ich dachte mir im stillen, da kannst du doch mal sehen: bei uns in Deutschland rennen sie alle ohne Masken im Freien herum, und hier muss man sogar eine tragen, wenn man alleine ist. Gruß Manolito.*«

An den **Mallorca**-Teilzeitresident Manni Breuckmann schrieb Danny auch. Seine Antwort kam postwendend: »*Die Inzidenz liegt auf den Balearen bei knapp über 1000, die Intensivstationen sind allerdings, wie das bei Omikron so ist, nur zu einem Viertel belegt. In den Restaurants gilt 3G, die Geschäfte kannst du einfach so besuchen. Es gilt aber Maskenpflicht auch auf der Straße. Wir leben in Cala Figuera sehr ländlich-sittlich und haben mit größeren Menschenmengen kaum was zu tun. Ab Samstag sind wir aber für drei Wochen in Deutschland. Liebe Grüße!*«

Einen anderen Spanien-Kontakt hatte Danny in Florian B., mit dem zusammen er schon in den 70er Jahren Sozialwissenschaften an der Ruhr-Uni Bochum studiert hatte, teilweise gemeinsam beim legendären Prof. Leo Kofler. Wie durch ein Wunder saßen sie beide am 01.08.1979 zusammen auf dem Flur des Jugendamts Hagen: es war dort für beide jeweils ihr erster Arbeitstag, beide begannen sie ihre Laufbahn als Jugendzentrumsleiter. Sie blieben Freunde und reisten sogar 1984 zusammen nach Kuba. Aber irgendwann trennten sich ihre Wege, weil Flori wegen der Liebe nach **Nord-Spanien** zog. Aber der Kontakt riss nicht ganz ab. Deswegen schrieb Danny ihn auch wg. Spanien per Email an. *Erhofft, aber nicht unbedingt erwartet, kam Floris Antwort schon drei Tage* *später als Email: »Hallo Danny, tatsächlich lebe ich weiterhin in Nordspanien und mit Nati und 2 Hunden.*

Nachfolgend gebe ich dir ein paar persönliche Eindrücke über Covid-19 in Spanien. Die Impfrate (1. und 2.Injektion) liegt bei über 90% der Bevölkerung, seit Ende Dezember werden jetzt auch die Kinder ab 5 Jahren mit einer halben Dosis geimpft. Die 3. Spritze haben bisher Personen über 50 Jahre bekommen, z.Zt. sind die 40-50jährigen dran. Im Großen und Ganzen hat die Organisation der Impfungen gut geklappt, auch wenn es manchmal zu Warteschlangen kam. (Wie immer gab es vor allem auch Personen, die weit vor ihrer Uhrzeit kamen, für die sie geplant waren.)

Negationisten gibt es zumindest öffentlich wenige, möglicherweise werden sie auch in der Presse verschwiegen. So hat mich vor ein paar Tagen doch die Nachricht überrascht, dass in fast allen Fußballmannschaften der 1.Liga jeweils 2-5 Spieler sich nicht geimpft haben.

Die Impfung ist auch für alle – einschließlich Gesundheitspersonal, Lehrer-Innen, Gastronomiebeschäftigte – freiwillig, meistens müssen sie aber häufige negative Tests vorlegen, wenn sie nicht geimpft sind.

Auch hier grassiert die Variante Omicron, mit über 3.500 Angesteckten/ 100.000 in den letzten 14 Tagen. Allerdings sind die Krankenhauseinweisungen und vor allem die Belegung der Intensivstationen (noch) relativ begrenzt, da die Erkrankung symptomfrei oder mit leichteren Symptomen, zumindest bei den Geimpften, verläuft.

Das größte Problem ist z.Zt. die Überlastung der staatlichen Gesundheitszentren (die im wesentlichen die Funktion ausüben, die in Deutschland von den privaten Hausärzten/ Allgemeinmedizinern abgedeckt wird.) Neben ihrer normalen medizinischen Betreuung der Bevölkerung müssen sie Tests durchführen, Impfungen organisieren und vor allem auch Beginn und Ende der Arbeitsunfähigkeit aller Angesteckten bzw. deren engen Kontakte (mit Quarantänepflicht) bescheinigen. Hinzukommt, dass es auch unter dem Gesundheitspersonal zahlreiche kurzfristige Arbeitsunfähigkeiten wegen COVID-19 gibt.

Ein Rückblick: am Anfang gab es eine sehr umfassende und strikte Ausgangssperre: 24h/Tag, Verlassen der Wohnung nur für lebenswichtige Einkäufe oder Dienstleistungen (Lebensmittel, Arzt, gewisse unaufschiebbare Reparaturen, immer im nächstgelegenen Geschäft, Werkstatt), Arbeit nur in lebenswichti-

gen Bereichen (Gesundheitswesen, Sicherheitskräfte, Lebensmittelproduktion und – vertrieb).

Da Hunde zweimal täglich bis zu 1 Stunde im Umkreis von 1 km der Wohnung ausgeführt werden durften, nahm die Nachfrage nach Adoptionen, Kurzzeitpflege oder auch stundenweise Ausleihe natürlich erheblich zu.

Es gab relativ häufige Kontrollen von Polizei und/oder Militär auf den Straßen und den öffentlichen Verkehrsmitteln (die noch in einem reduzierten Service funktionierten.)

Diese strikte Ausgangssperre wurde jedoch (nachdem sie schon beendet war) vom Verfassungsgericht für verfassungswidrig erklärt: der von der Regierung und dem Parlament erklärte ›öffentliche Gesundheitsnotstand‹ erlaube zwar eine Einschränkung der Grundrechte (Mobilität, Versammlung, Gewerbeausübung, …), nicht aber ihre Aussetzung/Aufhebung. Und 6 der 11 Verfassungsrichter bewerteten die generelle Ausgangssperre mit genau definierten Ausnahmen eben als Aufhebung und nicht als (punktuelle, konkret bestimmte) Einschränkung. Der einzige Effekt: den ›Ungehorsamen‹, die eine Strafe bezahlt haben bzw. noch hätten bezahlen müssen, ist diese erlassen bzw. zurückgezahlt worden, die ›Gehorsamen‹ haben jedoch keine Entschädigung bekommen.

Soviel von hier, alles Gute wünscht dir Flori B.«

Aus seiner Dattelner Zeit Mitte der 1970er Jahre kannte Danny einen feinen Rock- & Blues-Musiker aus Waltrop, den Judy, der dann später nach **Holland** gezogen war. Den schrieb er an. Die direkte Antwort von Judy kam noch am selben Tag über Facebook-Messenger aus Holland: *»Hoi, du meinst positiv getestet. Da gibt es jede Menge Leute. Zum Glück merken die meisten gar nicht, dass sie an Omikron erkrankt sind. Ich bin da ›als Smartphone-Leugner‹ außen vor. Ich gehör zu den Spinnern. Ansonsten treibt die Politik, ähnlich wie in der Heimat, ihr Unwesen.«* Tja, Judy war auch schon früher so der lockere Typ. Kein Wunder, dass er es jetzt mit Corona nicht so genau nahm …

Wegen der Corona-Lage in **Polen** fragte Danny bei Claudia L. an, weil sie gerade einen Polen-Urlaub an der Ostsee gemacht hatte. Claudias Antwort kam zwei Tage später: *»Hallo Danny, in Polen war von Corona nicht viel zu merken. Wir wurden im Hotel nicht mal gefragt, ob wir ein Zertifikat haben. Da wir vorwiegend spazieren gegangen sind, kann ich da eigentlich gar nicht viel* *zu sagen. Ich wollte einfach nur ausspannen. Kontakte haben wir eigentlich im Alltag nicht gehabt. Ich kuriere gerade die Nebenwirkung der dritten Impfung aus. Liebe Grüße Claudia.«*

Tja, da hatte wohl Claudia Glück mit ihrem polnischen Urlaubsort an der Ostsee gehabt. Denn am 22.01.2022 las Danny in der Zeitung, dass in Polen die Zahl der Neuinfektionen einen neuen Rekordwert von über 36.000 an einem einzigen Tag erreicht hatte.

Asien

In der Zeit als Jugendzentrumsleiter in Hohenlimburg der 80er Jahre lernte Danny auch einen kleinen türkischen Jungen kennen. Der fragte ihn: »alle haben hier Spitznamen. Ich möchte auch einen haben …« Da brauchte Danny nicht lange zu überlegen: »Okay, wir nennen dich Woodstock.« Dabei dachte er an den kleinen gefiederten Freund des Comic-Hunds Snoopy. Der Junge war einverstanden. Danach verloren sie sich aus den Augen. Aber irgendwann 40 Jahre später trafen sie sich über Facebook im Internet wieder. Woodstock war wieder in die **Türkei** zurückgekehrt und lebte inzwischen in Trabzon am Schwarzen Meer, wohin Danny ihn anschrieb. Eigentlich wollte Woodstock anrufen, versuchte es auch, aber es klappte aus technischen Gründen nicht mit dem Anruf. Von daher antwortete er per FB-Messenger: »*Die Corona-Bestimmungen sind hier gelockert worden. Das Ergebnis: täglich 150 Tote, obwohl über ca. 60 Prozent der Bevölkerung bereits eine doppelte Impfung bekommen haben. Alles Gute von Woodstock.*«

Dannys alter Freund aus Hagen, Frankie, hat eine Thailänderin aus dem Isaan (Nordost-Thailand) geheiratet, wo er mit ihr auch teilweise wohnt. Von daher ist er Fachmann für **Thailand**, obwohl er z.Z. wieder in Deutschland lebt. Er schrieb dazu folgendes: »*Hallo Danny, meine Infos zu Thailand sind da eher karg. Ich schätze, Omikron geht auch in Thailand durch die Decke. Inzidenzwerte gibt es so nicht. Es wird nicht so viel getestet, dafür gibt es nicht die Infrastruktur, schon gar nicht auf dem Land. Die Dunkelziffer ist sicherlich immens.*
Zur Situation auf dem Land kann ich nur sagen, das ich das Gefühl habe, da läuft viel über ›Mund zu Mund‹. Da sagt einer, oh, in der Familie hat einer

Corona – das kann dann bedeuten, morgen haben es alle aus der Familie. Es gab letztes Jahr die Situation, dass das Krankenhaus voll war und im Gemeindehaus der Saal mit Betten gefüllt wurde.

Impfen, Impfstoffe sind noch mal ein weiteres Thema.«

Er sandte auch noch einen Link, über den Danny Infos bekam, wie Thailand mit dem Virus gegenüber Touristen umgeht (20.01.2022): *»Thailand nimmt das TEST & GO-Programm wieder auf. Damit können vollständig geimpfte Reisende aus der ganzen Welt bis zu 60 Tage im Voraus einen TEST & GO Thailand Pass beantragen, mit bestätigten Zahlungen für die Unterkunft von Tag 1 bis zu Tag 5, zwei RT-PCR-Tests und einem vorab vereinbarten Flughafentransfer an Tag 1.«*

Danny hatte in der Zeitung gelesen hatte, dass der philippinische Präsident alle seine Ortsvorsteher angehalten hatte, jeden einzusperren, der ungeimpft aus seinem Haus geht. Raue Sitten, aber anscheinend kümmerte sich anderweitig niemand sonst so recht um die Verhinderung der Pandemie-Ausbreitung. Na ja, Grund genug, seine philippinischen Freunde in Deutschland anzuschreiben, um zu erfahren, was sie so über ihre Heimat wussten. Den Sportfreund Enrico V. kannte Danny aus dem FunOut. Er antwortete ihm noch am selben Tag: *»Lieber Danny, die Situation auf den **Philippinen** wegen Pandemie ist zur Zeit beunruhigend. Die Infektionszahl ist wieder gestiegen, so dass in manchen Teilen der Philippinen sowie in Manila und Umgebung wieder ein Lockdown verhängt wurde. Bei uns in der Familie ist Gottseidank alles in Ordnung. Meine Mutter und mein Bruder, die dort leben, sowie seine Familie, sind alle geimpft und alle gesund. Meine Frau Prescy und ich wollten eigentlich dorthin fliegen, aber durch die Tatsache, wie kompliziert das mit dem Fliegen und der Quarantäne durch Corona geworden ist, haben wir gedacht, den Flug etwas später zu verwirklichen. Bis bald mal im FunOut. Enrico.«*

Enricos Sohn Carlitos hatte Danny sofort am Anfang seiner Zeit im Fitness-Center Fun-Out kennen gelernt, als er dort 2011 zu trainieren begann. Carlitos war immer sein Lieblings-Trainer gewesen, sowohl sportlich, als auch menschlich, hatten sie doch durch Dannys Philippinen-Reise Gemeinsamkeiten entdeckt. Auch nach dem Ausscheiden von Carlitos aus dem FunOut blieben sie in Kontakt. So schrieb Danny ihn an. Und er antwortete ihm noch am selbigen Tag: *»Hallo Danny, schön von dir zu hören! Ja, auf den*

Philippinen grassiert das Virus auch ganz ordentlich, so wie es hier in Europa auch der Fall ist. Man versucht es dort mit tatsächlichen Lockdowns, bei denen man das Haus bzw. sein Grundstück nicht ohne wichtigen Grund verlassen darf. Zusätzlich zum Mund-Nasen-Schutz wird auch noch empfohlen, ein Faceshield zu tragen. Also alles noch mal etwas extremer als hier. Was das Impfen angeht, da hinkt man natürlich auch noch hinterher, was aber daran liegt, dass nicht genügend Impfstoff bereitgestellt werden kann. Zum Glück hat es meine direkte Verwandtschaft dort noch nicht erwischt, und das kann auch gerne so bleiben. Das zur Coronalage in der guten Heimat, und ich hoffe, dass wir die endemische Lage demnächst erreicht haben! Bis dahin wünsche ich euch alles Gute und bis bald vielleicht mal! Liebe Grüße und Mabuhay, Carlitos.«

Flora's Familie hatten Danny und Moni 1999 in Port Barton auf **Palawan** kennen gelernt. Da sie nach über 20 Jahren wieder Kontakt miteinander hatten, schrieb er Flora an. Und sie antwortete noch am selben Tag: »*Meine ganze Familie ist dort. Ich bin nicht sehr gut informiert über den aktuellen Inzidenzwert. Ich weiß nur, dass meine Familie geimpft und geboostert sind. Und dass wir wieder eine Ausgangssperre von Mitternacht bis 5 Uhr morgens haben, und dass es eine 14tägige Quarantäne für ›incoming visitors‹ gibt. Aber wir haben einige andere Probleme: das waren die Taifune vor Weihnachten, viele Menschen sind obdachlos und die Fischerboote sind alle kaputt. Die Omikron-Mutation ist noch nicht bekannt. Danke für die Nachfrage und euch auch alles Gute, wünscht euch Flora.*«

Australien

Jacomoon hieß Dannys Facebook-Freundin in **Australien**. Die hätte er fast mal in Brisbane in Queensland an der australischen Ostküste besucht. Aber nicht deshalb, sondern wegen der Corona-Situation in Australien schrieb Danny sie an. Die Antwort von Jacomoon erfolgte noch am selben Tag kurz und knackig: »*Uns geht's soweit gut. Und ja, wir haben jetzt auch Covid hier, da ja die Grenzen geöffnet wurden. Und obwohl es Covid seit 2 Jahren gibt, läuft hier alles drunter und drüber. Erschreckend. Bleibt gesund.*«

Das war ja mal eine bunte Geschichte: 35 Befragte aus 25 Ländern und 7 Erdteilen hatte Danny Mitte Januar 2022 zur lokalen Corona-Situation befragt. Nach einem Monat trudelte der letzte Bericht dieser globalen Pandemie bei ihm ein.

Zwar erschwerten oder trennten die pandemie-bedingten Reisebeschränkungen die familiären oder freundschaftlichen Verbindungen, die aber gleichzeitig durch die weltweiten Online-Kommunikationen erhalten bleiben konnten.

Für Danny waren es interessante, teilweise überraschende Informationen darüber, wie die verschiedenen Länder der Erde mit Corona umgingen.

Epilog

In der Presse gab es viele Meldungen zur Corona-Epidemie, u.a. auch Kampagnen gegen die Impf-Müdigkeit und gegen Impf-Verweigerer. Trotzdem hatte Danny das Gefühl, dass es eines Tages zu einem Ende der Corona-Epidemie kommen könnte. Klar, das Problem mit den zumindest 2021 noch immer ungeimpften Kindern blieb erst mal bestehen. Aber nicht unbedingt, weil die Eltern sie nicht impfen lassen wollten, etwa nach dem Motto: »Nein-nein-nein, in mein Kind, da kommt mir kein Impfstoff rein …!«

Nein, nein, es lag einfach daran, dass es noch keinen Impfstoff für Kinder unter 12 Jahren gab. Denn rund 60 % der Eltern würden ihre Kinder gegen Corona impfen lassen, wenn es einen entsprechenden Impfstoff gäbe.[*] Also in etwa genauso viele wie diejenigen 60 % der Bevölkerung, die sich bereits zweimal haben impfen lassen. Dem stehen etwa 40 % Impfgegner, Impffaule oder andere Ungeimpfte gegenüber.

Da gab es vor dem Herbst 2021 in Deutschland noch viel Luft nach oben – in Sachen Impf-Bereitschaft gegen Corona. Wenn man überlegt, dass in Dänemark über 83 % der Bevölkerung schon zweimal geimpft waren und das nördliche Nachbarland bereits im September 2021 fast alle Corona-Schutzmaßnahmen beenden konnte, hörte sich das für deutsche Verhältnisse eher paradiesisch an. Aber im europäischen Vergleich sind wir Deutschen in puncto Corona-Impfungen leider nur Mittelmaß.

Ende November 2021 kam dann auch in Deutschland endlich Bewegung in die Maßnahme »Kinderimpfung«. Nachdem Israel damit schon durch war und die USA und Österreich bereits 5- bis 11-jährige impften, wurde auch der deutsche Markt durch Biontech mit einem Impfstoff für Kinder bestückt. Denn die Europäische Arzneimittelbehörde EMA gab den Corona-Impfstoff von Biontech/Pfizer für Kinder ab fünf Jahren frei.

Das war auch bitter notwendig geworden, angesichts von 100.000 Toten durch Corona, die Deutschland Ende November 2021 verzeichnete. Rund 70 % der Bevölkerung waren erst doppelt geimpft. Von den restlichen 30 % Ungeimpften waren ein Drittel Kinder, also 10 % der Gesamtbevölkerung.

---

[*] ›Zahl des Tages: 6 von 10 Eltern‹, in westf. Rundschau vom 16.08.2021

Da selbst, wenn plötzlich alle Kinder auch geimpft wären, immer noch 20 % der deutschen Gesamtbevölkerung ungeimpft blieben, war die Frage nach einer Impfpflicht gegen Corona dringender als je zuvor.

Anscheinend würde es in Deutschland nur mit einer Impfpflicht jemals zu einer Herdenimmunität kommen …!?!

Zu diesem Thema sprach Eckart von Hirschhausen im WDR 4-Radio am 29.11.2021: »Anfangs war ich auch gegen eine Impfpflicht. Aber ich habe mich auf Grund der verschlimmerten Corona-Situation eines Besseren belehren lassen. Deshalb plädiere ich jetzt für eine Impfpflicht. Die würde auch den Impfgegnern helfen, denn sie brauchten ihre Meinung nicht zu ändern. Sie könnten ja immer noch dagegen sein. Dadurch könnten sie ihr Gesicht bewahren, wenn sie sich jetzt wegen der Impfpflicht doch impfen lassen.«*

Und sonst: was wurde aus wem? wer macht jetzt was?

Der Wirt der kleinen Garküche am Sun-Moon-Lake in Taiwan spürte, dass es mit ihm zu Ende ging. Deshalb öffnete er die Tür seines Affenkäfigs im Hof, damit der dunkelbraune Gibbon seinen Weg in die Freiheit selber finden konnte. Die beiden Waschbären, die einst dort auch wohnten, waren schon vor einigen Jahren gestorben.

Eines stand schon mal fest: beim thailändischen Garküchen-Inhaber Mak Sam auf dem Night-Bazaar ›Galere Food & Shopping-Center‹ in Chiang Mai würde niemals mehr ein Sack Reis umkippen, um damit die umher schwirrenden Fledermäuse zu verschrecken. Denn Mak Sam hatte sich inzwischen Holzkistenbehälter für seinen Reis angeschafft. Da konnte nix mehr umkippen.

Die Corona-Pandemie gab den Menschen die Chance zum Innehalten, um neue, andere, bessere Werte in den Vordergrund zu stellen. Nicht immer nur ›Wirtschafts-Wachstum-Wachstum-Wachstum‹ um jeden Preis, kauf jeden Scheiß, Hauptsache die Wirtschaft wächst. Anscheinend reagiert die Menschheit leider nur mit der Holzhammer-Methode …!?

Corona könnte sich quasi als eine Selbstreinigung der menschlichen Entwicklung entpuppen. Das unselige und von fast allen politischen Parteien dauernd geforderte wirtschaftliche Wachstum kam so oder so zum Innehalten.

---

* *Eckart von Hirschhausen im WDR 4-Radio am 29.11.2021*

Danny erschien diese Wachstums-Schiene sowieso eher als Rückschritt denn Fortschritt. Durch wirtschaftliches Wachstum erlitt die Menschheit mehr gesundheitsgefährdenden Lärm, noch mehr Luftverschmutzung und Erhitzung des Erdklimas, was zum selbstzerstörerischen Klimawandel führte. Beispiel China: durch Corona und den dadurch entstandenen wirtschaftlichen Stillstand wurde die Luft über Peking so sauber wie lange nicht mehr. Sonst war meist eine riesige gelbe Smog-Wolke über der chinesischen Hauptstadt zu sehen. Selbiges geschah in Italien und nach und nach in Rest-Europa: durch Corona wurde erst der Flugverkehr, dann der Normal-Verkehr und dadurch die gesamte Wirtschaftsleistung ausgebremst. Die Luft wurde besser. Und wegen der gestiegenen Wasserqualität wurden im März 2021 sogar zwei Delfine in der Lagune von Venedig gesichtet.

Was alle Klima-Gipfel und empörte Aufrufe und Demos der Greta Thunbergs nicht schafften, durch das Corona-Virus gelangte die industrielle menschliche Gesellschaft zu einer Wiederentdeckung der Langsamkeit …

Aber leider lernt die Menschheit scheinbar nur durch noch schlimmere Katastrophen. Selbst die neue rot-grün-gelbe Bundesregierung in Deutschland seit Dezember 2021 konnte es nicht schaffen, die notwendigen Hebel zur Selbstreinigung der Menschheit, noch nicht einmal der Deutschen zu bewerkstelligen.

So hieß Dannys Wunsch 2020: »*Trotz und nach Corona werden wir das Leben mit viel Alltagsstress irgendwie meistern. Und wie die meisten von uns sicherlich die Corona-Krise lebend überstehen. Wenn es irgendwann überstanden sein wird, dann wird die Welt zwar nie mehr so sein, wie sie vorher war. Aber danach werden wir alle anders und gestärkt daraus hervor krabbeln.*«

Ein optimistischer Gedanke, der leider dem schnöden Realismus der Alltagsgesellschaft nicht standhalten wird …

Ab 28.12.2021 2G+ im Fitness-Center

Da durch die Omikron-Variante eine neue 5. Corona-Welle über Deutschland hinweg zu schwappen drohte, hatte die Landesregierung von NRW beschlossen, dass ab 28.12.2021 2G+ im Fitness-Center gelten soll. Dazu schrieb Danny an seinen Sportkameraden: »*Lieber Stefan, heute wollte ich eigentlich nach*

Weihnachten wieder loslegen im FunOut. Tja, das ist schon ein Mist. Gerade sind wir beide geboostert, und jetzt braucht es dort 2G+, erst mal bis 12.01.2022. Das ist mir echt zu aufwendig, mich jedes Mal vorher testen zu lassen. Einmal würde ich es ja machen, aber jedes Mal: ne-ne. Dann leider erst mal ohne mich … Wie hältst du es? Ciao D'Danny«

Die Antwort von Stefan folgte am nächsten Tag: »*Hi Danny, gehe mit den politischen Entscheidungen nicht konform, aber die Mehrheit hat entschieden. Ich versuche auch, aus dem Negativen das Beste zu machen. Ja, ich mache den täglichen Test, um ins FunOut gehen zu können. Im Vergleich zu unseren Nachbarländern haben wir das kleinere Übel, denn dort herrscht Lockdown.*«

Und die Nachfrage von Danny folgte sogleich: »*Lieber Stefan, ich danke dir für deine Message. Tja, dann machst du also jeden Tag nen Test, um ins FunOut gehen zu können. Wann machste das denn eigentlich, dich vorher testen zu lassen? Du bist doch so schon immer so eng getaktet? Ciao D'Danny.*«

E-Mail von Gerd ›Bobesch‹ vom 29.12.2021: »*Hallo Danny, Ja, hat etwas länger gedauert mit dem Schreiben. Zur Weihnachtszeit ist man öfters im Stress. Nicht nur wegen Weihnachten, sondern auch weil die Tochter vor und zwischen den Tagen umzieht. Da muss man dann mehr Zeit in die Enkelkinder investieren. Uns geht es soweit gut und haben die Feiertage mit den engsten Familienangehörigen gut verbracht. Zur Zeit gehe ich auch nicht mehr ins FunOut, da ein zusätzlicher Nachweis erbracht werden muss. Das ist mir zu aufwendig und lästig. Dass ein zusätzliches Zertifikat benötigt wird, ist gut, wenn man damit das Virus in den Griff bekommt. Wenn ich dich das nächste Mal dann sehe, werden deine Haare ja wieder lang sein. Wenn es ganz lang mit dem Wiedersehen dauert, sind sie bestimmt neu geschnitten worden. Vielleicht haben wir dann auch schon unsere vierte Impfung. Man weiß ja nie. Auf jeden Fall wünschen wir euch einen guten Rutsch ins neue Jahr, weiterhin Gesundheit, viel Spaß und einen positiven Weitblick in das Jahr 2022. Viele liebe Grüße Gerd ›Bobesch‹.*«

Am 30.12.2021 schrieb Danny seinem Sportkameraden Thomas F. und seiner Frau Susanne: »Lieber Thomas, vorgestern wollte ich eigentlich wieder loslegen im FunOut. Aber was für ein Mist …! Da bin ich schon geboostert und komme jetzt ins Fun-Out wegen 2G+ trotzdem nicht rein. Nur mit einem Test vorher. Nee, das ist mir echt zu aufwendig. Einmal würde ich es ja machen, aber für jedes Mal Sport machen nen Test. Nein danke, also erst mal ohne mich. Und, wie machst du das? Ciao, liebe Grüße an deine Frau Susanne und guten Rutsch wünscht D'Danny.«

Thomas antwortete noch am 30.12.2021: »Hallo Danny, wir haben uns gestern Abend hier in Halden (Rohrstraße) testen lassen und waren heute im FunOut. Da war Betrieb wie immer. Nur die Anmeldung war etwas aufwendiger, weil die Sportkameradin an der Info alle Daten einzeln und aufwendig erfasst hat. Es ist auf jeden Fall lästig und nicht so richtig zu verstehen, weil andere Bundesländer die Drittgeimpften von der Testpflicht freistellen. Aber leider werden wir damit wohl leben müssen. Wir werden uns vermutlich beugen und 1 x wöchentlich getestet zum Training gehen. Wir waren jetzt über Weihnachten für eine Woche auf der Mecklenburgischen Seenplatte. Da durftest du auch nur mit Test anreisen und musstest zusätzlich an dem dritten Tag einen weiteren Test vorweisen. Das hat schon ein sicheres Gefühl vermittelt. Im FunOut müsste das aber jetzt nicht sein. Guten Rutsch, Grüße an Moni und bis zum nächsten Jahr.«

Am 03.01.2022 schrieb Danny an Thomas F.: »News vom FunOut: Dank der großartigen Unterstützung unseres Kooperationspartners L. R. könnt ihr euch ab Do., den 06.01.2022, direkt vor Ort bei uns am FunOut testen lassen: Mo. bis Fr.: 9.00 bis 19.30 Uhr + Sonntag: 8.00 bis 13.00 Uhr. Ihr könnt ganz ohne Termin zum Test kommen. Im Anschluss daran müsst ihr ca. 10 – 15 Minuten im Auto auf euer Testergebnis warten.«

Thomas antwortete noch am selben Tag: »Das hört sich doch gut an. Wir werden es am Freitag mal ausprobieren.«

Dannys prompte Reaktion: »Na gut, lieber Thomas, ich warte dann auf deinen Erlebnisbericht: wer und wo das da macht? Wie es so war? Wie lange das Procedere dann tatsächlich dauert? Ciao D'Danny.«

Am 07.01.2022 kam dann Thomas' Erfahrungsbericht zur neuen Teststelle am FunOut: »Hallo Danny, Susanne war heute im FunOut und hat sich vorher testen lassen. Nach ihrem Bericht füllst du ein Formular aus, lässt dich testen und erhältst dein Ergebnis auf Papier. Die Wartezeit kannst du in deinem Auto oder anderweitig verbringen. Mit Wartezeit ist zu rechnen, weil die Station jedem offen steht. Liebe Grüße von Thomas F.«

»Danke für die Info,« antwortete Danny und überlegte sich: »ob ich das dort mit nem Test und ner Viertelstunde oder gar länger Warten jetzt im Winter machen werde, das weiß ich noch nicht. Mal schauen, vielleicht bekommen wir Geboosterten ja im Fitness-Center auch ne Ausnahme wie in Restaurants. Dort gilt 2G+, aber mit Ausnahme für Geboosterte ...«

Auf jeden Fall stand Danny in Hagen nicht alleine da, wie eine ›Umfrage der Woche‹ auf Lokalkompass.de Anfang Januar 2022 ergab. Die fragten, »ob die User auch bei 2G+ weiterhin ins Fitnessstudio gehen. Fast zwei Dritteln der Befragten ist dies zu aufwendig.«[*]

So blieb Danny dann erst mal nur der übliche Sport zu Hause: morgens die »Fünf Tibeter« und Boden-Gymnastik, dazu Jonglieren mit 3 und 4 Bällen, und abends ab und zu auf dem Hometrainer radeln ...

Und bei Angie waren die Fragen nach ihrem Procedere im FunOut leider nicht mehr aktuell. Sie lag über den Jahreswechsel mit Trümmerbruch ihres Fußes im Herdecker Krankenhaus. Da wünschten ihr alle, dass es wieder gut würde mit ihrem Fuß. Denn das sah nach was Längerem aus, zumal im neuen Jahr 2022 auch gleich noch eine zweite OP bei ihr anstand. »Oje, liebe Angie, so was braucht niemand. Alles alles Gute für dich ...!«

So kam dann auch die Mitteilung von Thomas F. am 12.01.2022 nicht ganz so überraschend: »Hallo Danny, heute habe ich mich vor dem Training im FunOut testen lassen. Mittels der vom Studio empfohlenen App hat das reibungslos und ohne Papierkram funktioniert. Aber das ist ja ab morgen Geschichte. Dann gehts für Geboosterte auch ohne Test. Liebe Grüße von Thomas F.«

Tatsächlich sprach NRW-Ministerpräsident Wüst davon, ab 13.01.2022 den Biertrinker an der Theke mit Indoor-Sportlern gleichzusetzen, was also 2G+ und die Booster-Ausnahmen angingen. Danny war gespannt, ob er ab 14.01.2022 wieder ohne Test ins Fitness-Center gehen könnte: »Schaun wa ma ...«

PS von Thomas F.: »Auf meine entsprechende Frage hat die Mitarbeiterin an der Info des FunOuts bestätigt, ein Test sei für Geboosterte nicht mehr erforderlich.«

»Minister Laumann hat die neue Coronaschutzverordnung für NRW vorgestellt. Ab Donnerstag gilt in der Gastro und beim Sport eine 2G-Plus-Regel. Für große Teile der Freizeitgestaltung gilt in NRW ab Donnerstag eine 2G-Plus-Regelung. Wie NRW-Gesundheitsminister Karl-Josef Laumann

---

[*]   *Stadtanzeiger Hagen – Keine Lust auf 2G+, 08.01.2022*

(CDU) am Dienstag ankündigte, wird das unter anderem die Gastronomie, den Freizeit-, Sport- und Fitnessbereich betreffen. Das bedeutet: Nur geimpfte und genesene Menschen dürfen dann zum Beispiel ein Restaurant besuchen und müssen zudem ein negatives Testergebnis vorweisen. 2G-Plus: Wer geboostert ist, braucht keinen Test.«[*]

Na, super, Danny konnte also wieder – da geboostert – zurück ins Fitness-Center. Ab 14.01.2022 nutzte er die Gelegenheit, sich im FunOut unter lauter Geboosterten und 2G-Plus'lern Corona-sicher sportlich bewegen zu können.

Eine weitere tröstliche E-mail bekam Danny von Harry am 02.01.2022: »Frohes neues Jahr, lieber Danny! Noch einmal ein Jahr ohne wildes städtisches Neujahrsbombardement, was für ein Segen. Das Verbot, besser gesagt die Einschränkung der Silvesterböllerei, ist einer der wenigen positiven Effekte der Pandemie. Hier bei uns in Eversburg war der ›Zauber‹ nach zehn Minuten vorbei. Und wo in früheren Jahren noch marodierende Horden Heranwachsender um vier in der Nacht vereinzelt Knaller zündeten, war uns jetzt ein unbeschwerter Schlaf bis zum nächsten Morgen beschert. Corona zeigt uns, auf was wir alles verzichten können, und die Deutsche Umwelthilfe bestätigt: Wieder kaum zusätzliche Feinstaubbelastung in den Wohngebieten der Menschen in den Städten.«

Neues von der »Impf-Front«: die Nachbarin hatte schon im Februar 2022 die 4. Impfung bekommen. Danny überlegte auch schon: »ich könnte sie mir nämlich ab Mitte März 2022 geben lassen.«

Vorher bekam er ja schon Tipps von Freund Harry und Claudius vom Eilperfeld: »wir alten Männer sollten uns besser gegen Gürtelrose impfen lassen. Das gilt besonders für diejenigen, die früher Windpocken hatten.« Joh, die hatte Danny als Kind gehabt.

Derweil hatte sich Danny zu diesem Schritt durchgerungen. Er war am 24.02.2022 wegen einer anderen Sache bei seinem Hautarzt und fragte ihn danach, ob er bei ihm die Gürtelrose-Impfung machen kann. »Nee, kann ich nicht,« aber er riet ihm auch dringend zu: »Er solle seinen Hausarzt fragen.«

---

[*]   *Stefan Meinhardt und Tobias Blasius – 2G-Plus in Gastro und Freizeit – Booster befreit, in WR-E-Zeitung vom 11.01.2022*

Da der im selben Gebäude ein Stockwerk tiefer seine Praxis hat, ging Danny da rein, um zu fragen.

»Ja, die Impfung gegen Gürtelrose können Sie hier bekommen. Impfausweis dabei? Dann können Sie sie direkt bekommen.«

»Ja, hätte ich.« Und rupp-zupp, war er auf einmal mit der ersten Gürtelrose-Impfe mit dem Tot-Impfstoff Shing Rix versorgt. Die zweite kommt nach 3 Monaten.

Danny sollte sich allerdings auf Nebenwirkungen wie nach der Corona-Impfe einstellen. Tatsächlich, ein paar Stunden später waren sie auch schon da: Impf-Arm, Schlappigkeit und leichte Benommenheit. In der Nacht Kopfdruck, Schmerzen im Impfarm und Schlafprobleme, aber am nächsten Tag war alles schon viel besser.

»Aha, es gab also bezüglich der Corona-Pandemie doch noch gute Aussichten für das neue Jahr 2022,« dachte sich Danny, als er die Überschrift in der täglichen E-Zeitung las:

›Warum Omikron das Ende der Pandemie bringen könnte.«

Dazu erläuterte der Berliner Virologe Christian Drosten: »Omikron dürfte die endemische Phase einläuten. Mit Blick auf die bereits hohe Verbreitung der neuesten Virusvariante in GB könnte das Land auch Schlüsse zulassen, was Deutschland erwartet. Es wird in England wohl noch zwei Wellen bis zur endemischen Situation geben.

Einmal infizierten sich von Weihnachten bis Ostern noch einmal viele Menschen. Dann komme ein entspannter Sommer. ›Und dann wird es im Herbst noch einmal eine Nachdurchseuchung geben, wo man wohl auch noch einmal mit den angepassten Vakzinen dagegen boostern muss‹, so der Virologe. Danach werde man sagen können: ›Die endemische Phase ist jetzt erreicht.‹

Wann diese aber in Deutschland eintreten könnte, lässt der Berliner Virologe offen. ›In Deutschland wird es viel schwieriger werden – wegen der großen Impflücken in der älteren Bevölkerung‹, sagte Drosten. Das Boostern sei wichtig, aber es gebe auch noch viel zu viele gar nicht geimpfte Menschen über 60 Jahre, die die Infektion bisher nicht durchgemacht hätten.«[*]

---

* *Warum Omikron das Ende der Pandemie bringen könnte, in W.R.-E-Zeitung vom 30.12.2021*

Durch die Gefährlichkeit der Omikron-Mutante könnte sich also aus dem Negativen was Gutes entwickeln. Außerdem sollten ja angeblich die Krankheitsverläufe nach einer Omikron-Ansteckung weniger schwer sein als nach den bisherigen Mutationen.

Flankiert von der Impfpflicht für Pflegekräfte ab Mitte März 2022 in Deutschland und der geplanten Impfpflicht für die gesamte Bevölkerung kam noch der neue Impfstoff Novavax, ein sogenannter »Totimpfstoff«, als Hoffnungsträger hinzu, bisher ungeimpfte Skeptiker doch noch von einer Corona-Impfung zu überzeugen.

Na ja, da gäbe es ja bei der Corona-Pandemie also doch noch ein Licht am Ende des Tunnels.

Literaturverzeichnis

(alphabetisch)

Bakum, Rodion, in Westf. Rundschau vom 04.01.2022

Boethius, Ancius Manlius Severinus – ›Tröstung der Philosophie 2, 17‹ (römischer Gelehrter, Schriftsteller, Philosoph, Politiker und Theologe, geb. ca. 480, gestorben etwa 524)

Bogner, Merja – über Wissenschaftsjournalistin Mai Thi Nguyen-Kim's Meinung zur Impfpflicht, im GMX-Internet-Blog vom 15.11.2021

Campact-Team, Rundbrief – Die Impfung, 20.05.2021

Ciesek, Sandra – ›Welcher Impfstoff besser ist‹, in WR-E-Zeitung, 23.11.2021

Corona-Podcast der WR, – Christian Drosten sendet wichtige Botschaft an Impfskeptiker, 12.05.2021

DeThier, Peter – In den USA grassiert die ›Pandemie der Ungeimpften‹, in WR-E-Zeitung vom 03.10.2021

Durrell, Lawrence – 39 °, Texte von Fernweh und Reisefieber, Hg.: Michael Kellner/Lothar Reese, Reinbek 1983

Emmrich, Julia – Heikle Phase: Wer führt uns jetzt durch die Corona-Pandemie?, aus der WR-E-Zeitung vom 04.11.2021

Erlenkämper, Jonas – »Nena feiert mit Querdenkern«, in westfälische Rundschau Hagen, 17.08.2021

Erradi, Rabea – Die Geschichte der Impfungen, WR-E-Zeitung vom 05.11.2021

Hein, Christoph – Novak Djokovic muss Australien verlassen, in FAZ-Net vom 16.01.2022

Johnsrud, Ingar – Der Hirte, München 2017, S. 372 + 374

Jütte, Robert, 6.11.2020, aus: BPB (Bundeszentrale für politische Bildung), https://www.bpb.de/apuz/weltgesundheit-2020/318298/zur-geschich-te-der-schutzimpfung

Juravel, Alina – Wirksamkeit und Nebenwirkungen einer Corona-Kreuzimpfung, in WR-online vom 18.05.2021

Juravel, Alina – ›Covid-Arm‹ nach Moderna oder Biontech, in WR-Online vom 20.05.2021

Krafft, Elisabeth, im Expertengespräch mit Dr. Wolfgang Krüger, W.R.-E-Zeitung vom 30.12.2021

Lob, Gerhard – Tessin, Durchseuchung bis im Frühling erwartet, in Aargauer Zeitung 14.01.2022

Loose, Stefan – Thailand Der Süden, S. 20, 1998

Meinhardt, Stefan und Blasius, Tobias – 2G-Plus in Gastro und Freizeit – Booster befreit, in WR-E-Zeitung vom 11.01.2022

Neuberg-Vural, Anne-Kathrin – Astrazeneca: woher kommt die Impfangst?, Westf. Rundschau Hagen, 30.04.2021

Ritter, Johannes – »Überlastung unwahrscheinlich: Schweiz hebt fast alle Corona-Maßnahmen auf«, FAZ-online, Frankfurt 16.02.2022

Sloterdijk, Peter – ›Querdenker sind Spätmittelalter‹, in westf. Rundschau, 30.07.2021

Stadtanzeiger Hagen – Keine Lust auf 2G+, 08.01.2022

Stauber, Birgitta – Angst vor AstraZeneca? Das ist so wie Angst vor dem Fliegen, in WR-online, 15.05.2021

Theroux, Paul – Orlando oder die Liebe zur Fotografie, Düsseldorf 1980

Unger, Christian – Corona-Leugner: Ist die ›Querdenken‹-Bewegung am Ende?, in WR-E-Zeitung, 05.06.2021

von Hirschhausen, Eckart, im WDR 4-Radio am 29.11.2021

Waschneck, A./Fleischer, F. – ›Studie zu Wirksamkeit von AstraZeneca überrascht Forscherin‹, in GMX-News im Internet 30.09.2021

westf. Rundschau vom 19.06.2021: Tabelle

westf. Rundschau vom 16.08.2021: ›Zahl des Tages: 6 von 10 Eltern‹

westf. Rundschau 17.08.2021: »Dieter Nuhr ist von Impfung überzeugt«

Wikipedia – Cholera, vom 04.10.2021

Wikipedia – Diphtherie, vom 08.04.2021

Wikipedia – Dysenterie oder Ruhr, vom 25.02.2021

Wikipedia – Islām Qala, 29.09.2021

Wikipedia – Typhus, vom 08.12.2021

WR-E-Zeitung vom 03.07.2021 – Corona-Impfstoffe im Vergleich: Welcher ist der beste?

WR-E-Zeitung, 27.07.2021 und vom 28.07.2021

WR-E-Zeitung, (day), 13.08.2021

WR-E-Zeitung 19.11.2021: bef/lhel/mja/dpa – Corona-Gipfel: Die Ergebnisse, Beschlüsse und neuen Regeln

WR-E-Zeitung vom 26.12.2021: (jwo/dpa) © dpa

WR-E-Zeitung vom 30.12.2021 – Warum Omikron das Ende der Pandemie bringen könnte

Danke an alle

Ich möchte mich bei den vielen Menschen bedanken, die tat- und ratkräftig dabei mitgeholfen haben, diesen Roman fertig zu stellen:

- besonders meiner lieben Frau Petra. Für sie habe ich eine große Hochachtung dafür, dass sie Ostern 2021 für uns beide einen Termin für unsere erste Impfung gegen Corona buchen konnte. Denn in NRW konnten sich 3,5 Mill. Menschen im Alter zwischen 60 – 78 Jahren um 450.000 Dosen AstraZeneca bewerben. Nach gefühlt 1.000 vergeblichen Anrufen und 100 online-Versuchen über 5 1/2 Std. hätte ich es schon längst aufgegeben. Aber sie ist in so was ein wahrer Terrier. Und so schaffte sie es über Umwege, online zwei Termine für sich und ihren ›Partner‹ klar zu machen. Außerdem gibt sie mir nicht nur den Freiraum, mich kreativ in meinen Romanen auszuleben, sondern unterstützt mich auch beim Redigieren und Diskutieren des Manuskripts. Dabei ist sie mir eine große Hilfe in Fragen der Grammatik, des Stils und der Logik. Sie hat mit dazu beigetragen, dass mein Schreibstil in den letzten Jahren eine positive Fortentwicklung bekommen hat.

- unserer Katze Lilli, die einmal im Winter einen ganzen Tag verschwunden war, als wir schon dachten, sie hätte sich zum Sterben zurückgezogen. Glücklicherweise kam unsere ›Fellnase‹ zurück, und gibt uns wieder mit vielem Schnurren und flauschigen Streicheleinheiten innere Ruhe und Behaglichkeit.

- meiner Schwester Rosemarie Schloßer, neben mir die letzte aus unserer Familie: sie ist immer für mich da. Und sie half mir auf die Sprünge, als sie mir die Corona-Regel für ›Genesene‹ erklärte. Zudem brachte sie mir und der gesamten Gesellschaft ein Stück Demut bei. Denn wir haben es ja hier in unserer reichen Gesellschaft verdammt gut: jeder der will, kann sich impfen lassen, und das auch noch umsonst. Stell dir einen armen Afrikaner vor, der kilometerweit laufen muss, um an eine Impfung zu kommen. Wenn er sie denn überhaupt bekommt? Wahrscheinlich muss er sie bezahlen und noch ein Bestechungsgeld oben drauf legen …?

– meinem Freund Harry, der im häufigen Dialog mit mir steht, zu Fragen zu den Corona-Impfungen, aber auch zu allen anderen Befindlichkeiten der Gesundheit und des täglichen Lebens.

– seiner Schwägerin Monika Janatzek, die in ihrem Kindergarten in Gelsenkirchen extreme Erfahrungen über Corona macht, wovon sonst kaum jemand was mitbekommt.

– meinem alten Schulfreund Pitter O. aus der ›Runkeltaiga‹, der einen aufgeweckten Bericht zur Lage der Nation in Corona-Zeiten gibt.

– meinen Sportkollegen/Innen aus dem Injoy Hohenlimburg Angela T., Martin G., Stefan S. und Norbert F., die mir Auskunft über ihre Erfahrungen mit den Corona-Impfungen gaben und mir die sportliche Bewegung dort im Fitness-Center angenehmer gestalteten.

– internationalen Dank »*Thank you, Muchas Gracias, Obrigado, Mange Tak, Efcharisto, Mille Gracie, Merci Bien, Bedankt, Shukran, Khopkhun-Khap*« an Uli G. aus Kalifornien, Amy und MaryLou aus Massachusetts; Sister BärBel für Infos aus Kanada, der Schweiz und Frankreich; El Frederico aus Santiago de Chile; Julia T. über Brasilien und Irland; Schulfreund Herbie über Argentinien und die Antarktis; Jutta M. aus Tunesien; Dietmar B. über Südafrika; Jonna M. aus Vejle, DK; Ann-Kathrin aus Askim, Norge; Kiki vom Lago Maggiore, Italien + CH; Annalena aus der Toscana; Beppo Caruso aus Ligurien; Vasilis aus Lefkos, Insel Karpathos; Silvio Strerx von der Insel Lesbos; Fotis Retus aus Soest über Lesbos; Grevenik aus Nordwest-Griechenland; Roula aus Hohenlimburg über Kavala und Drama, Griechenland; aus Österreich: Chris-Man aus Villach in Kärnten und Susannah aus Wien; Cousine Caroline aus Lothringen; Betty aus Hamburg über Großbritannien; Jana über Kroatien; Mallorca-Urlauber Manolito F. aus Hagen, Mallorca-Teilzeitresident Manni Breuckmann, Florian B. aus Nord-Spanien; Judy aus Holland; Claudia L. aus Hagen über Polen; »Woodstock« T. aus Trabzon in der Türkei; Frankie aus Hagen über Thailand; Enrico V., Carlitos und Flora, alle drei aus Hagen, über die Philippinen; und Jacomoon aus Brisbane in Queensland, Australien.

– außerdem auch bei Frau Melanie Engel, mit der ich zum dreizehnten Mal zusammen einen Roman bei meinem Verlag Books on Demand veröffentliche. Sie wirkt mit bei der Herstellung & Autorenservices, Team Buchdesign & Lektorat, und ohne ihre engagierte Mitarbeit wäre mein fünfzehnter Roman optisch nie so schön gestaltet worden.

Allen Teilnehmern/Innen an den inzwischen einundzwanzig Lesungen, die ich in den letzten vierzehn Jahren gehalten habe, und natürlich auch allen Leser/Innen und Käufer/Innen meiner ersten vierzehn Romane ›Straßnroibas‹, ›Spätzünder, Spaßvögel & Sportskanonen‹, ›Keine Leiche, keine Kohle …‹, ›Der Junge, der eine Katze wurde …‹, ›Leidenschaft im Briefkuvert‹, ›Zeitmaschine – STOPP!‹, ›Das Geheimnis um YOG'TZE‹, ›Wer andren eine Feder schenkt‹, ›Das Ekel von Horstel‹, ›Die sieben Jahreszeiten der Musik‹, ›Es geht eine Leiche auf Reisen‹, ›Die sieben Leben eines Fußball-Fans‹, ›Textilfrei unter Straßenräubern‹ und ›Brexit in Westfalen‹, die mich dadurch ermunterten, fleißig weiter zu schreiben.

Die bisherigen 14 veröffentlichten Romane
von Manfred Schloßer

Straßnroibas, Liebe – Länder – Leidenschaften
… ein autobiographischer Roman über Manfred Schloßers Alterego Danny
Kowalski, der genauso wie er während der letzten 3 ½ Jahrzehnte durch
die Kontinente gereist ist und dabei allerlei interessante und aufregende
Abenteuer erlebte, die mit fremden Kulturen, der jeweiligen Zeitgeschichte,
lustigen Dödelkes und prickelnder Erotik gewürzt wurden.
» Der afghanische Soldat hielt mir seine geladene Kalaschnikow gegen die
Brust und herrschte mich an: ›Verschwinde!‹, worauf ich mich schleunigst
und bereitwillig in die Wüste am östlichen Stadtrand von Herat verkrü-
melte … »
Dieser 2007 veröffentlichte Roman hat 408 Seiten, 17 farbige Illustrationen
und ist im Buchhandel bereits vergriffen.
*Aus der Presse: »Liebe, Länder und Leidenschaften: Ob Indien, Thailand,
Nord- und Mittelamerika, Europa – es gibt kaum einen Ort auf der Welt, den
Manfred Schloßer in den letzten 35 Jahren nicht besucht hat …«
WESTFÄLISCHE RUNDSCHAU Hagen, Oktober 2007*

Spätzünder, Spaßvögel & Sportskanonen
Vom ersten Kuss bis zur Traumfrau: meine Jugend hat spät begonnen …
… ist die Geschichte von Danny Kowalski, der auszog, das Leben und die
Liebe zu lernen. Als Spaßvogel und »Sportskanone« war er ein Frühstarter,
aber in der Liebe ein Spätzünder. Sein zweiter Roman von 2009 hat 368
Seiten, ist unter der ISBN-Nr. 978-3837032697 veröffentlicht und im Buch-
handel oder im Internet zu beziehen.
*Aus der Presse: Vom Leben und der Liebe: Der prickelnde Titel: »Spätzünder,
Spaßvögel & Sportskanonen – Vom ersten Kuss bis zur Traumfrau: Meine
Jugend hat spät begonnen« verspricht denn auch viel. Erzählt wird die Ge-
schichte von Danny Kowalski, der von Westfalen auszog, das Leben und die
Liebe zu lernen …
WAZ RECKLINGHAUSEN, März 2009*

Keine Leiche, keine Kohle …

… ist ein Ruhrgebiets-Krimi, wobei der verschwundene Tommy Gölzen-
leuchtner gesucht wird. Die Hagener Kripo um Bandura und Julia Finken-
siep rätselt, ob er tot oder gar ermordet worden ist? Danny Kowalski sucht
jedenfalls im Auftrag für seine Versicherung den Verschwundenen und jagt
so einem Phantom durch drei Kontinente und über zwei Jahrzehnte hinterher: diese Jagd führte ihn in Städte wie San Francisco, New Orleans, Taipeh
und Bangkok oder Khao Lak.
Sein dritter Roman von 2011 hat die ISBN-Nr. 978 – 3 – 8423 – 2009 – 3, ist
mit 9 Farbfotos verschönert, hat 150 Seiten und kostet 9,95 €.
*Aus der Presse: Sein allerneuestes Produkt hat auch, aber nicht nur mit Rei-
sen zu tun. Vielmehr ist ein ›Hagen-Krimi‹ entstanden. ›Keine Leiche, keine
Kohle …‹ ist ein deutscher Krimi, der zumeist im westfälischen Ruhrpott
spielt, aber die Handlung führt den Leser in einem Zeitraum von zehn Jahren
auch einmal rund um die Erde.*
WOCHENKURIER HAGEN, Februar 2011

Der Junge, der eine Katze wurde …

In diesem abgefahrenen Roman nimmt der junge Danny Kowalski Ende der
1960er Jahre in Domburg einen LSD-Trip, von dem er nicht mehr runter
kommt. Die Handlung führt den Leser in einer abenteuerlichen Odyssee
durch Süd-Holland, durch das Amsterdam der Hippies, durch die Wälder
des Niederrheins und entlang der Flüsse und Kanäle Westfalens, in deren
Verlauf Danny sich in eine Katze verwandelt. Sein vierter Roman von 2012
hat die ISBN-Nr. 978 – 3 – 8448 – 2827 – 6, ist mit 10 Illustrationen verschönert, hat 132 Seiten und kostet 8,95 €.

*Aus der Presse: »Auf Drogen-Trip am Kanal. In seinem neuesten Buch ›Der
Junge, der eine Katze wurde‹ nimmt der in Datteln aufgewachsene Manfred
Schloßer seine Leser mit auf eine ungewöhnliche Reise.«*
DATTELNER MORGENPOST, April 2012

Leidenschaft im Briefkuvert

... ist eine spannende Romanze mit historischem Hintergrund. Die Geschichte beginnt während des »kalten Krieges« in den 1960er Jahren, als eine Ost-West-Brieffreundschaft die Gefühle der Beteiligten in Wallung brachte: » aber sie konnten zueinander nicht kommen !«
Sein fünfter Roman von 2013 hat die ISBN-Nr. 978 – 3 – 8482 – 3785 – 2, ist mit 18 Illustrationen verschönert, hat 152 Seiten und kostet 9,90 €.
Aus der Presse: »Komm nach Hagen, werde Popstar, mach Dein Glück!«
In seinem aktuellen Roman »Leidenschaft im Briefkuvert« – eine spannende Romanze mit historischem Hintergrund – schildert der Autor die Lebenslinien zweier Frauen. STADTMAGAZIN HAGEN, Juni 2013

Zeitmaschine – STOPP!

In seinem Öko-Science-Fiction entführt uns der Autor Manfred Schloßer in die historische Zeitkultur der 1960er und 70er Jahre. Seine beiden Protagonisten Danny Kowalski und sein griechischer Freund Alexis machen sich mit ihrer Zeitmaschine auf der Suche nach Jim Morrison und den Doors.
Da die altertümliche Höllenmaschine sich als leicht defekt herausstellt, landen sie zwar erst in unserer Vergangenheit des letzten Jahrhunderts, stolpern aber immer wieder haarscharf an ihren anvisierten Zielen vorbei. Sein 6. Roman wurde 2014 veröffentlicht, hat die ISBN-Nr. 978 – 3 – 7357 – 7338 – 8, ist mit 17 Illustrationen verschönert, hat 108 Seiten und kostet 7,95 €.
Aus der Presse: Der Hagener Autor Manfred Schloßer hat jetzt sein sechstes Buch veröffentlicht. Hauptfigur ist wieder der schon durch seine anderen Romane recht bekannt gewordene Danny Kowalski. Er ist diesmal mit der Zeitmaschine unterwegs ...
WOCHENKURIER HAGEN, März 2014

Das Geheimnis um YOG'TZE

In diesem Kriminalroman klären die Protagonisten Kommissar Danny Kowalski und Kollegin Fanny Bevenbreucker einen 30 Jahre alten historischen Kriminalfall von 1984 auf. Ein Krimi muss nicht immer todernst sein, weshalb der Autor Manfred Schloßer oft humoristisch und augenzwinkernd unterwegs ist.

Sein siebter Roman wurde 2015 veröffentlicht, hat die ISBN-Nr. 978 – 3 – 7386 – 7530 – 6, ist mit 14 Illustrationen verschönert, hat 120 Seiten, kostet 7,99 €, ist aber nicht mehr zu bekommen.

Aus der Presse: »Der seit 35 Jahren in Hagen lebende Manfred Schloßer hat sein siebtes Buch veröffentlicht. Der Krimi trägt den Titel ›Das Geheimnis um Yog'Tze‹. Dieses Mal hat er akribisch recherchiert, hat in Polizeiberichten gelesen und alte TV-Aufzeichnungen angeschaut. Denn obwohl die Handlung fiktiv ist, basiert sie auf einem echten Mordfall. Und den versucht Kommissar Kowalski zu lösen.«
WESTFALENPOST HAGEN, März 2015

Wer andren eine Feder schenkt

In seinem 8. Roman taucht der Autor Manfred Schloßer tief in die 1970er Jahre ein, denn es geht um »Eine Freundschaft seit der Hippie-Zeit«. Eine Männerfreundschaft mit seinem ewigen Freund Harry, die 1974 begann und auch heute noch – über 40 Jahre später – währt. Dabei erleben die beiden so allerlei und vertiefen sich anschließend in Gespräche über Liebe, Lachen, Nächte. Und es wird wieder mal eine geballte Ladung an Sex, Drugs und Rock'n Roll geboten.

Dieser achte Roman aus der Danny-Kowalski-Reihe von Manfred Schloßer wurde 2016 veröffentlicht, hat die ISBN-Nr. 978 – 3 – 7412 – 1512 – 4, ist mit 18 Illustrationen verschönert, hat 188 Seiten und kostet 7,99 €.

Aus der Presse: »Abenteuer aus der Hippie-Zeit. Ein Tagebuch mit Eintragungen, Erinnerungen und Abenteuern aus den 70er Jahren hat Manfred Schloßer zu seinem neuen Roman animiert. In dem Roman taucht er tief in die Zeit seiner Jugend.«
WESTFÄLISCHE RUNDSCHAU HAGEN, März 2016

Das Ekel von Horstel

In seinem 9. Roman ›Das Ekel von Horstel‹ klären Kommissar Danny Kowalski und seine junge flippige Kollegin Fanny Bevenbreucker eine alte Mord-Serie aus Horstel und Berlin von 2003, 2005 und 2007 auf. Er sucht aus seinem Keller-Büro bei der Hagener Kripo im Sonder-Dezernat ‚Z' für unaufgeklärte Mordfälle zwei Mörder oder gar einen Auftragsmörder. Dieser neunte Roman aus der Danny-Kowalski-Reihe von Manfred Schloßer wurde 2017 veröffentlicht, hat die ISBN-Nr. 978 3743 1709 40, ist mit 12 Illustrationen verschönert, hat 180 Seiten und kostet 7,99 €.

Aus der Presse: » *Ein neuer ›Schloßer‹: Das Ekel von Horstel. Ein Hauch von ›True Crime‹, einem besonders in den USA gern gelesenen Genre, ist dem Roman zuzuschreiben. Autor Manfred Schloßer ist auch im neunten Teil der Danny-Kowalski-Reihe wieder humoristisch und augenzwinkernd unterwegs.«* *WOCHENKURIER HAGEN, MÄRZ 2017*

Die sieben Jahreszeiten der Musik

In seinem zehnten Roman ›Die sieben Jahreszeiten der Musik‹ kommt sein literarisches Alterego Danny Kowalski wieder groß raus. Autor Manfred Schloßer führt im 10. Teil der Danny-Kowalski-Reihe humorvoll durch ein musikalisches Kaleidoskop voller prickelnder Erotik und Abenteuerlust. Eine ganze Generation wird bedient, und der Zeitgeist der 60er, 70er und 80er Jahre wird wieder erweckt. Dabei werden die besonderen Gefühle bei besonderen Momenten im Leben beleuchtet, wie der erste Kuss, die erste Liebe oder der erste Sex …

… und was dabei für eine Musik im Hintergrund lief.

Der 10. Roman von Manfred Schloßer »Die sieben Jahreszeiten der Musik« aus dem Jahr 2017 ist unter der ISBN-Nr. 978-3-7460-5129-1 veröffentlicht worden, hat 224 Seiten, ist mit 28 Fotos verschönert und kostet 8,99 €.

Aus der Presse: Manfred Schloßer: Zehn Bücher in zehn Jahren.
In ›Die sieben Jahreszeiten der Musik‹ begibt sich Schloßer in Form seines literarischen Alteregos ›Danny Kowalski‹ durch die musikalische Zeitgeschichte der 60er, 70er, und 80er Jahre. Gefühle und besondere Momente finden Berücksichtigung und vor allem – die Hintergrundmusik des Lebens. Wer sich nun fragt, warum es bei Manfred Schloßer gleich um sieben und nicht

um vier Jahreszeiten geht, der sollte sich mit »Danny Kowalski« auf die Reise begeben. Mehr wird hier nicht verraten.
WOCHENKURIER HAGEN, Dezember 2017

Es geht eine Leiche auf Reisen

In seinem elften Roman »Es geht eine Leiche auf Reisen« klären Kommissar Danny Kowalski und seine Kollegin Fanny Bevenbreucker den Fall der 2015 in Hagen gefundenen skelettierten Leiche aus Dülmen auf. Erneut eine Story aus dem Genre True Crime. Wenn der Tod der jungen Frau nicht so eine ernste Angelegenheit wäre, könnte man fast von einer Kriminalkomödie sprechen.

Der 11. Roman von Manfred Schloßer »Es geht eine Leiche auf Reisen« aus dem Jahr 2018 ist unter der ISBN-Nr. 978-3-7528-0930-5 veröffentlicht worden, hat 124 Seiten, ist mit 11 Fotos verschönert und kostet 7,99 €.

***Aus der Presse:** Autor greift für sein neues Buch auf Tötung einer Frau zurück.*

Der Hagener Autor Manfred Schloßer bringt seinen elften Roman heraus und lässt seinen Kommissar Danny Kowalski diesmal ein Verbrechen untersuchen, das in Hagen 2015 für Aufsehen sorgte. Das hier ist die Realität: Zwei Jahre nach dem Fund einer skelettierten Frauenleiche an der Hammacher Straße im Lennetal war ein Familienvater aus Dülmen im vergangenen Jahr zu sieben Jahren Haft verurteilt worden.
WESTFALENPOST HAGEN, September 2018

Die sieben Leben eines Fußball-Fans

Sein 12. Roman ist gleichzeitig eine Ode an Freundschaft, Treue und ungezügelte Spielleidenschaft des jungen Fußballers und Fans Danny Kowalski.

Aber auch an die Liebe, Zärtlichkeit und Erotik, wenn es um die sechs Gründe außer Sex geht, keinen Fußball zu gucken. So ist für Frauen wie für Männer in diesem Roman was dabei.

Der Autor schwelgt in einem Kaleidoskop aus den Bereichen des Fußball-Schwärmlings und Ball-Lehrlings, dann als Spieler, Tisch-Kicker, immer als Fan, Sammler und Dokumentartor, leider auch öfters mal als

Fußball-Verletzter, später als Tipper und schließlich als »Fachmann« und Diskussionspartner …

Der 12. Roman von Manfred Schloßer aus dem Sommer 2019 ist unter der ISBN-Nr. 978-3-7494-7368-7 veröffentlicht worden, hat 204 Seiten, ist mit 18 Fotos verschönert und kostet 10,-- €.

Aus der Presse: *Die sieben Leben des Fußballfans*

In den 60er-Jahren fand sich der heutige Autor Manfred Schloßer auf den Aschenplätzen von Datteln ein und kickte oder pölte den Ball immer in Richtung Tor. Allerhöchste Zeit, diesen Fußballerinnerungen ein Buch zu widmen … Buchhändler Wolfgang Tänzer freut sich über den Besuch des fleißigen Schreibers. Er weiß um die Dattelner Fans von Schloßer und nimmt gerne auch das 12. Werk in seinen Bücherregalen auf.

DATTELNER MORGENPOST, August 2019

Textilfrei unter Straßenräubern

Sein 13. Roman beschreibt einfach mal was lockeres Humorvolles, relaxte Abenteuer-Geschichten aus allen fünf Erdteilen. Denn genau so was können die Leserinnen und Leser gut gebrauchen, in diesen schweren Zeiten der Corona-Krise.

Danny Kowalski erlebt dabei Abenteuer auf fünf Kontinenten, dieses Mal aus der Sicht seiner T-Shirts. Was die so alles mitgemacht haben …? In diesem phänomenalen Textil-Album befindet sich eine Ansammlung von Textilien aus allen Kontinenten. Es zeugt davon, dass alle T-Shirts, Hemden, Hosen, Sarongs, Decken und Lungis an irgendeinem Körper fehlen, also irgendwann – irgendwo – irgendwie ausgezogen worden waren. Das ist ein wahrer Trumm von einem Folianten, 4 kg schwer, 45 cm hoch, 36 cm breit und 11 cm dick.

Der neue 13. Roman von Manfred Schloßer ›Textilfrei unter Straßen-räubern‹ aus dem Sommer 2020 ist unter der ISBN-Nr. 9-783751- 946810 veröffentlicht worden, hat 228 Seiten, ist mit 21 Fotos verschönert und kostet 10,-- €

Aus der Presse: Große Abenteuer nur noch im Kopf

In diesem Roman versteckt sich Manfred Schloßer mal wieder hinter seinem Lieblingsprotagonisten Danny Kowalski. Dem schrieb Schloßer lockere, humorvolle, relaxte Abenteuergeschichten auf den Leib; Abenteuer, die er selbst auf fünf Kontinenten erlebte.

Dattelner Morgenpost, August 2020

Brexit in Westfalen

In diesem Krimi klären Kommissar Danny Kowalski und seine eigenwillige Kollegin Fanny Bevenbreucker den Fall des 2019 in Hagen gestrandeten Wagens aus Großbritannien auf. Nachdem sich der Fahrer eines Nissan-Pickups mit britischem Nummernschild einer Verkehrskontrolle durch Flucht entzogen hat, liefert er sich mit mehreren Polizeiwagen eine filmreife Verfolgungsjagd kreuz und quer durch Hagen. Dabei kommt es zu einer Karambolage, bei der ein Streifenwagen gerammt wird und ein zweites Polizeiauto mit geplatztem Reifen nicht mehr fahrfähig ist. Später findet ein Polizeihubschrauber das verlassene Kraftfahrzeug. Vom Täter jedoch fehlt jedwede Spur. Erneut eine Story aus dem Genre True Crime.

In der Fiktion dieses Romans hat der Fall eine Vorgeschichte, die sich quer durch halb Europa zieht. Ausgehend von der irischen Volksgruppe der Traveller verläuft der Spannungsbogen von Irland über Wales, England, Belgien, Niederlande bis nach Westfalen. Dabei gibt es einen Toten in Vreden, eine Schlägerei in Datteln und die Verfolgungsjagd durch Hagen nach Hohenlimburg, der »Brexit in Hagen«. Schließlich kann der Fall durch Fanny Bevenbreuckers abenteuerlichen Undercover-Einsatz vom Rheinland bis nach Hessen mit jeder Menge Sex and Crime aufgeklärt werden.

Der neue 14. Roman von Manfred Schloßer ›Brexit in Westfalen‹ aus dem Frühling 2021 ist unter der ISBN-Nr. 9-783753-452753 veröffentlicht worden, hat 148 Seiten, ist mit 18 Fotos verschönert und kostet 8,-- €.

Ökologisches Prinzip.

Mein Verlag Books on Demand druckt nur auf direkte Nachfrage. D.h.: jedes Buch ist gewollt. Deshalb gibt es keine Halden und keine Lager voller ungewollter und ungenutzter Bücher. Das ist ein klares ökologisches Zeichen an den Umweltschutz: kein Baum wird unnötig gefällt …!